KB231775

江湖苦行記
강호 고행기

최한 新무협 판타지 소설

FANTASTIC ORIENTAL HEROES

강호고행기 5

최한 新무협 판타지 소설

초판 1쇄 찍은 날 § 2010년 1월 4일
초판 1쇄 펴낸 날 § 2010년 1월 8일

지은이 § 최한
펴낸이 § 서경석

편집장 § 문혜영
편집책임 § 정서진

펴낸곳 § 도서출판 청어람
등록번호 § 제1081-1-89호
등록일자 § 1999. 5. 31
어람번호 § 제2-1864호

주소 § 경기도 부천시 원미구 심곡2동 163-2 서경B/D 3F (우) 420-822
전화 § 032-656-4452 팩스 § 032-656-4453
http://www.chungeoram.com
E-mail § eoram99@chollian.net

ⓒ 최한, 2009

ISBN 978-89-251-2040-9 04810
ISBN 978-89-251-1781-2 (세트)

5

[완결]

강호 고행기

FANTASTIC ORIENTAL HEROES

최한 新무협 판타지 소설

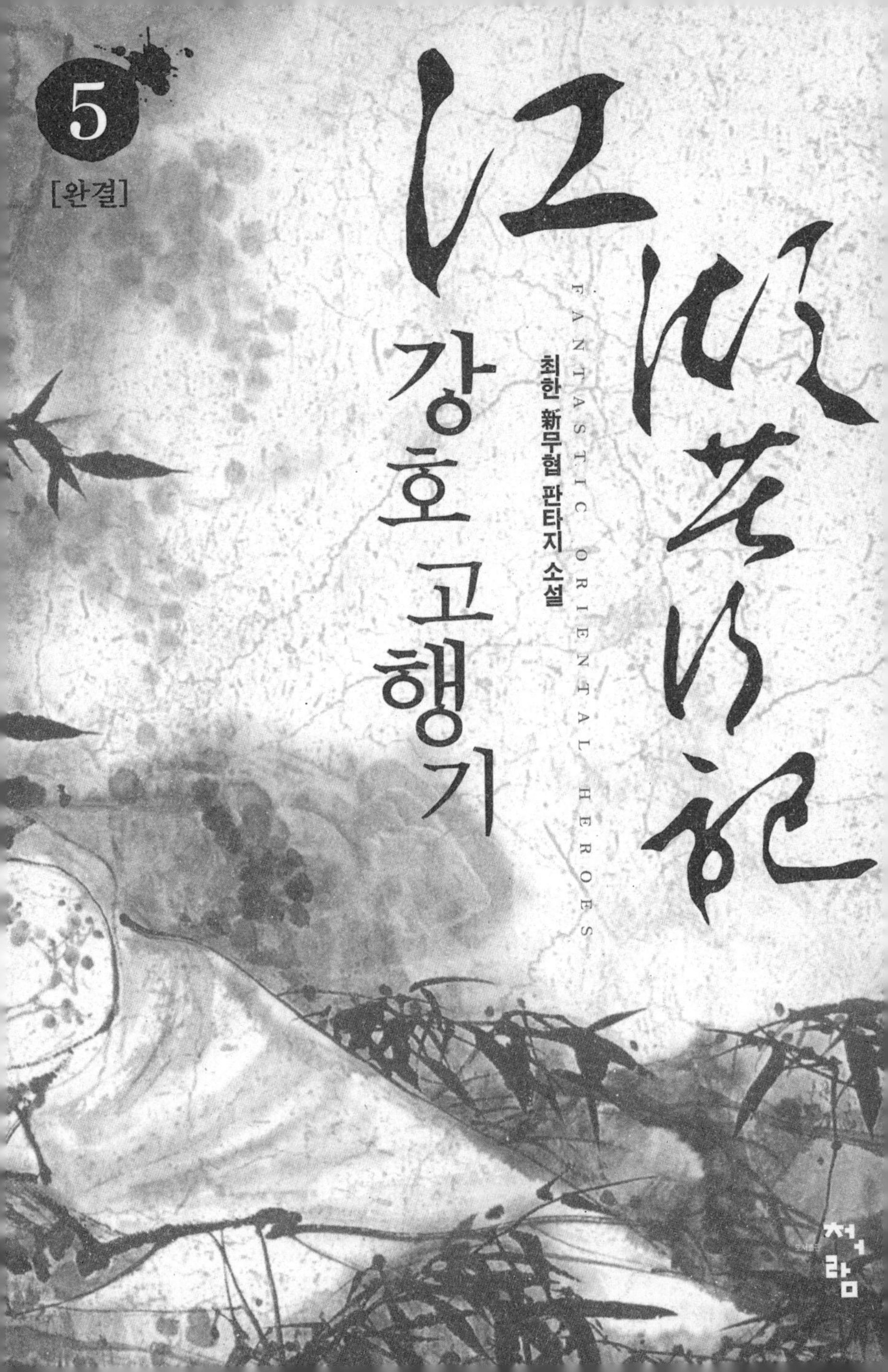

청어람

目次

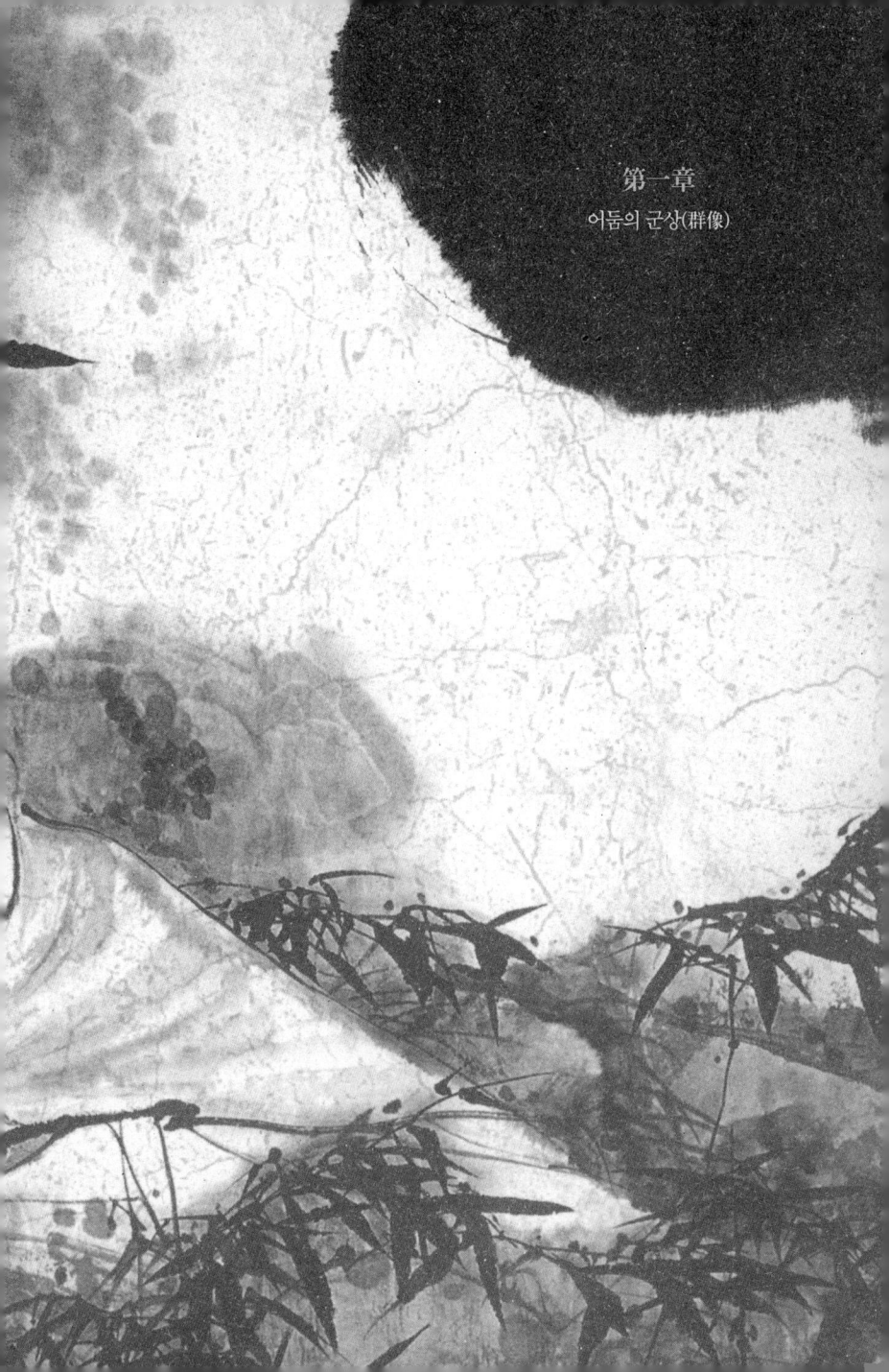

第一章

어둠의 군상(群像)

江湖苦行記

강호 고행기

철벅— 철벅!

분명 걷는 걸음걸이건만 걸음에 숨이 찼다.

횃불의 불길도 헉헉거리며 숨 가빠했다.

열 명의 무인 얼굴에 횃불의 불빛이 어른거리며 순간순간
일어나는 그들의 표정들을 잡아챘다. 언뜻언뜻 비친 무인들의
얼굴은 하나같이 당혹한 표정들이다.

무인들은 용암동굴의 갈림길에 멈춰 섰다.

기린당(麒麟黨)의 제일조 조장인 하탄은 동굴 바닥 주위를
두리번두리번 살피다가 양 눈썹을 안으로 구겨 미간을 와락
좁혔다.

"어찌 된 일이야? 여기에도 비도(飛刀)가 보이지 않는다. 어

서 찾아봐라!"

조장의 당혹한 명령에 아홉 무인이 횃불의 불빛을 바닥에 비춰대며 이 구석 저 구석을 훑듯이 살폈으나 그 어디에도 그들이 표식으로 남겨두었던 비도는 끝내 보이지 않았다.

기린당 제일조인 그들이 제일 먼저 동굴 안으로 들어섰었다. 동굴의 길이 두 갈래로 갈리기 시작할 때부터 그들은 동굴의 분기점에 손바닥 길이만 한 비도를 놓아두고 그것으로 돌아갈 표식으로 삼았었다.

하지만 동굴은 끝도 없이 미로처럼 이어졌고, 그들이 각기 소지하고 있던 비도가 다 소모되고 말았다.

그간 표식으로 사용된 비도의 수가 딱 백 개였다.

한 사람당 열 개의 비도를 소지하고 정찰을 나섰으니 가지고 있던 비도를 표식으로 모두 사용해 버린 셈이다.

그쯤에서 그들은, 혹여 자신들이 영원히 헤어날 수 없는 지옥미궁(地獄迷宮)에라도 빠져든 것이 아닌가 하며 더럭 겁을 집어먹기에 이르렀고, 비도를 다 소모하고 말았다는 사실을 어쭙잖은 핑계 삼아 발끝을 반대쪽으로 되돌려놓아야 했다.

그런데, 표식을 따라 동굴의 길을 되짚어가던 도중 표시로 남겨두었던 비도가 어느 순간부터 갑자기 사라져 버린 것이다.

그것을 확인했었던 때가 반 시진(時辰) 전쯤의 동굴 분기점에서였다.

그간, 발길을 되돌리던 제일조가 확인한 비도의 수는 정확하게 마흔아홉 개였다. 쉰 번째의 분기점에서부터 그 자리에 있어야 할 비도가 사라지고 없었다.

비도가 없으니 갈림길 어디로 가야 할지 막막했었다. 그렇다고 그 자리에 퍼질러 앉아 무작정 구원의 손길을 기다릴 수도 없는 노릇이었다.

그때부터 제일조들은 방향감각을 잃어버린 채 동굴 여기저기를 대책없이 헤매고 다녔었다. 그렇게 허겁지겁 몰려다닌 지가 대충 반 시진(時辰)은 족히 넘었을 것이다.

그 반 시진이 넘도록 길을 잃고 헤매는 동안 후발로 따라 들어왔을 제이조와 제삼조의 기척은 고사하고 그들의 흔적마저도 만나질 못했었다.

도대체 어찌 된 일일까? 이 지하 용암 동굴 속에 제갈량의 귀신이 나타나 구궁팔괘진(九宮八卦陣)이라도 펼쳐 놓았다는 말인가? 횃불에 묻힌 기름이 무한하지 않으니 언젠가는 꺼져 버릴 터. 그 후부턴 한 치 앞도 보기 힘든 암흑천지가 될 것이고… 어찌한다.

이 일을 어찌한다.

오만상을 해 보이던 조장 하탄은 귀신이 곡할 노릇이라고 생각하기엔 무언가 석연찮았다. 자신들이 전부 멍청이가 아닌 다음에야 어찌 이리도 길을 엉뚱하게 잡았더란 말이냐? 누군가가 분명 의도적으로 비도 쉰 개를 숨겼으리라.

누굴까? 누굴까 하며 곰곰이 생각하던 하탄의 두 눈에 불티가 튀었다.

'이놈! 위수광! 분명 위수광 이놈이 나를 골탕 먹일 심보로……!'

제일조장 하탄의 뇌리에 용의자로 떠오른 위수광이라는 자는 자신의 사촌형이 소회주의 양대호법 중의 일인인 좌기린이라는 신분을 이용해 제이조장의 자리까지 꿰찼던 자다.

그러한 든든한 배경 없이 용심만 많고 무공엔 허접한 자가 어찌 조장의 자리에까지 오를 수 있었겠는가. 그것이 늘 불만이던 하탄은 평소에 위수광을 업신여겼었고 위수광 역시 하탄을 늘 못 잡아먹어서 으르렁거렸었다.

둘의 사이는 좋게 이야기해서 경쟁자적 앙숙이요, 나쁘게 이야기하자면 둘도 없는 철천지원수나 마찬가지였다. 그러니 당혹하고 황망한 하탄의 머릿속에 위수광의 이름이 제일 먼저 떠오르고 용의자로 지목된 것은 당연한 일일지도 모른다.

사실이 어찌 되었든 간에 하탄은 근거없이 확신했다.

'고놈이 이참에 날 여기에 묻어버릴 작정이구나!'

하탄이 어금니를 갈고 있을 때, 겁을 먹은 부하의 목소리.

"저, 조, 조장……?"

눈이 왕방울만 하여 별명마저 왕방울이 되어버린 하탄의 부하다. 하탄의 눈길이 왕방울의 떨리는 목소리 쪽으로 짜증스럽게 돌아갔다.

"왜?"

"좀 전에 쇠파리 놈이……."

쇠파리라면 자신의 수하 중 얼치기 같은 놈의 별명이다.

"쇠파리가 또 왜?"

하탄이 의아해하며 수하들을 쭉 살피며 눈셈을 해보니 수하들의 수가 아홉이 아니라 어찌 된 일인지 여덟이다. 한 놈이 빈다. 쇠파리가 보이지 않았다.

하탄의 입에서 빠른 소리가 나왔다.

"쇠파리 이놈은 어디 갔어?"

"좀 전에. 그러니까 그게… 좀 전에……."

읍소처럼 고하는 왕방울이 우물쭈물하며 대답을 바로 꺼내 놓지 않자, 그러지 않아도 화딱지가 잔뜩 나 있던 하탄의 노화가 기어이 입 밖으로 폭발하고 말았다.

"이런 썅—! 좀 전에 뭐? 이런 우라질 놈아! 뭐?"

그제야 왕방울은 자신의 입에 불똥이 떨어졌음을 자각하고 입을 재바르게 놀렸다.

"좀 전에 쇠파리가 소피를 보겠다며 저쪽으로 갔었는데 저쪽이 갑자기 깜깜해져 버렸습니다!"

하탄은 왕방울이 검지로 가리키는 쪽을 실눈을 뜨며 살폈다. 깜깜하다.

분명 횃불을 들고 갔을 터인데 암흑천지처럼 깜깜하다. 벌써 놈의 횃불의 기름이 다 말라 버렸나? 그럴 리는 없을 텐데.

"아무 소리도 안 났어?"

"소리야 좀 났었죠. 쇠파리의 오줌 갈기는 소리가 났었고 또……."

"또 뭐?"

"오줌 갈기는 소리가 뚝 끊기면서 바로 횃불이 물기에 떨어져 불이 꺼질 때 나는 피―직 소리가……."

왕방울의 말이 채 끝나기도 전에 하탄은 두 눈에 불안한 기색을 내보이며 턱짓을 했다.

"야, 왕방울! 네가 한번 가봐!"

하탄의 턱짓에 왕방울은 찔끔 놀랐다.

"예? 제, 제가요?"

떨떠름한 표정으로 묻는 왕방울을 향해 하탄이 험상궂게 눈알을 부라렸다.

"이 새끼, 빨랑 안 가봐?"

왕방울이 동료 무인들을 향해 도움의 눈길을 보내자 일곱 무인이 왕방울의 난처한 시선을 모두 외면하며 짐짓 딴청이었다.

믿을 놈 없어 외로워져 버린 왕방울은 등이 떠밀리듯 쇠파리가 소피 보러 갔었던 어둠을 향해 걸음을 떼놓았다.

철퍽철퍽 무거운 발걸음 소리를 내며 왕방울의 검은 그림자가 어둔 동굴 귀퉁이로 사라졌다. 동굴 귀퉁이 너머에선 횃불의 잔영만이 아른거릴 뿐 조용했다.

피―직!

횃불이 물기에 젖어 꺼지는 소리가 터지더니 왕방울이 사라진 동굴 귀퉁이가 다시 깜깜해져 버렸다.

한 무인이 목청으로 마른침 소리를 억지스럽게 냈다.

꿀꺽―!

침 넘어가는 소리가 신호가 되어 기린당 제일조들은 일제히 허리 너머에서 장검을 빼 들었다.

스—르—릉!

용암동굴 안에서 을씨년스런 금속음이 터지고 횃불의 불빛에 반사된 칼의 광채가 동굴의 벽 여기저기에 어른거렸다.

하탄이 눈짓으로 부하들의 발을 독려했다.

두 명의 동료가 의문의 어둠이 되어버린 곳을 향해 모든 칼 끝이 움직였다.

조심. 조심……

극도의 경계심을 가지며 제일조들이 도착한 곳에서 쇠파리와 왕방울의 모습이 발견되었다.

열십자로 포개진 두 구의 주검.

왕방울과 쇠파리다.

그 외엔 아무도 없다. 쇠파리와 왕방울은 잠든 듯이 죽어 있었다. 격전의 흔적도 핏자국 한 방울 보이지 않았다. 살인이 이루어졌으면 분명 그에 합당한 가해자가 있어야 한다. 그러나 심장이 터져 나갈 만큼 살벌한 침묵만이 존재했다.

그렇다면 침묵이 쇠파리와 왕방울을 죽였나? 아니다.

쉭—!

날카로운 단발의 파공음에 제일조들은 화들짝 놀라며 물러났다.

탕—!

동굴 석벽에서 푸른 불똥이 팍 튕기더니 곧바로 이어지는 소리.

슉―!

날카로운 송곳이 질긴 가죽을 한 방에 꿰뚫는 소리였다.

그와 동시에.

"흡―!"

한 무인이 탁한 신음을 내뿜으며 자신의 가슴팍을 천천히 내려다봤다. 가슴팍에 틀어박힌 비도 한 자루.

비도는 칼자루만을 남기고 무인의 가슴에 깊숙이 박혀 있었다. 비도의 칼자루 모양새로 보아 제일조들이 표식으로 사용했던 그 비도가 분명했다.

드디어 사라진 비도 중에 한 자루를 찾았다. 하지만 좋아할 만한 상황은 아니다.

자신의 가슴팍 한 중앙에 비도를 품은 무인은 비도의 칼자루를 내려다보면서 앞으로 서서히 기울었다.

기운 무인의 신형보다 먼저 무너진 것은 무인의 손에 들려졌던 장검과 횃불이었다. 장검이 젖은 동굴 바닥에 적잖은 소리를 내며 떨어지고 횃불은 피지―직거리며 주인의 죽음을 예고했다.

그 뒤에 꼬꾸라지는 무인.

쿠―웅!

일곱 명의 무인은 주검이 무너진 소리에 움찔했다. 그리고 그들은 동시에 호흡을 닫았다. 숨도 내쉬지 못할 적막이 다시 이어졌다. 눈알이 이리저리 움직이는 소리가 서로의 귀에 들릴 것만 같았다.

피비린내 나는 정적에 으스스한 한기를 느끼고 있던 한 무인이 천천히 목을 뒤로 젖혀 동굴의 천장을 살폈다.

동굴 천장은 한 장(丈) 반 정도의 높이. 어른 팔뚝만 한 종유석이 수면하는 박쥐 떼처럼 동굴 천장에 닥지닥지 매달려 있었다.

께름칙한 표정으로 천장을 유심히 살피던 무인은 갑자기 무엇을 발견했는지 턱이 빠져라 입을 딱 벌린 채 알 수 없는 신음을 입 밖으로 흘려냈다.

"으―으으으―!"

귀신이라도 본 듯이 놀란 무인의 신음 소리에 모든 무인들의 시선이 따라붙었다. 천장을 등지고 눕듯 달라붙어 있는 검은 형체.

종유석에 정수리와 두 발만을 괴고 천장에 달라붙어 있는 사내는 마웅이었다. 마웅은 팔짱을 낀 채 경악한 일곱 무인을 내려다보며 입가에 냉한 미소를 베어 물었다.

일곱 명의 제일조들은 놀라 흩어졌다.

조장 하탄이 떨리는 목소리를 꺼내놓았다.

"넌… 누, 누구냐?"

제일조들은 마웅이 동굴 밖에서 독충에 당하여 널브러졌었던 전령이라는 것을 짐작도 하지 못했으며 확인할 경황도 없었다.

천장에 눕듯 매달린 마웅의 대답은 짧고 낮게 깔렸으며 무척 담담하기까지 했다.

"사람."

칼끝을 천장 쪽으로 곧추세우고 있던 하탄은 우문우답(愚問愚答)에 무슨 말을 어떻게 더 연결해야 할지 몰라 잠시잠깐 머릿속이 떵한 상태가 되어버렸다. 그러다가 불현듯 화가 치민 사람처럼 버럭 욕지거리부터 쏟아냈다.

"우라질 놈아! 내려올 테냐? 아니면 우리가 끄집어 내릴까?"

"편할 대로."

마웅의 시답잖은 답변을 들은 하탄은 들고 있던 횃불을 천장을 향해 신경질적으로 날렸다.

화—르—럭—!

천장에 눕듯 붙어 있던 마웅의 신형은 머리부터 추락하듯 내려오며 날아드는 횃불을 맞받아 버릴 듯했다.

불빛 뒤는 늘 어둡다.

하탄의 속셈은 그랬다. 그러한 속셈의 하탄이 자신이 던져 놓은 횃불의 불길을 뒤이으며 장검을 뻗어냈다.

상대가 딱히 생잡이 초짜가 아니더라도 이런 암습은 고수들의 싸움에서도 왕왕 통하기 십상이다. 그러나 제일조장 하탄은 마웅을 너무 얕잡아봤다.

횃불의 불길이 하탄의 장검을 스치며 이동했다.

팟—!

타—앙!

하탄의 장검 끝이 애먼 종유석에 박히며 검신이 부러질 듯 크게 휘청 하고 휘었다.

일곱 명의 수하는 찰나지간에 이루어진 일격을 바라보다가 횃불의 불길과 함께 사라져 버린 마웅의 신형을 찾느라 이리저리 살피고 있었고, 애먼 종유석을 찌른 하탄은 휘청 휜 검신의 반탄력을 이용해 잽싸게 신형을 뒤틀며 마웅의 반격을 대비했다. 하지만 마웅의 반격은 없었고 마웅의 종적도 홀연히 사라지고 없었다.

일격은 실패로 돌아갔지만 그것에 당황하여 머뭇거릴 하탄이 아니었다. 제일조장 하탄은 곧바로 뒤튼 신형을 횡으로 쏘아냈다.

하탄의 장검 끝이 향한 곳은 동굴의 완만한 천장 모서리. 그곳에 사라진 횃불의 불빛이 걸려 있었다. 그러니 칼끝은 그곳을 향해 본능에 가까운 반응을 보이며 날아갔다. 그러나 하탄의 칼끝이 횃불의 언저리에 닿기도 전에.

팍—!

"컥—!"

하탄은 허리 등뼈가 아스러지는 고통을 느끼며 돌덩이처럼 바닥으로 추락했다.

쿵—!

육중한 소리와 함께 바닥을 적셔놓았던 물기가 사방팔방으로 튀었다. 하탄은 젖은 바닥에 얼굴을 박고 엎드려 퍼드러진 채 발에 밟힌 벌레처럼 꿈틀댔다.

보아하니 요추에서 느꼈던 고통이 단순한 통증만은 아니었나 보다. 아스러져 버린 요추에 하탄은 몸도 뒤집지 못한 채 사지를 꼼지락거리며 딱한 신음만 쏟아냈다.

"으—으으으—!"

부하들은 널브러져 허우적거리는 조장 하탄을 도울 생각도 하지 못하고 한발 두발 뒤로 발을 빼면서 괴기스럽기까지 한 마웅의 신형을 찾는 데만 온 신경을 집중시켰다.

하탄의 부하들이 모든 감각을 창끝처럼 날카롭게 곤두세웠음에도 마웅의 신형은 고사하고 그 흔적마저 찾아낼 수가 없었다.

횃불의 불빛이 때론 벌겋게, 때때론 노랗게 어른거리는 동굴 안은 으스스한 불빛의 소리만이 있었다.

이쯤 되면 어둠보다 밝은 곳이 더더욱 두렵게 마련이다.

그렇다고 해서 빛이 두려워 어둠이 되지는 못한다. 당장은 어둠에 숨고 싶지만 그러면 정말 내일이 없을 수도 있다. 기린당 제일조들은 횃불의 불빛 속에서 숨을 죽였다.

처—벅—!

젖은 발자국 소리가 터진 방향으로 일곱 개의 횃불이 일제히 움직였고 그들의 손에 들린 칼끝도 잽싸게 횃불의 불빛을 따라붙었다.

단발의 발자국 소리는 단발로 끝이 났다.

한 무인이 눈알을 빠르게 굴리며 눈알만큼이나 빠른 속셈을 했다. 단발의 발자국 소리라면 걷는 것이 아니라 착지한 것이다. 그렇다면 놈은 분명 여태 어딘가에 매달려 있다가 동굴 지면에 방금 내려섰다는 말이 된다.

무인은 그렇게 판단을 했고 그 판단을 스스로 장하게 여겼다. 그렇게 자신의 장함에 힘이 불끈 솟은 무인은 그 기특한 힘에 도취되어 한 발 앞으로 나섰다.

그때.

휘—잉!

난데없는 바람이 불었다.

횃불의 불길도, 그 불길의 불빛도, 일곱 명의 무인도, 모두가 갑작스런 바람에 흠칫 놀랐다.

잠시잠깐의 어둠.

일곱 자루의 장검이 불확실한 어둠을 향해 난도질을 해댔다. 그것은 잠재해 있던 두려움이 일시에 터져 버린 칼질이었다. 목표없이 어지럽기만 한 칼질이었다.

쉐—쉐—쉑!

막무가내 칼질에 돌 부스러기들이 우수수 떨어졌다. 그리고 이어진 것은 일곱 무인들의 벌어진 입에서 터지는 가쁜 호흡들뿐이었다.

방금 그들을 스치고 지나간 어둠 바람의 정체가 무엇이었는지 아는 사람은 없었다. 그렇게 보였다.

처—벅—!

처음과 달리 정반대편에서 젖은 발자국 소리가 들렸다. 다시금 들린 발자국 소리를 향해 횃불과 칼끝이 일제히 돌아섰다.

그때 일곱 무인의 귀에 들리는 목소리.

목소리는 겨울 문풍지처럼 떨렸으며 온전한 넋이 없었다.

"사, 살… 려… 다오."

제일조장인 하탄의 목소리였고, 하탄의 몸뚱이는 꼿꼿하게 일어서 있었다. 그러니 일곱 수하의 눈들이 찢어질 듯이 커져 버린 것은 당연했다.

요추가 바스러졌으면 혼절하다가 죽었거나, 적어도 맑지 못한 정신머리로 꾸물꾸물 기어 다녀야 옳은 일이 아니냐?

그러한 의혹에 한 무인이 곧추서게 된 사연을 물었다.

"조… 조장? 어떻게……?"

라는 물음에 대한 답을 들을 새도 없이 무인은 곧바로 조장의 머리채를 틀어쥐고 있는 누군가의 손과 팔을 보았다. 박쥐처럼 동굴 천장에 거꾸로 매달려 하탄을 일으켜 곧추세워 놓은 사람은 마웅이다.

동공을 희멀겋게 뜨고 있는 하탄이 혼이 죽은 목소리로 중얼거렸다.

"살… 려… 다오."

원초적인 본능으로 애걸하는 목소리는 차라리 솔직했다. 하지만 솔직함으로 모든 것을 허락받을 수는 없다. 조장을 살려 보겠다며 쉬이 나서는 부하는 없었다.

마웅은 두 발끝만으로 종유석을 지탱하며 물구나무 서선 가만히 팔을 저었다. 마웅의 장난 어린 팔짓에 따라 이리저리 휘청거리는 하탄.

이미 하탄은 살아 있어도 산 자가 아니었으며 부하들을 호령하던 제일조장은 더더욱 아니었다. 천생에 철부지 아이의 손에 들어가 버린 꼭두각시의 모양새였다.

그 난감한 꼴을 더 이상 참고 볼 수만은 없었는지 배짝 마른 무인 하나가 용감무쌍하게 일갈을 지르며 뛰쳐나갔다.

"노—옴!"

노한 일갈만큼이나 배짝무인의 손에서 뿌려진 장검의 궤적은 날카로웠고 매서웠다.

휙—!

사—각!

궤적은 허무하게 허공을 벤 것이 아니라 무언가를 갈랐으며 듣기에도 섬뜩한 소리까지 남겼다. 소리만을 남긴 것이 아니었다. 궤적의 흔적을 따라 뿌려지는 붉은 핏물.

핏물은 동굴의 석벽까지 날아가 뿌려졌다.

그리고……

철퍼덕—!

젖은 동굴 바닥에 맥없이 떨어지는 육신.

하지만 결과는 의외였다. 장검을 그었던 배짝무인의 당혹해진 입이 딱 벌어지더니 탁한 날숨이 한 움큼 뿜어졌다.

"흐—윽!"

마웅의 손목을 노리고 정확하게 그었던 칼은 배짝 마른 무인의 의도와 판단과는 달리 조장 하탄의 목을 용감무쌍하게 참수하고 말았다.

여전히 하탄의 참수된 머리통은 마웅의 손에서 장난스럽게 흔들렸다. 그때 잡음처럼 들려온 소리.

피―지직!

뒤에 처져 있던 무인 하나가 들고 있던 횃불을 물기 젖은 동굴 바닥에 던져 버렸다. 그리곤 어둠 속으로 달아나 버렸다.

용감무쌍하게 나섰던 배짝무인과는 달리 딴엔 머리가 나름 명석하고 계산이 재바른 자임이 확실했다.

한 무인이 동료들에게 한마디 의논도, 실없는 인사치레도 없이 홀로 달아나 버리자, 남은 여섯 무인은 잠시 황망하여 멍하니 있었다. 달아난 무인은 남은 여섯 무인보다 상황 판단이 빨랐고 현명했다.

단지 그에게 흠이 있다면 홀로 살겠다고 비겁하게 등을 보였다는 점. 그것은 일반적이고 통속적인 흠이었지 달아난 무인의 사고는 절대 그렇지가 않았을 것이다. 그리고 홀로 잽싸게 달아난 무인의 판단과 생각은 그리 복잡하지도 그다지 이유가 길지도 않았으리라.

그들이 한꺼번에 마웅을 대적하여 싸움을 벌인다손 치더라도 애당초 희망이 없는 싸움임을 간파한 무인은 횃불을 버리고 미지의 어둠 속으로 제 운명을 던져 버리는 것이 차라리 현명한 선택이라고 생각했을 것이다.

이도 저도 아니라면 그 자신만이 아는 또 다른 무언가가 그를 홀로 움직이게 했었든지.

어쨌거나, 한 사람의 돌출 행동으로 인한 여파는 남은 여섯 무인의 마음을 흔들어놓기에 충분했다.

여섯 무인은 동굴 천장에 박쥐처럼 매달려 있는 마웅의 눈치를 살피기보단 동료들의 눈치를 서로 살피기 시작했다. 그러던 중 또 다른 무인 하나가 횃불을 손에서 떨어뜨리곤 등을 보였다.

살집이 제법 있는 무인이 등을 보인 무인을 다급하게 불렀다.

"이, 이봐!"

그러나 소용이 없었다. 횃불을 놓은 무인은 뒤도 돌아보지 않고 어둠 속으로 냅다 도망쳐 버렸다.

잠시 서먹한 침묵이 흘러간 후, 살집무인은 얼굴에 멋쩍은 표정을 해 보이더니 무슨 생각에서인지 손에 들고 있던 횃불을 슬그머니 땅바닥에 내려놓았다.

또 한 번 횃불의 불길이 젖은 물기에 침몰당하는 소리가 동굴 안에 퍼졌다.

피—지—직!

횃불을 손에서 놓은 살집무인은 남은 네 명의 동료를 향해 어색한 미소를 보였다.

"미, 미안하이."

그 겸연쩍은 인사치레에 남은 동료들 중엔 어이없는 헛웃음을 흘려낸 자도 있었다. 그자는 용감무쌍하게 칼을 휘둘러 자신의 조장을 실수로 참수해 버렸던 자였다.

용감무쌍하고도 배짝 몸이 마른 무인이 살집무인을 향해 이죽거렸다.

"흐—흐—! 정말 자네마저 이러긴가?"

살집무인은 슬금슬금 뒷걸음질이다.

"그, 그러기에 미안하다고⋯⋯."

달아날 의도를 내비치던 살집무인은 구시렁거리듯 꺼내놓던 말끝을 깔끔하게 마무리하지 않더니 갑작스럽게 등을 획 보이며 어둠 속으로 뛸 기미를 보였다. 하지만 무인의 등짝에 섬전처럼 그어지는 횃불의 불길.

그것은 횃불의 불길이 아니라 횃불의 불빛이 묻어 있던 장검의 칼날이었다.

슈—웃!

배짝무인의 장검에 등짝을 길게 베인 살집무인은 몇 걸음 달아나다가 젖은 동굴 바닥에 철퍼덕 꼬꾸라졌다. 뒤쫓아간 배짝무인이 장검의 검파(劍把)를 역으로 돌려 틀어잡고 살집무인의 등짝을 곧바로 내리찍어 버렸다.

"크—윽!"

살집무인은 고개를 심하게 한 번 치켜세우곤 곧바로 물기 흥건한 동굴 바닥에 얼굴을 처박아 버렸다. 배짝무인이 거칠게 장검을 뽑아내며 돌아섰다.

어금니를 맞문 목소리는 악에 받쳐 있었다.

"또 누구냐? 또 누가 비겁하게⋯⋯."

하지만 동료들을 향해 으르렁거리던 배짝무인은 더 이상 자신의 독기를 내뿜어 보이지 못했다. 남은 동료 셋이 모두 자신을 겨냥해 칼끝을 보였기 때문이다.

당혹한 배짝무인이 두 눈을 크게 치켜뜨며 의아해했다.

"뭐야? 도대체 왜 내게……?"

셋 중 한 무인이 배짝무인에게 독기 서린 눈빛으로 대답했
다.

"이봐! 척살할 것까진 없잖아!"

배짝무인은 동료들의 칼끝을 어이없다는 표정으로 살피는
도중에도 천장에 태연자약한 모습으로 거꾸로 매달린 마웅의
존재도 잊지 않고 확인했다.

배짝무인은 마웅이 소가 닭 보듯 자신들을 내려다보고만 있
자 동료들을 향해 비린 미소를 지어 보이며 거친 욕지거리부
터 꺼내놓았다.

"씨—바! 너희도 도망친 놈들과 비슷한 생각을 하고 있었단
말이지? 정말 그런 거야? 그래서……."

"닥쳐! 네가 마치 조장이라도 된 것처럼 구는 게 오히려 더
역겨워!"

"호—오! 그것 때문에 배알이 꼴렸다 이 말인가?"

"저기 천장에 매달린 젊은 무인은 굳이 우릴 해할 생각이 없
다."

대적하고 있는 동료 무인의 말에 배짝무인은 흠칫 놀랐다.

"그것을 어떻게 확신하지?"

"그냥 횃불만 손에서 놓고 가래. 그러면 살려준댔어."

동료 무인의 대답에 배짝무인의 눈이 차츰 가늘어졌다.

"뭣이라? 도대체 언제 저놈과 내통을?"

"자네가 동료의 등짝에 칼을 쑤셔박았을 때 그가 우리더러 그랬었다. 불 끄고 꺼져, 라고."

배짝무인은 눈알을 이리저리 굴리며 잠시 혼란한 생각을 정리하더니 떨떠름한 목소리로 물었다.

"그래서…… 비겁하게 달아나겠다는 게야?"

"살아남기 위해선 어쩔 수 없어."

동료 무인은 아픈 정곡을 찔리자 기운 빠진 대답을 했고 배짝무인은 쓴 미소에 이죽거림을 한 번 더 보탰다.

"명색이 칼밥 인생이란 자들이 너무 야비하군."

동료 무인이 그 이죽거림을 맞받았다.

"칼밥이야 살기 위해 먹은 것이지 죽으려고 먹은 게 아니잖은가?"

배짝무인은 가슴속에서 끓어오른 노화를 큰 소리로 내질렀다.

"이봐! 무인에겐 명예란 게 있어!"

"후—! 개죽음도 명예이던가?"

동료의 뼈 있는 반박에 배짝무인의 얼굴 표정은 텅 비어버렸다. 잠시 그들 사이에 짤따란 침묵이 흘렀다. 그런 후,

배짝무인은 겨누던 장검을 힘없이 늘어뜨리며 옆으로 한 발 물러섰다.

"자네들의 뜻이 정 그렇다면 말리지 않겠네. ……가게."

세 명의 동료 무인은 쉬이 움직이지 않았다. 잠시 어색한 기

운이 감돌고 한 무인이 배짝무인에게 조용한 음색으로 말을
붙였다.

"같이 가세."

배짝무인은 고개를 가로저었다.

"난 여기에 남아 자네들의 비겁한 등짝이나 구경하겠네."

배짝무인의 말에 동료 무인의 얼굴이 와락 구겨졌다. 구겨
짐도 잠시, 동료 무인은 쌉싸래한 웃음을 물며 손에 들린 횃불
을 바닥에 툭 던져 버렸다.

피─지─직!

다른 두 명의 동료 무인도 젖은 동굴 바닥에 횃불을 툭 던져
버렸다. 불빛은 오직 배짝무인에게서만 어른거리니 주위가 제
법 어둑해져 버렸다.

세 명의 무인은 배짝무인의 옆을 철벅거리는 걸음으로 지나
치려 했다. 배짝무인이 손에 들린 횃불을 동료들의 발걸음 앞
으로 내밀어주었다.

세 명의 무인은 배짝무인의 배려에 멈칫 발길을 멈춰 세웠
다. 동료 무인들은 횃불을 자신들의 발길 앞으로 내비추고 있
는 배짝무인의 얼굴로 시선을 천천히 옮겼다.

배짝무인의 쌉쓰레한 웃음.

"또 보세들."

두 명의 무인이 고개를 작게 끄덕였다. 그러나 다른 한 명의
동료 무인은 들고 있던 장검을 빠르게 내뻗었다.

슉─!

누구도 예측하지 못한 일격.

칼날은 여지없이 배짝무인의 명치를 꿰뚫고 들어갔다.

"흐―옥!"

배짝무인은 신음을 뱉어내며 손에 들린 횃불을 힘없이 떨어뜨렸다.

피―지―직!

깜깜해진 어둠.

배짝무인은 동굴 벽에 등을 대고 아래로 스르륵 무너졌다. 무너지는 몸으로 왜 자신이 끝내 동료의 칼을 받아들여야 했는지가 궁금해졌다.

"도, 도대체 왜……?"

칼을 박아 넣었던 동료 무인이 배짝무인의 복부에서 자신의 장검을 쑥 뽑아내며 속삭였다.

"이 또한 명예 때문이지."

배짝무인은 아득해지는 의식으로 동료의 명예가 무엇이었는지를 생각해 보다가 어이없어졌다. 그러니 웃음이 나왔다.

삶의 끝자락에서의 웃는 웃음은 오롯한 웃음소리가 되지 못하고 기침으로 터져 나왔다.

쿨―럭!

배짝무인이 마지막으로 내뱉은 기침엔 내부에서 역류한 핏물이 섞여 나왔다. ……버려진 어둠에 젖은 발자국 소리.

처벅― 처벅―!

멀어졌다.

쏴—아아아—아!

세상이 뿌연 물빛에 두들겨 맞으며 아우성이다.

높다란 나무의 잎사귀들도, 풀숲의 키 작은 이파리들도, 알알이 시작하여 줄줄이 무너트리는 하늘빛마저도 아우성이다.

황토 빛깔의 빗물은 수풀 곳곳에 작고 큰 빗물 고랑을 이루며 흘렀다.

빗물 고랑의 수면엔 빗물이 일으킨 빗방울 거품이 제법 크게 부풀었다가 이내 터져 버리고 다시 부풀기를 반복했다.

견자강의 초점없는 시선은 톡톡 터지다가 이내 다시 방울방울 솟아나는 빗방울 거품을 헤아리고 있었다.

혈수인 견자강은 그러한 모습으로 이틀 밤낮을 등받이 의자에 앉아 있었다. 단 한 번도 자리를 떠나지 않고 등받이 의자에 앉아 있었던 것만은 아니지만, 거의 대부분의 시간이 그러했었다.

그간, 소림사의 땡추 놈들과는 두 번의 싸움이 있었고 그 두 번의 공격은 무척 싱거웠다.

참고 견디리라는 그 다짐은 하루 이틀이 지나면서부터 되레 귀찮고 번거로운 짐짝처럼 여겨졌다.

나잇살답지 않게 실증이라니.

억수다.

쏴ㄱ아아아—아!

칠불석탑이 있는 협곡 분지 아래로 빗물이 간단없이 들어차면서 기관장치를 지키는 무인들의 가슴께까지 흙탕물이 차올랐다는 급보를 접했다.

그냥 두면 오늘을 못 넘기고 수몰되어 버릴 것이니 빠른 조치가 있어야 한다고 했다. 하지만 견자강은 그냥 차후 명령이 있을 때까지 움직이지 말고 대기하라는 명령만을 내렸었다. 그러니 견자강의 옆에 시비처럼 시립하고 있던 과웅당(誇熊黨) 당주 민서탁은 그야말로 죽을 맛이었다.

이 고립무원의 밀림 속에서 가장 안락한 시간을 보내는 사람은 인질로 잡혀온 초혜였다. 초혜는 밀림 특유의 널따란 잎사귀와 잔가지들을 보태 엮어서 만든 작은 풀집 속에서 머물렀다.

그동안, 땡볕과 거센 빗줄기를 피해낸 유일한 사람이 인질로 잡혀온 여인이란 사실에 민서탁은 적잖게 불만을 가지고 있었다. 하지만 불만을 자칫 표면에 드러냈다간 곧바로 황천길로 접어들 수가 있다는 사실에 입을 함부로 떼지 못했다.

남행한 이후, 부회주 견자강의 심신에 변화가 생긴 것이 확실하다. 그 이유에 대해선 딱 꼬집어 말하기가 뭐하지만 변화가 있다는 것엔 의심할 여지가 없었다.

민서탁은 자신이 당주의 신분임에도 발뒤꿈치가 불에 덴 듯화끈거리고, 종아리가 얼얼하게 당기고 아프리만치 종일 장승처럼 서 있어야만 했다. 그렇다고 해서 다른 사람보다 자신이 영 박복한 처지인 것만은 아니었다.

일부 부하들은 빗물이 차오르는 분지 아래에서 수몰당할 위기에 처해 있었고, 나머지 부하들은 분지 위에서 적을 경계하며 종일토록 빗줄기와 땡볕에 내몰린 채 인간 목책이 되어야만 했다.

사정이 그러하니 그나마 나무 아래에서 비를 피할 수 있는 자신의 처지를 감지덕지하게 여겨야 했다. 하지만 그 생각은 좀 전까지의 자기 위안일 뿐이었다.

더 서 있다간 다리 근육이 당기다 못해 아예 끊어질 것만 같아 민서탁은 주위를 두리번거렸다. 혈수인 견자강의 눈에 잘 띄지 않는 나무 아래를 찾아서 잠시 퍼저 앉아 욱신욱신 아픈 다리를 좀 주물러 놓고 싶어졌다.

견자강은 무심한 빗줄기를 상대로 장고에 빠진 사람처럼 보였다. 그 모습을 힐끔힐끔 훔쳐보던 민서탁은 슬그머니 뒷걸음질을 쳤다. 그리곤 기척을 잘 느낄 수 없을 만큼 뒷걸음질이 멀어진 후 슬며시 등을 돌렸다.

빗줄기는 고집이 셌다.

쏴아—아!

민서탁은 찡그린 미간으로 완고한 빗줄기를 노려보다가 저만치에 늘어선 나무들을 향해 발끝을 내딛었다.

민서탁이 가려지지도 않는 하늘을 가려보겠노라 두 손을 머리 위에 씌우고 철퍽거리는 발걸음을 떼고 있을 때, 빗줄기로 희미해진 저 건너편에서 소란스런 소리가 들렸다.

무슨 일인가 의아해하며 민서탁이 잎사귀 무성한 나무 밑에 도착했을 때쯤, 저만치 빗줄기 속에서 한 무리의 여인들이 모습을 드러냈고, 그 무리의 여인들 중, 선두에 선 한 여인을 게슴츠레한 눈길로 확인한 민서탁은 얼굴을 대번 와락 구겨야 했다.

홍파전(紅波殿)의 전주(殿主).

'아니! 저 망할 년이 여긴 왜 왔지?'

비에 흠뻑 젖은 여인은 다름 아닌 취접설화(醉蝶雪華) 냉가린이었다. 비에 흠뻑 젖어 검게 보이는 붉은 장의야 그렇다지만, 이리저리 베이고 찢어진 옷매무새로 보아하니 예까지 오는 동안 적잖은 고충이 있었던 게 분명해 보였다.

냉가린이 이런저런 고충을 감내하면서까지 직접 이곳으로 오게 된 이유가 있을 것이고, 그 이유는 결코 가볍지 않은 사안일 것이다.

민서탁은 그렇게 나무 아래에 우두커니 서선 나름 재바른 계산을 머리로 굴렸었다.

비에 젖어 젖무덤이 유난히 두드러진 꼬락서니로 둔부마저 요란스레 흔들어대고 걸어오니 어디 젖무덤이 조신하겠는가? 요망한 걸음걸이에 젖무덤까지 덩달아 오두방정을 떨어댔다.

홍파전 냉가린의 존재는 민서탁에겐 눈엣가시와도 같았다. 민서탁 역시, 냉가린의 눈엔 미운털이 덕지덕지 박힌 존재이긴 마찬가지였다. 그러니 현재 궁핍하고 딱한 처지에 내몰린 민서탁임에도 냉가린과 홍파전의 출현이 그다지 반갑지 않았다.

민서탁은 신경 거슬리는 낯짝을 보게 되자 욱신거리던 다리통이 더욱 아파왔다.

'망할 년! 올 거면 두 다리 좀 편히 쉰 후에야 올 것이지. 하필이면 이 궂은 날씨에 지랄 맞게도…… 휴우—!'

하지만 구린 속내를 겉으로 표시 낼 민서탁이 아니었다.

민서탁은 짐짓 반가운 웃음을 보였다.

"여— 어! 이게 뉘신가? 홍파전의 냉 전주(冷殿主)가 아니신가요? 몹쓸 비가 아무리 고약하여도 냉 전주의 자태는 어찌하지 못하는구려. 오호! 젖은 자태가 더욱 매혹적이십니다."

민서탁의 실없는 너스레를 듣고 좋아 헤죽거릴 냉가린은 아니었다. 냉가린은 입가에 표독스러워 보이는 미소를 배어 물고 빈정거렸다.

"어머, 민 당주(閔黨主)! 여태 살아 계시군요?"

냉가린의 고까운 말투에도 민서탁은 능청스런 웃음을 입가에서 지우지 않았다.

"꼭 저 죽기를 축원하시던 분 같습니다그려. 흐흐흐—!"

"호호호! 그나마 총기는 아직 남아 있네요."

간드러지는 교소와 함께 못됐게 똑 쏘아붙이는 냉가린의 곁으로 민서탁이 슬금슬금 다가섰다.

억수는 간단없고.

"전주, 여긴 전선(戰線)이라오. 아랫것들 보는 앞에서만이라도 좀 친한 척은 해야지 않겠습니까? 남세스럽게도 전주의 모가지에 너무 못돼먹은 가시가 돋아요."

냉가린은 걸음을 멈추지 않은 채 입을 재바르게 놀렸다.

"민 당주! 예전에 우리 아이 하나가 당주와 운운지정을 나눈 적이 있었다고 합디다."

민서탁은 기억도 잘 나지 않는 옛적 이야기를 냉가린이 갑작스럽게 꺼내놓자 은근히 불안해졌다.

"그, 그런데요? 그 아이가 이 몸을 못 잊고 상사병이라도 났다고 합디까? 그런 문제라면 까짓것⋯⋯."

냉가린이 민서탁의 흉물스런 너스레를 자르고 들어왔다.

"하룻밤 겪어본 소감을 이렇게 피력하더이다."

"그 아이가 뭐라던가요? 오줌보가 살살 녹아내렸다고 하더이까? 호호호ㅡ!"

"당주의 아랫도리를 평하기를⋯⋯."

"평하기를?"

"마치 뭍에 나와 썩어버린 해물(海物)과 똑같았다 하더이다. 축 늘어져 힘없기가 꼭 팔순 넘은 영감탱이의 양물이었고, 사타구니에서 풍기는 고약한 악취는 비린 바닷물에 절어 부패한 조갯살 저리 가라였다고 하더이다. 그런 쓸데없는 물건과 제가 왜 친해져야 하며 왜 가까이해야 합니까? 호호호ㅡ!"

냉가린의 간드러진 조소와 함께 뒤를 따르던 이십여 명의 홍파전 무녀(武女)는 터져 나오는 웃음기를 참지 못해 입을 막아가며 키득키득 웃어댔다.

그러니 아무리 능구렁이로 소문이 난 민서탁이라지만 모멸

감으로 인해 얼굴이 순식간에 붉으락푸르락해졌다.

"으―으―음! 어떤 요망한 년이 못된 주둥아리를 제멋대로 놀렸는지는 몰라도 이 민 모(閔某)가 그년의 아래위 주둥아리를 서로 맞닿도록 째놓은 뒤……."

민서탁의 입에서 구린 소리가 쏟아져 나오자 냉가린이 새치름한 표정으로 민서탁의 지저분해진 입을 가로막아 버렸다.

"당주! 부회주는 어디에 계신가요?"

더 이상 입을 섞지 않겠다는 냉가린의 태도에 민서탁은 무어라 더 구시렁대려다가 벌어진 입속으로 스민 빗물을 가래처럼 여기며 거칠게 뱉어내는 것으로 끝을 냈다.

"카―악, 퉤―!"

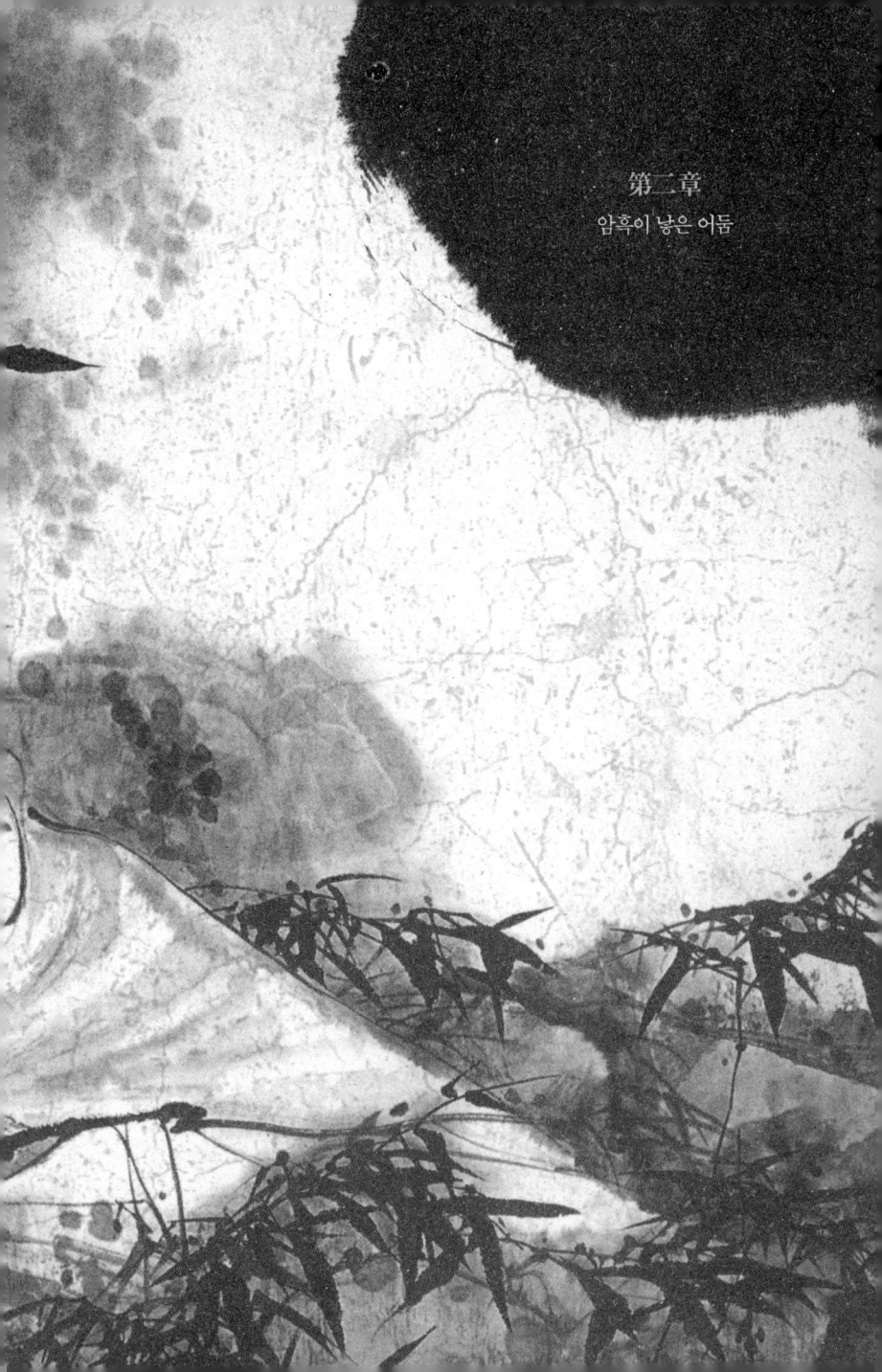

第二章

암흑이 낳은 어둠

江湖苦行記

강호 고행기

젖은 동굴 바닥을 내딛는 발자국마다 소리마저 내지 않으려니 여간 더디고 힘든 걸음이 아닐 수가 없었다.

주위는 저 먼 세상 바깥처럼 조용했으며 가시거리는 두어 자[尺]밖엔 되지 않았다.

동료인 배짝 마른 무인을 죽이고 어둠에 뛰어들었던 세 사람은 일각(一刻)쯤 어둠을 헤치고 나아가다가 발길을 되돌려 세웠다.

발길을 돌린 이유는 젖은 횃불이라도 다시 챙겨야겠다는 속셈에서였다. 세 명의 무인을 주위의 동료들이 호미삼우(湖尾三友)라고 부르기도 했었다.

세 사람은 암합회의 졸(卒)이 된 후부터 바로 돈독한 우애를 맺은 것은 아니었다. 그들은 우연한 계기로 서로가 동향임을 알게 되었고, 그 후부터 그들은 도원결의한 형제들처럼 늘 붙어 다녔었다.

그들의 고향은 동정호 호변의 작은 도회지 '호미(湖尾)' 였다. 그래서 그들에게 호미삼우라는 다소 과장된 무림명호가 따라붙게 되었다.

어쨌건. 호미삼우의 첫째는 소왕칠이고, 둘째가 최삼이다. 그리고 막내가 간지홍이다. 밤눈이 개중에 제일 좋은 막내 간지홍이 장님 코끼리 만지듯 동굴 벽을 더듬거려 가며 앞장섰다.

그들은 횃불을 버렸던 그 장소에 기절초풍할 무위를 가진 젊은 무인이 아직 머물고 있다고 생각하지 않았다.

돌아갈 기억이 더 희미하기 전에 그곳으로 다시 되돌아가 물에 젖은 횃불이라도 회수해야 했다. 그것이 절박하게 느껴질 만큼 어둠이 그들에게 안겨다 준 공포는 대단했다.

막내 간지홍의 시야보다 후각이 먼저 더 먼 곳을 더듬거렸고, 이내 간지홍의 후각은 피비린내를 감지해 냈다. 동료들의 주검이 너부러진 곳이 그리 멀지 않다는 이야기이다.

그곳엔 버려둔 홰가 있다.

목적지가 가까워지자 간지홍의 움직임은 느려졌다.

조심한다.

적이 그 자리에 없을 것이라는 심중의 확신이 있음에도 조심해야 한다.

간지흥은 익숙하게 느껴지는 동굴의 모서리를 돌았다. 조심스레 두세 걸음 나아갔을 때, 간지흥은 무언가 모르게 갑자기 뒤가 섭섭해졌다.

무언가 잃어버린 것 같은 허전한 느낌.

알 수 없는 공허감에 혹시나 하며 뒤를 돌아봤다.

역시 바짝 따라붙어야 할 기척이 없다. 바로 자신의 뒤를 따르던 첫째의 인기척이 없다.

괜히 피부엔 냉한 기운이 감돌고 머리카락이 쭈뼛쭈뼛했다.

소리를 내어 부를 수도 없다. 간지흥은 가늘게 떨리는 손끝으로 어둠을 더듬거렸다. 금방이라도 질식될 것만 같은 어둠만이 물결처럼 손끝에 느껴졌다.

'어떻게 된 거야?'

당혹한 외침은 가슴속에서만 여울졌다. 그러다가.

텃—!

손끝에 닿는 가슴 앞섶의 눅눅한 옷깃 감촉.

순간, 간지흥은 두렵고 답답하던 체증이 가슴 아래로 싸하게 내려가는 전율을 느꼈다. 다행히 찾았다.

그것은 매우 짤따란 안도였고 착각이었다.

손끝이 느낀 반가움은 순식간에 낯선 기운을 감지해 냈다.

그 기운에 화들짝 놀란 간지흥은 내민 손을 물리며 몇 걸음 뒷걸음질을 쳤고, 그 바람에 뒤뚱거리며 뒤로 나자빠질 뻔했다.

자신도 모르게 입이 떨어지고 말았다.

"누, 누구⋯⋯."

누군지 궁금해할 필요도 없었던 상황이었다.

팟―!

간지홍이 눈을 못 뜰 만치 찰나지간에 동굴 안이 환하게 밝아졌다. 불빛과 함께 콧속에 번지는 횃불의 기름 냄새.

따―다―닥!

물기에 젖은 횃불은 신음을 불티처럼 튕겨냈다.

마웅은 들고 있던 횃불을 간지홍의 눈앞에 불쑥 내밀었다.

간지홍은 자신에게 내밀어진 횃불을 어찌해야 할지 몰라 머뭇거렸다. 그 짧은 시간의 틈새로 간지홍은 마웅의 등 뒤에 우두커니 서 있는 두 형제를 확인했다.

첫째 소왕칠과 둘째 최삼이었다.

두 형의 모습을 확인한 간지홍의 아래턱은 턱관절이 빠져나갈 듯이 떡 벌어졌다.

"엇⋯⋯?"

첫째와 둘째는 어찌 된 영문인지 서로의 가슴팍에 서로의 장검 끝을 디밀고 대치하고 있었다. 그러니 막내 간지홍은 기절초풍하리만치 놀라지 않을 수 없었다.

첫째 소왕칠은 간지홍의 눈길 앞에 비스듬하게 등을 보이고 있어 표정이 어떠한지 알 길이 없었다. 그래서 간지홍은 소왕칠이 쭉 내민 장검의 검신을 따라 시선을 옮겼다.

둘째 형 최삼에게서라도 이 황망하고도 믿기 힘든 이 괴이한 상황에 대해 설명을 구하고 싶었다.

서로를 난감한 눈길로 바라보며 귀밑머리 아래로 굵은 땀방울을 흘리고 있는 것으로 봐선, 두 사람 모두 자의로 저러고 있지 않다는 것만은 확실했다.

간지홍의 뇌리를 번뜩 스치는 생각.

두 사람 다 놈에게 혈(穴)이 잡혔다.

하지만 어떻게 그 짧은 순간에, 그것도 아무런 기척도 없이 동시에 저리 혈이 잡혀 난감한 꼴이 되어버렸다는 말인가?

간지홍이 의문으로 눈알을 굴리고 있을 때, 마웅의 입에서 무정무심한 목소리가 짧게 새어 나왔다.

"들어."

간지홍은 마웅이 자신에게 내민 횃불을 가만히 노려봤다. 간지홍의 귀밑머리 아래에도 미지근한 땀이 흘러내렸다. 횃불이 전하는 열기 때문만은 아니었다.

간지홍은 애먼 횃불 불빛을 노려보며 생각했다.

'대체 어쩌자는 건가?'

의문도 생각도 애초에 하지 말았어야 했다. 그럴 처지가 아니었다. 간지홍은 그것을 알지 못했다.

팍—!

마웅의 내지른 발길질에 간지홍은 가슴팍이 차이며 저만큼 날아갔다.

날아가 등짝이 거친 동굴 벽에 쿵 처박히며 아래로 무너졌다. 숨이 끊어지는 듯한 호흡으로 벌떡 일어선 간지홍은 순간적으로 망설였다.

'그냥 달아날까?'

궁지에 몰린 인간이니 필연적인 흔들림이었다.

하지만 선택을 좀 더 빨리 했어야 했다.

"와라."

마웅의 조용한 목소리에 기겁을 한 간지홍은 최면에라도 걸린 꼭두각시처럼 허겁지겁 달려가 마웅 앞에 섰다. 다가가 구부정하게 선 간지홍의 눈길 앞에 다시 횃불이 디밀어졌다.

"들어."

마웅의 착 가라앉은 목소리를 더 이상 거부하지 못한 간지홍은 왼손으로 활활 타오르는 횃불을 건네받았다.

마웅이 횃불 앞에서 말없이 등을 보이며 돌아섰다. 바로 한 걸음 앞. 마웅의 너른 등짝이 간지홍의 눈 속에 한가득 들어찼다.

기회다. 간지홍은 재바르게 오른손을 장검의 검파에 얹었다. 목숨을 걸어놓은 일수(一手)이니만큼 간지홍의 짧은 동작은 민첩하고 기척이 없었다.

하지만.

팟―!

간지홍이 검초(劍鞘)에서 검신을 새끼손가락 길이 정도 뽑아냈을 때, 마웅의 발끝이 선회하며 날아와 간지홍의 장검 검수에 가볍게 와 닿았다.

감히 미동도 하지 못할 정적.

장검의 검파 쪽으로 시선을 천천히 내려놓던 간지홍은 한쪽 눈꺼풀에 심한 경련을 일으키며 틀어잡았던 검파에서 조심스럽게 손을 뗐다.

그제야 마웅의 뻣뻣하게 펴진 한쪽 다리가 톱니바퀴에 작동하는 기계처럼 스르륵 물러났다.

마웅이 다시 간지홍에게 등을 보이며 한 발 앞으로 나아갔을 때, 간지홍은 감당 못할 무력감과 수치심에 잠시잠깐 머리가 돌아버렸다.

"왜— 엣—?"

간지홍은 자신도 모르게 마웅의 너른 등짝을 노려보며 악에 받친 물음을 던졌다. 마웅의 걸음이 멈칫 섰다. 그리고 고개를 비스듬하게 뒤로 돌렸다.

"왜라니?"

목소리는 차분했다. 하지만 잡아먹을 듯 소리쳤던 간지홍의 목소리는 급격한 두려움에 휩싸여 버렸다.

턱이 오한 들린 것처럼 덜덜 떨렸다.

"사, 살려… 준다고 하, 하지 않았소? 홰, 횃불을 버리고 어둠 속으로 달아나면 우… 릴 살려준다고 하지… 않았소?"

"살려줬잖아?"

"하, 하지만 지… 금 우릴 죽이려고…….."

마웅은 간지홍의 말을 빠르게 잘라 버렸다.

"그래, 죽인다. 뭐가 잘못됐어?"

간지홍의 두려움은 치밀어 오른 분노에 차츰 걷혔다. 벌벌 떨리던 간지홍의 목소리가 차차 또렷해졌다.

"대, 대체 그런 법이 어디에 있소. 살려준다고 약속을 했으면 사내답게……."

"처음엔 그럴 작정이었지. 그런데 일이 꼬여 버렸어. 너희가 배짝 마른 동료를 죽이고 달아날 줄은 미처 몰랐었거든. 난 내게 좋은 정보를 제공할 입이 하나 필요했었는데 그걸 너희가 없애 버리고 달아났어."

마웅의 말에 호미삼우들은 곪아 몹시 아픈 상처가 도드라진 것처럼 찔끔 놀랐다. 대충 정황을 파악한 간지홍이 그냥 죽여주시오, 할 수가 없어 입 밖으로 궁색한 소릴 꺼내놓았다.

"우린 그냥……."

"그냥 뭐?"

"우린 그냥… 소협의 손을 들어준다는 심정으로……."

"개소리."

"소… 협?"

"개소리가 맞지?"

"……"

간지홍은 재확인을 들어온 마웅의 질문 앞에 차마 대답을 하지 못했다. 간지홍이 어금니를 질끈 깨물고 침묵하자 마웅의 고개가 다시 두 명의 형제들에게로 향했고, 발길 또한 눈길을 따라 다시 이어졌다.

처벅─! 처벅─!

다가오는 마웅의 젖은 발자국 소리에 칼끝을 서로에게 뻗어내 대치한 소왕칠과 최삼의 벌어진 입에서 격해진 숨결이 색

색 쏟아져 나왔다.

마웅은 두 사람의 원치 않은 대치 앞에 우뚝 섰다.

그리곤 낮고 조용한 음색을 깔아냈다.

"너희 셋 중 둘은 죽는다. 너희 중, 둘이 죽어야 할 이유를 굳이 말하지 않겠다. 반드시 둘이 죽어야 하나가 살아남는다. 선택은 너희가 한다."

잠시 말을 끊어놓던 마웅은 간지홍 쪽으로 고개를 휙 돌리며 이죽거렸다.

"내 허락 없인 절대 움직이지 마라. 한 발짝이라도 움직일 시엔 죽는 쪽이 네가 될 터."

간지홍은 마웅의 푸르스름한 안광에 질려 꽁꽁 얼어붙은 몸으로 마른침만 꼴깍 삼켰다. 간지홍은 그것으로 대답을 대신했다.

마웅은 대치한 두 형제 쪽으로 다시 시선을 옮겨놓았다.

"내가 셋을 헤아린다. 셋을 헤아리기 전에 손을 쓰면 죽는다. 셋에서 머뭇거려도 죽는다. 셋을 헤는 동시에 상대를 먼저 죽이는 자는 살려주겠다. 둘 중 하나가 죽고, 저기 저놈이 죽는다는 말이다. 둘 다 동시에 죽으면 저기 저놈이 살아남을 것이다. 차마 서로를 죽일 수 없다면 나를 노려도 좋다. 하지만 그 순간, 둘 다 내 손에 죽는다. 결국 저기 저놈만이 살아남겠지. 선택은 너희 둘이서 한다. 알아들었어?"

첫째 소왕칠과 둘째 최삼은 아혈(啞血)까지 짚였는지 우거지상으로 눈만 말똥말똥 굴렸다.

마주 선 두 사내의 눈빛 속엔 많은 것들이 교차했다.

마웅은 마주 선 두 사내의 표정을 번갈아보며 즐기듯 잠시 침묵한 채 시간을 지체했다.

첫째 소왕칠의 동공은 점점 돋아나는 실핏줄로 인해 빨갛게 물이 들었고, 둘째 최삼의 눈빛엔 그렁그렁 물기가 차올랐다. 그제야 마웅은 양어깨를 틀었다.

타—타타타—탓!

두 사내의 몸이 사시나무처럼 한차례 떨리더니 두 사내의 벌어진 입에서 동시에 깊은 날숨이 허—억 하고 새어 나왔다.

아혈을 비롯한 금제되었던 모든 혈도가 풀렸음에도 두 사내의 칼끝은 서로의 가슴팍을 가볍게 찌른 채 그대로였다.

마웅의 두 눈에 이채가 짧게 스치며 입이 짤따랗게 열렸다.

"하나!"

마웅의 입에서 '하나'라는 셈이 외쳐지는 것과 동시에 두 사내의 장검 끝은 바르르 떨리기 시작했다. 둘째 최삼이 격정을 참지 못하고 울먹였다.

"혀, 형—님!"

둘째의 떨리는 부름에 소왕칠이 두 눈을 부릅뜬 채 고개를 절레절레 저으며 애써 입가에 비린 웃음을 보였다.

"두, 둘째야, 죽어도 우리 같이 죽자."

최삼이 두 볼에 굵다란 눈물을 흘리며 고개를 주억거렸다.

"……예."

마웅의 입이 다시 짧게 열렸다.

"둘—!"

저만치서 횃불을 밝히고 있던 막내 간지홍이 파랗게 겁에 질린 목소리로 목을 놓아 울부짖었다.

"혀, 형님들 저 좀… 살려주세요!"

첫째와 둘째가 셋째를 힐끗 살폈다. 동시에 두 사람의 손아귀에 힘이 들어가며 칼끝에도 힘이 실렸다.

반면, 마웅의 눈동자는 무엇을 생각하는지 텅 비어 무심해 보였다. 마웅은 그러한 무정한 눈빛으로 마지막 셈을 치렀다.

"셋—!"

마웅의 입에서 하나와 둘에 비해 셋이라는 셈이 몹시 크게 터져 나왔고, 그 일갈과도 같은 외침에 호미삼우 모두가 어깨를 한차례 움찔거리는가 싶더니.

풋!

푹—!

살과 뼈를 꿰뚫는 소리가 거의 동시에 터졌다. 짧게 이어진 적막은 연이어 터지는 낮은 신음에 의해 깨어졌다.

"으—!"

"욱—!"

그리곤. 다시 이어진 침묵에 시간은 정지했다. 횃불의 불빛마저 멈춘 시간 속에서 흔들리지 않았다. 다만 서로의 가슴속으로 파고들어 간 칼끝에서 게워져 나온 핏물이 두 사내의 가슴 앞섶을 벌겋게 물들여놓았다.

둘째 최삼이 고개를 천천히 숙여 자신의 가슴에 박힌 첫째 소왕칠의 장검을 내려다봤다. 박힌 칼끝은 기껏해야 손가락 한 마디도 되지 않았다.

최삼이 일그러진 얼굴을 들어 올렸다.

"미안해요… 형… 님!"

첫째 소왕칠의 두 눈은 밖으로 툭 튀어나올 듯이 커져 있었다. 딱 벌어진 그의 입에선 식도를 타고 역류한 핏물이 꾸역꾸역 새어 나왔다.

"둘째 네, 네가? 네가……?"

둘째 최삼의 장검 검신은 이미 소왕칠의 가슴팍을 관통하여 등짝을 꿰뚫고 튀어나와 있었다. 그러한 상황으로 봐서, 소왕칠의 장검 칼끝이 최삼의 가슴팍을 살짝 파고든 것은 자의적인 것이 아니라, 최삼의 장검에 의해 자신의 가슴팍이 관통당한 충격과 고통으로 소왕칠은 자신도 모르게 칼을 설핏 내뻗은 것으로 여겨졌다.

결과적으로 소왕칠과는 달리 최삼은 자신의 목숨을 부지하기 위해 소왕칠을 버렸다. 소왕칠은 최삼의 가슴에서 자신의 칼을 거둬들였다. 그리곤 동굴 바닥에 칼을 맥없이 떨어뜨렸다.

비정한 쇳소리가 났다.

철—그—렁!

소왕칠은 무너져 내리며 둘째를 향해 빈손을 내뻗었다.

"네가… 둘째 네가……?"

막내 간지홍이 소리치며 쓰러진 소왕칠을 향해 달려들었다.

"큰—형님!"

마웅은 몸을 슬쩍 뒤틀며 간지훙의 신형을 스쳤고, 간지훙의 손에 들려져 있던 횃불이 갑자기 꺼졌다.

팟—!

어둠.

휙—!

금속의 파공음, 그리고 누군가의 단말마.

"컥—!"

털썩—!

단말마를 남긴 누군가가 어둠 아래에 쓰러졌다.

팟—!

횃불이 다시 켜졌다.

횃불은 마웅의 손에 들려져 있었고, 동굴 벽에 등을 지고 주저앉은 둘째 최삼의 목엔 손가락 두 마디 정도의 깊은 자상이나 있었다.

몇 걸음 떨어진 막내 간지훙의 손에 들린 장검의 칼끝에서 뚝뚝 떨어지는 핏물.

마웅이 횃불을 꺼버리는 그 순간에 간지훙이 큰형의 주검으로 달려가던 신형을 잽싸게 틀어 둘째 최삼의 목덜미에 자신의 장검을 쑤셔박아 버린 것이다.

동굴 벽을 등지고 주저앉은 최삼의 목덜미에서 검붉은 핏물이 울컥울컥 게워져 나왔다. 핏물은 살아서 흘렀지만 이미 절명한 주검.

막내 간지홍은 장검을 축 늘어뜨리며 넋이 나간 목소리로 중얼거렸다.

"셋 중 하나였어. 하나였을 뿐이라고……."

그러다가 무언가 생각이 났는지 고개를 번쩍 쳐들며 실성한 사람처럼 함지박만 하게 웃었다.

"하하하—! 이제 됐지? 하나만 살려준댔잖아? 정보를 줄 입이 하나는 필요했댔잖아?"

마웅은 호미삼우의 막내 간지홍을 갸름한 눈초리로 노려보며 고개를 가만히 가로저었다. 그러자 간지홍은 늘어뜨려 놓았던 장검을 번쩍 치켜들며 으르렁거렸다.

"씨—팔! 왜? 도대체 또 왜?"

마웅은 간지홍을 향해 한발 두발 다가갔고, 그 걸음걸이만큼 간지홍은 한발 두발 뒤로 물러났다.

마웅이 담담한 표정으로 입을 열었다.

"넌 규칙을 위반했다. 그러니 너의 목숨은 무효다."

"너도 규칙을 위반했잖아! 너도 약속을 안 지켰잖아, 이 개자식아!"

마웅은 입가에 사악한 미소를 지어 보였다.

"강자는 규칙을 정하고 약자는 그것을 지켜야 한다. 강자에겐 규칙을 지킬 의무는 없다. 그게 세상이다. 몰랐냐?"

간지홍은 미친 듯이 독기를 부렸다.

"씨—발! 이 개놈아! 넌 처음부터 우릴 다 죽일 작정이었지? 그렇지?"

마웅은 그에 대한 대답을 하지 않았다.

다만.

씨익―!

비린 웃음 앞으로 횃불의 환한 불빛이 와락 쏘아졌다.

간지홍은 불빛을 보지 못하고 어둠을 보았다.

그 어둠이 한순간에 꺼지는 것도 확인했다.

팟―!

*　　　　*　　　　*

쏴―아아아―아!

냉가린의 두 무릎이 진창 속에 꿇렸다.

다소곳하게 숙인 머리에 억수가 퍼부어졌고, 숙인 이마 아래로 흘러내린 머리카락을 타고 빗물이 줄줄 떨어졌다.

조아린 그녀의 머리맡을 내려다보며 견자강이 입을 열었다. 쇠 목소리는 젖어 있었다.

"너는 누구에게서 그런 보고를 받았느냐?"

"우기린(右麒麟) 팽막건이 급파한 전령으로부터 제가 직접 급보를 접했습니다. 그 후, 저는 곧바로 이곳으로……."

팽막건은 좌기린 위수진과 더불어 소회주의 양대호법 중의 일인이며 그동안 실불도의 포구에서 대기하고 있었던 것으로 견자강은 알고 있었다.

견자강의 연붉은 눈동자에 이채가 스쳤다.

"음—! 불청객의 용모파기는 되었느냐?"

견자강의 물음에 냉가린이 고개를 들더니 허리춤에서 두루마리 족자 하나를 빼내어 견자강을 향해 받쳐 들었고, 견자강이 그것을 받아 짜증 서린 손짓으로 펼쳐 들었다.

좌—르륵!

처음엔 별다른 감흥 없이 보고서를 훑어 내려가던 견자강은 갑자기 표정을 급변시키더니 눕듯이 앉힌 자세를 되잡으면서 눈빛까지 빛냈다.

그 모습을 곁눈질로 살피던 민서탁이 허리를 깊숙하게 숙이며 속살거렸다.

"부회주, 혹시 아는 자입니까?"

혈수인 견자강은 궁금증을 품은 당사자에겐 대꾸도 없이 고개 숙인 냉가린에게 말을 붙였다.

"넌 이 내용을 미리 확인했을 터?"

냉가린이 급하게 고개를 들어 올렸다.

"그렇습니다. 하온데 어찌하여 그것을……?"

냉가린의 의아한 표정을 견자강은 삐뚜름한 눈길로 내려다봤다.

"보고도 인석이 누군지 몰랐다는 말이냐?"

"……예?"

"이런 미련한 것아! 읽어보고도 정말 몰라?"

견자강에게 면박을 당한 냉가린은 당황스러워했다.

"치, 칠철각의 잔당쯤으로 짐작은 되지만… 천녀(賤女)가 워낙에 우둔하고 안목도 없는지라⋯⋯."

그러한 냉가린의 당혹해하는 태도에 민서탁이 좋아라 하며 옆에서 깐죽거렸다.

"그놈이 그럴듯하게 생기지를 못한 탓에 기억에 남지 않았나 봅니다. 안 그렇소, 전주?"

곧바로, 슬쩍 흘기는 견자강의 눈매에서 불그스름한 안광이 폭사되었다. 서슬 붉은 눈초리는 민서탁에게로 향했고.

"닥쳐라! 네놈이 본좌 앞에서 감히!"

견자강의 노한 안광을 마주한 민서탁은 간이 단전 밑으로 뚝 떨어진 듯 식겁을 하며 두 무릎을 진흙탕에 털썩 꼬라박았다.

"주, 죽을죄를⋯⋯."

견자강은 목청을 차분하게 가라앉혔다.

"넌 가서 그 아이를 데리고 오너라. 확인해 봐야겠다."

민서탁은 견자강이 말하는 그 아이가 누구를 지칭하는 말인지 선뜻 알아듣지 못해 멍한 표정을 지어 보이다가, 뒤늦게 불현듯이 생각이 났는지 벌떡 일어서서 급하게 뒤돌아섰다. 그리곤 초혜가 들어앉아 있는 풀집을 향해 급한 걸음걸이를 옮겨댔다.

민서탁이 자리를 비우자 견자강이 냉가린을 향해 낮은 음색을 깔아냈다.

"과거에 넌, 동정호 인근에서 중상을 입은 채 정신까지 놓친 칠철각의 막내와 마주친 적이 있었지?"

머릿속에 무언가 번뜩 스친 냉가린이 고개를 발딱 들어 올렸다.

"그럼? …그렇다면, 사대천왕 중 광목천왕 허문간을 해한 바로 그놈이 칠불도의 불청객이란 말씀이십니까?"

"그래, 내가 보기엔 그 녀석이 분명하다. 녀석의 이름이 아마도… 그래, 마웅이라고 했던 것으로 기억한다. 그 마웅이라는 녀석이 실불도의 우기린 쪽 외부 경계를 속이고 침입하여 기어코 암옥산(岩獄山) 화구에 있는 용목(龍目)의 비처로 들어갔어. 문제는 그곳엔 소회주도 함께 있다는 점이야."

고심에 빠진 혈수인 견자강과는 달리 취접설화 냉가린은 입가에 엷은 미소를 지어 보였다.

"부회주, 놈이 소회주의 근처를 얼씬거린다면 그다지 신경 쓰실 일이 아닌 줄 아옵니다. 그깟 어린 녀석이 유아독존하실 소회주의 신공절학 앞에 어찌 감히……."

마웅의 존재를 대수롭지 않다며 얕잡아보던 냉가린은 견자강의 일그러진 눈빛을 확인하자 더 이상 주절대지 못하고 입을 닫아야 했다.

견자강은 매섭게 노려보던 눈매를 풀어내어 누런 빗물 도랑에 시선을 담갔다. 그의 입매에는 씁쓸함이 배어났다.

"너도 후일을 염두에 두고 있구나. 그렇지?"

엉뚱한 견자강의 물음에 냉가린은 의중을 몰라 어리둥절했다.

"무슨 뜻인지요? 후일이라시면……?"

"곧 시대가 변할 것이니 미리 소회주의 등 뒤에 줄을 서려는 마음이 너에게도 있느냐는 거다."

냉가린은 찔끔 찔리는 데가 있었다. 그러한 이유로 견자강의 난감한 질문 앞에 냉가린은 선뜻 속내를 꺼내 보이지 못했고, 결국 그 머뭇거림이 솔직한 대답이 되어버렸다.

어느 세력이든 간에 세력이 커지다 보면 파벌이란 것이 불가피하게 생성된다.

예외없이 암합회에도 그것이 존재했었다. 회주와 사대천왕을 주축으로 하는 파벌과 부회주 견자강을 따르는 파벌. 사실, 냉가린이 전주로 있는 홍파전은 부회주의 파벌에 가까웠던 조직이다. 그것을 누구보다도 잘 알고 있는 냉가린이었기에 견자강의 질문에 난감해질 수밖에 없었고, 그러한 빌미를 자신이 제공했음도 자각하게 되었다.

냉가린은 면구한 얼굴을 슬며시 들어 올렸다.

"죄송합니다."

"뭣이 죄송하다는 게야?"

냉가린은 묘한 표정으로 자신을 내려다보는 견자강을 향해 아랫입술을 잘게 씹어 보이곤 급하게 고개를 떨어뜨렸다.

"혹여 제가 부회주께 배신감을 드렸다면 따로 충성을 증명해 보이겠습니다."

냉가린은 부회주의 눈 밖에 난다는 것이 바로 죽음이 될 수도 있다는 사실을 기억해 내며 급하게 자신을 낮추었다. 견자강의 입가에 미소 같지도 않은 미소가 사악하게 물렸다.

"오! 그래? 그럼 내가 너에게 한 가지 중요한 임무를 내릴 테니 군말없이 실행하겠느냐?"

"예!"

절대 망설이는 기색을 보여선 안 될 처지인지라 망설임없이 대답을 하긴 했지만 냉가린은 자신에게 주어질 임무가 무엇일지 몰라 몹시 불안스러웠다. 그래서 슬며시 숙인 고개를 들어 올렸다.

"하온데… 어떤 임무를 저에게……?"

순간, 혈수인 견자강의 한 손이 냉가린의 젖무덤 속으로 불쑥 들어왔다. 여느 여인네 같았다면 기겁을 하며 놀란 비명이라도 내질렀겠지만 그만한 일에 소리치며 법석을 떨어댈 냉가린이 아니었다.

다만, 당혹한 눈길로 견자강을 찬찬히 올려다봤다. 의문은 이내 풀렸다. 양 젖무덤 사이, 깊은 젖가슴 고랑에 차가운 금속성이 느껴졌다.

견자강이 무언가를 냉가린의 젖가슴 속에 넣어준 것이다.

냉가린은 속삭이며 물었다.

"무엇인지요?"

견자강은 냉가린의 가슴에서 손을 빼지 않은 채 대답했다.

"열쇠다."

"어떤 용도입니까?"

"실불도에 있는 용목의 문을 열고 닫는 데 사용한다."

견자강의 대답에 냉가린은 흠칫 놀랐다.

"그것을 왜 제게……."

"너의 손으로 문을 닫은 후 파(破)하라."

냉가린의 눈과 몸은 한순간에 꽁꽁 얼어붙었다.

실불도의 문을 닫고 열쇠를 없애 버리라는 명령은 소회주의 신변과도 무관하지 않은 일이다. 과장되게 표하자면 이것은 소회주를 제거하라는 뜻과도 상통한다.

냉가린은 자신의 젖무덤 사이에 머물던 혈수인 견자강의 한 손이 스르륵 빠져나가는 것도 알지 못한 채 심한 정신적 충격으로 인해 머릿속에서 윙윙대는 벌떼들의 날갯짓 소리만이 들렸다.

그 혼미해지는 정신 속으로 냉기를 머금은 서슬의 목소리가 스며들었다.

"나에게서 등을 보일 기색만으로도 넌 이미 죽었다. 다만 나의 손에 죽느냐, 아니면 다른 자의 손에 죽느냐, 선택만이 너에게 남았다."

"……!"

"일어서라. 여자란 차가운 곳에 오래 머물지 않는 법."

냉가린은 젖가슴 사이에 끼인 금속의 냉기를 두 손으로 보듬으며 낯을 부르르 떨다가 일어섰다.

갑자기 몰려오는 아득한 현기증.

휘청—!

취접설화 냉가린은 취기 하나 없는 말짱한 정신머리로 비틀거렸다. 혈수인 견자강이 죽었노라 하면 틀림없이 죽은 것이다. 아니, 어쩌면 죽은 것이 아닐 수도 있다.

모든 명령이 부회주에게서 나온 것이니, 부회주의 손을 피할 수 없을지는 몰라도 다른 자의 손은 피할 수도 있다. 하지만……

하지만 이것은 암합회를 한순간에 두 동강 낼 음계다.

견자강은 냉가린이 절대 거부하지 못할 것을 잘 알면서도 재차 의향을 물었다.

"할 수 있겠지?"

냉가린 역시 못하겠노라 차마 말할 수 없는 처지임을 알면서도 혼란하고 당혹한 자신의 심정만은 꼭 견자강에게 알리고 싶었다.

"부, 부회주! 하, 하오나……!"

"뉘엿뉘엿 지는 태양이 푸른 달빛을 과연 알까?"

알 듯 말 듯한 견자강의 말에 냉가린은 흐트러진 정신과 어지러운 몸의 중심을 가다듬었다. 그러나 요동치는 박동만은 어찌할 수 없었다.

가슴이 이토록 미쳐 날뛰어본 적이 있었던가? 봄꽃 봉오리 같았던 어린 나이에 사내의 거친 심지를 처음 겪으며 파과(破瓜)를 당했을 때에도 이렇듯 가슴이 뛰지는 않았었다.

소회주를 이국 땅 외딴섬 암산에 묻어버릴 생각이라니.

이것은 명명백백한 반역이다. 그러나 그것이 반역일지라도 감히 뉘 앞이라 거부할 수 있단 말인가.

만약 거부하면, 부회주 견자강은 자신의 젖가슴 고랑에 넣어두었던 열쇠를 도로 취할 것이다. 단지 열쇠만을 회수하지는 않을 터. 견자강의 손아귀에 열쇠와 자신의 붉은 심장이 한꺼번에 틀어쥐어질 것이 불을 보듯 빤한 일이다.

설령 숙명으로 죽는다 하여도 그것이 이 시점, 이 자리가 되는 것은 피하고 봐야 한다.

그것이 자신이 지금 할 수 있는 최선책이다.

냉가린은 눈을 지그시 감고 크게 한 번 침을 삼켜 가슴을 스스로 억압하듯 다스렸다. 그리곤 침착하게 입을 열었다.

"언제, 어떻게 움직이리까?"

견자강은 냉가린의 물음에 답을 주지 않았다. 견자강의 시선은 스르륵 돌아갔다. 시선이 향한 곳에서 젖은 발자국 소리가 들렸다. 민서탁이 초혜를 앞장 세워 빗줄기 속으로 다가오고 있었다.

빗소리는 간단없고.

쏴—아아아—아!

*   *   *

종일토록 내리던 억수가 그친 후, 반나절은 가을날인 양 선선하였지만, 그 반나절의 습기가 다시 땡볕에 마르면서 체감온도는 후끈 달아올랐다.

수풀 구석구석에 스민 빗물은 뒤늦게 스멀스멀 기어나왔고, 그 게으른 습기에 배어난 피비린내는 몹시도 짙게 퍼져 나갔다.

핏물에 절다 못해 툭툭 떨어지는 칼을 거두어들이며 손화수가 이훈직 앞에 섰다.

"놈들이 일시일거(一時一擧)에 움직였다는 것은 고수(固守)가 아니라 이젠 퇴주라고 봐야 할 것입니다."

급박함에 경직된 손화수의 표정과는 달리 딴생각에 빠진 이훈직의 얼굴과 눈길.

한차례 혈투로 헝클어진 머리카락에 비해 단단히 묶어놓은 제비초리 꽁지머리는 제법 가지런했다.

답답해진 손화수가 재차 이훈직의 딴청을 찝쩍거렸다.

"대사형?"

하지만 이훈직은 손화수의 눈길을 피해 여전히 먼 곳으로 시선을 던져 놓은 채 묵묵부답이다.

널따란 풀잎사귀로 칼에 묻은 피를 쓱 닦아낸 최대산이 이훈직의 시선을 가로막으며 다가왔다.

최대산의 표정 또한 손화수와 별반 다르지 않았다. 그러한 최대산의 표정에 이훈직은 미리 방어하듯 입을 열었다.

"털어봐야 성가신 먼지밖엔 안 나와."

"그렇다고 해서 이렇게 느긋하게 대처할 수는 없어. 놈들의 목적이 무엇이건 간에 인질이란 늘 위험한 처지임은 확실해. 서둘러!"

이훈직은 고개를 천천히 가로저었다.

"아냐. 다그치면 오히려 우리 쪽이 다쳐. 적의 손에 초혜가 있는 이상 천천히 조심스럽게 다가가야 해."

최대산 역시 그 사실을 모르는 바가 아니니 쓴 입맛을 다시는 것으로 구린 속을 다스렸다. 손화수가 무릎 높이만큼 자라 있는 풀숲 위에 너부러진 십여 구의 주검을 휘둘러보다가 입을 뗐다.

"초혜도 초혜지만 예까지 와서 칠불석탑을 확인하지 않을 수는 없다고요, 대사형!"

이훈직은 고집스레 고개를 저었다.

"설령, 칠불석탑을 우리가 점령한다손 치더라도 이미 우린 어쩔 수가 없어."

"천복승에게 건네받은 복제 열쇠가 우리 수중에 있습니다. 무언가 해보긴 해봐야죠?"

"그들은 이미 그들이 지니고 있는 열쇠뿐만이 아니라 또 다른 열쇠가 세상에 존재하고 있다는 사실을 이미 깨닫고 있는 상황이야. 그런 그들이, 칠불석탑에서 물러나면서 기관장치를 온전히 뒀겠어? 절대 아냐. 열린 상태든 닫힌 상태든 간에 누군가가 더 이상 손을 댈 수 없도록 파괴해 버렸을 거야."

이훈직의 설명에도 손화수의 표정은 개운하지가 않았다.

"그래도 직접 확인은 해봐야 합니다. 어쩌면 막내가 기관장치 안으로 들어갔을 수도 있습니다."

이훈직의 대답은 냉정했다.

"이미 문은 닫혔고, 그것으로 운명은 결정된 거야. 우린 더 이상 손을 쓸 수가 없다."

잠자코 있던 최대산이 은근히 화가 치밀어 올랐는지 버럭 소리를 질렀다.

"뭐야! 그래서 그냥 저냥 이러고 있자는 거야? 적의 꽁지나 슬금슬금 따라붙어 부스러기 같은 졸개들이나 죽이며?"

"우리가 먼저 칠불석탑에 도착하면 자칫 불필요한 오해를 불러들일 수도 있어. 전후 사정을 살피며 신중해야 해!"

급기야 최대산의 짜증에 구린 입이 더해졌다.

"이 마당에 오해는 무슨 우라질 오해?"

최대산의 격한 반응과는 달리 이훈직은 여전히 진중하고 냉철했다.

"소림사에서 먼저 칠불석탑의 기관장치가 와해된 것을 확인해야 해. 우리가 먼저 그곳에 들렀다간 쓸데없는 오해를 사게 된다니까! 우리와 소림사 사이에 있었던 밀약을 항상 염두에 둬야 해. 또다시, 모든 무림을 적으로 돌려놓는 우(愚)를 범해선 안 돼."

이훈직의 강단진 반박에 최대산은 자신이 미처 생각하지 못한 한계를 느끼며 날숨을 길게 뿜어냈다. 최대산은 과거 칠철각이 와해된 사정을 기억해 냈다.

"후—! 빌어먹을 팔자가 대를 이으려고 덤벼드니 원!"

그것이 최대산의 한계이고 또한 대사형으로서의 이훈직의 한계이다. 더 이상 무어라 딴죽을 건다는 것은 하찮은 용심일 뿐이다. 그렇게 자신을 낮춘 최대산은 앞서 가는 마음을 다잡고 입을 무겁게 했다. 무거워진 입에서 무거운 음성이 착 가라

앉으며 나왔다.

"그건 그렇다 쳐도, 막내는 어쩔 건데?"

"운명이지. 그 운명이 막내가 아니었다면 내가 되었을 거야. 그게 훗날 어떤 결과를 가져오든 간에 그 시작은 내가 선택을 했고, 그놈 또한 스스로 결정했을 거야. 그러니 서로 후회 없이 받아들여야겠지."

최대산의 입에서 이죽거리는 소리가 혼잣말처럼 새어 나왔다.

"운명을 좋아하는 건 그놈이나 너나 똑같군."

최대산의 구시렁댐을 이어, 손화수마저 무엇이 탐탁지 않은지 입꼬리를 삐딱하게 구기더니 가시 돋친 한마디를 이훈직을 향해 툭 던졌다.

"운명은 마지막 핑곗거리일 뿐이죠."

곧바로 이훈직의 눈매가 언짢게 구겨졌고, 반면에 입매는 묘한 미소를 지어 보였다. 그리곤 담담한 소리로 운명이 핑계일 뿐이라는 사유를 손화수에게 물었다.

"그런가? 왜지?"

손화수는 그러한 이훈직의 얼굴 표정에서 슬며시 등을 보였다. 손화수의 목소리는 차분하고 낮았지만 음성에 섞여 나오는 호흡엔 숨길 수 없는 분노가 어려 있었다.

"대사형, 사람이, 특히 사내가……."

"사내로서 뭐가 불만인데?"

이훈직은 비린 말과 미소로 잠시 손화수의 말을 잘라놓는 것으로 자신 또한 기분이 그다지 좋지 못한 상황임을 암시했다.

손화수는 끊어진 말을 잇지 못하고 있다가 등 돌려놓았던 몸을 다시 이훈직의 눈길 앞에 돌려세웠다.

손화수의 눈길은 조신하게 이훈직의 가슴 아래로 내려가 있었지만 벼린 듯한 눈빛과 입에서 새어 나오는 음성만은 서슬과도 같았다.

"대사형! 여섯째 창빈을 육시칠살(戮屍七殺)로 죽인 놈이 지척에 있습니다. 어디 그것뿐이겠습니까. 초혜도 놈의 손아귀에 있어요. 지금 초혜가 무슨 일을 어떻게 당하여 어떤 모습일지도 모르는 상황이잖습니까? 그런데도 대사형은 참으로 남의 일처럼 냉철하시기만 하시군요. 사리에 맞든 안 맞든 간에 피가 끓는 사내라면 반드시……."

이훈직은 다시 짧은 물음을 던져 불편한 속을 드러냈다.

"다 죽자?"

"그것에 두려운 사람은 없습니다."

손화수는 물러서지 않았고, 이훈직의 입가에 성글성글 맺힌 비린 미소 또한 지워지지 않았다.

"그 결과, 우리 칠철각이 요 모양 요 꼴이잖아."

"저는 여태 선대들을 단 한 번도 원망해 본 적이 없습니다. 과거는 과거일 뿐 현실이 될 수는 없습니다."

손화수는 눈을 내리깐 채 뻗대었고, 이훈직은 잠시 말이 없더니 어렵고도 힘겹게 입을 열었다.

"그러나… 난… 원망이 많다."

손화수가 무어라 더 입을 열어 자신의 불만을 토로하려 하자 최대산이 끼어들며 손화수의 입을 가로막아 버렸다.

"화수야, 그만 해라. 서로 입장이 달라!"

손화수의 눈길이 내리깔린 채 최대산을 향했다.

"왜요? 사형까지 왜 이러십니까? 제가 틀린 말이라도 했습니까? 전 당장에라도 혈수인의 모가지에 제 칼을 쑤셔박아 넣어야 직성이 풀리겠다고요. 하루를 살더라도 열혈남아로 살고 싶습니다."

그때.

"쯧쯧! 네놈이 무슨 재주로?"

들려온 혀 차는 소리는 최대산의 혀끝에서 나온 소리가 아니었으며 이훈직의 것은 더더욱 아니었다.

불쑥 끼어든 노인의 쇠락한 목소리.

세 사내의 경악한 눈길이 한곳으로 향했다.

나이를 어림잡아 헤아려 볼 수도 없는 상노인.

노인의 행색은 몹시 상해 있었다. 옷매무새도, 머릿결도, 안색마저 썩 좋아 보이지 않았다. 그것이 칠철각 형제들을 경악케 만든 이유는 아니었다. 세 사람 모두 노인의 출현을, 노인 스스로 드러낸 후에야 알았다는 사실에 놀람을 금할 수가 없었다.

손화수와 최대산의 오른손이 재빠르게 검파(劍把)와 도파(刀把)에 각기 얹혔고, 이훈직은 노인을 향해 낮은 음성을 꺼내놓았다.

"노인장은 뉘신지요?"

"……!"

노인은 이훈직의 얼굴을 뚫어져라 쳐다볼 뿐 말이 없었다. 지루한 정적만이 흐르고 이훈직은 노인의 눈길에 가슴이 사르르 떨렸다.

낯선 노인에게서 가슴 떨림을 느끼다니, 이 무슨 해괴한 심사란 말인가. 뜬금없는 가슴 떨림이 점점 전신으로 퍼져 나가더니 이훈직의 모든 피톨들을 차갑게 식혀놓았다.

정수리부터 발끝까지 흘러내리는 차가운 전율.

이훈직은 자신도 모르게 입술이 스르륵 벌어졌다.

하—아!

괴이하고도 석연치 않게 새어 나온 날숨에 떠밀려 이훈직은 의식없이 비척비척 뒷걸음질을 치고 말았다.

두어 비척걸음으로 물러나 바라보는 노인의 눈빛은 회색의 물빛이다.

자신을 바라보며 젖어버린 눈길은 왜일까?

문득, 그러한 의문이 두렵다.

몹시도 두려워 차라리 젖은 눈길 앞에서 달아나고 싶다.

최대산이 파풍도의 도파에 얹어놓았던 손을 슬그머니 물리며 의아한 음색으로 물었다. 무언가 짚이는 것이 있으니 혹시나 하는 마음까지 생긴 게다.

"저… 주군(主君)?"

노인은 하늘로 시선을 들어 올렸다.

태양은 대기를 쩡쩡 갈라놓았고.

"뭐…… 그런 셈이지."

메말라 부서질 것만 같은 음색.

노인의 건조한 입에서 말이 떨어지기가 무섭게 최대산은 곧바로 두 무르팍을 지면에 꼬라박았다.

쿵—!

"재림노야, 불초 제자 알현하옵니다!"

최대산의 오체투지에 손화수는 잠시 멍한 눈길로 노인과 이훈직을 번갈아 살펴보다가 무엇에 이끌려 몸이 내려앉은 사람처럼 오체투지를 한 최대산 옆에 두 무릎을 꿇고 머리를 조아렸다.

"주, 주군을 알현합니다."

노야의 시선이 하늘에서 천천히 내려지며 이훈직에게로 향했다. 하늘의 아스라함에 물들다가 서서히 말라 버린 노야의 눈빛은 말갛게 웃고 있었다.

노야의 선한 웃음에 이훈직은 자신이 그토록 차갑게 느꼈던 전율의 이유를 알아냈다.

오매불망하며 기다린 제일각주 은묵룡을 드디어 뵌 것이라고 생각했다. 그러니 뜬금없이 가슴 설레던 사유 따윈 잊어버려도 된다. 이훈직은 노야를 향해 한쪽 무릎을 꿇어놓은 채 마저 한쪽 무릎마저 천천히 수풀 바닥에 내려놓으려 했다.

그 순간, 한숨에 섞여 나오는 노야의 목소리.

"나의 아들아!"

이훈직은 한쪽 무르팍만 지면에 박은 채 급히 고개를 쳐들었다.

'아… 들… 아? 나의… 아들아?'

第三章
하늘 아래 노심(老心)

江湖若行記
강호고행기

"허황하게 들리느냐?"

두세 장(丈) 앞에 있는 노야의 물음은 천 길 만 길 머나먼 곳에서 들려온 소리처럼 아득했다.

그랬다. 이훈직은 귀가 있어도 노야의 목소리를 오롯이 듣지 못했다. 노야가 쇠약한 까닭에 그 목소리가 너무 작아서 못 들은 것도 아니었으며, 멀쩡하던 두 귀가 갑자기 무용해져 버린 것도 아니었다.

두 눈마저 사물을 온전하게 식별해 내지 못했다. 시선은 뿌연 장막에 가려진 듯 흐려 있었으며 몽롱한 정신은 이것이 꿈인가 하였다.

그러한 꿈결 같은 의식 속으로 노야의 차분하게 가라앉은 목소리가 다시금 스며들었다.

"쉬이 이해될 일이 아니라는 것은 나도 인정한다. 그러하나 지금 너와 나의 현실이 이러하다. 그러니 드러난 그대로 받아들여다오, 아들아."

청천벽력 같은 사실 앞에 이훈직은 고개를 들어 천천히 머리를 가로저었다. 그러다 보니 불현듯 이 모든 것이 엉뚱하게도 우스꽝스러워졌다.

정말 우스웠다.

그래서 넋이라도 나간 놈처럼 실실 웃었다.

이훈직의 웃음을 반듯한 웃음으로 해석하는 사람은 없었다. 노야, 즉 냉혈석검(冷血析劍) 이광마저도 아들의 웃음을 웃음으로 받아들이지 못하고 눈과 가슴을 베었다.

베었으니 아프다.

수십 년이라는 기나긴 세월, 그 세월이 인내하며 기다렸다가 모질게 한칼 휘둘렀고, 그 세월의 칼날에 베인 마음은 꾸물꾸물 생채기가 생기며 아팠다.

아비도, 그러한 아비를 인정해야 하는 아들도 말문이 막혀 목이 아팠다. 목이 아프니 가슴이 미어지기라도 한 듯이 갑갑하였고 무언가를 꽥 하고 토해내어야 시원할 텐데 그마저도 여의치가 않았다.

사실을 사실로 받아들여야 하는 두 귀와 두 눈이 먹먹하기만 할 뿐, 하도 어이가 없어 울 수가 없었다. 그러니 웃음을 멈춰 세울 수도 없었다.

그 웃음을 바라보는 아비 이광은 이 순간의 이 자리가 너무나 힘이 들어 여태껏 살아남아 있는 자신의 존재가 차라리 원망스럽기까지 했다.

그렇다고 이제 와서 등을 보이며 나를 못 본 양, 나의 부름을 못 들은 양 해달라고 말할 수도 없지 않으냐? 그래서 제이 각주 이광은 도리질로 웃음을 흩뿌리는 아들을 향해 한 발 다가섰다.

어렵고도 힘겨운 한 걸음이었다.

"……아들아."

웃음이 웃음을 자라게 했다.

실실 새어 나오던 웃음은 어느덧 낄낄거리는 헛웃음이 되어 도리질에 섞여 나왔다. 그러다가, 실없는 웃음을 얼굴에서 싹 지운 이훈직은 새파랗게 경직된 표정으로 소리쳤다.

"저에게 다가오지 마십시오!"

이훈직의 단호한 말과 태도에 이광은 서너 걸음 채 내딛지 못했고 두 발을 풀숲에 묶어두어야 했다.

"날…… 많이 원망하는구나? 용서하지 못하는구나?"

이훈직은 핏발이 돋아난 두 눈을 부릅뜨며 턱관절이 실룩거릴 만치 어금니를 틀어 물었다.

"왜…… 왜요? 왜 이제야 소자 앞에……."

"……."

아비는 할 말이 없었고 아들은 더 화가 치밀었다.

"저의 삶이 아버지의 장난감은 아니잖습니까!"

아비가 아들의 화를 인정했다.

"화가 나는 게 당연하다. 그러나 사정은 있었다. 늦게나마 해명할 기회를 이 아비에게 다오."

"예! 드리죠. 당연히 있어야 할 과정입니다. 어물쩍 넘길 수 있는 일이 절대 아닙니다."

이훈직의 강단진 말에 이광이 착잡한 표정으로 고개를 끄덕이며 입을 열었다.

"내가 중원으로 돌아온 것은 고작 일 년 전의 일이었다. 그 나머지의 세월 동안……."

아비의 쓸쓸한 해명과 다른 분노가 아들의 입에서 터져 나왔다. 분노는 인내를 기억하지 못했다.

"채워주시지 못한 세월은 탓하진 않습니다! 짊어져 주시고 가신 가혹한 의무에 대해서도 캐묻지 않겠습니다! 제가 남들처럼 누리지 못한 나날에 대해서도 따지지 않겠습니다! 하지만, 단 하나―! 꼭 묻고 싶은 게 있습니다!"

악에 받쳐 외치는 아들의 목소리에 이광의 두 눈은 다시 사르르 젖어버렸다.

"그래, 그게 무엇이더냐?"

"왜, 제가 아니고 막내였습니까? 왜요―?"

이광의 젖은 눈빛이 반짝였다.

"막내라면 웅이라는 아이를 일컫는 말이더냐?"

"…저에게 막내라 표하신 아이는 저의 막내 사제 웅이뿐이겠죠?"

아들 이훈직의 가시 돋친 대답에 아비 이광의 한쪽 눈매가 바르르 떨렸다.

"내가 너의 막내 사제에게 많은 배려를 했다는 것을 진즉에 알고 있었더냐?"

"알지 못했습니다. 다만, 한 번씩 상이한 지시가 재림노야의 이름으로 하달되고 있다는 사실에 이상하다고 느꼈습니다. 또한, 막내 사제에게 유독 노야의 시선이 많이 묻어 있다는 것에 평소 의아심을 품었습니다."

"그 의아함이 오늘에서야 풀렸겠군. 그리고 그 사실에 화도 났겠구나?"

"소자가 화가 나는 이유는, 운명에게서 버림받은 것이 아니라 내 아버지가 나를 선택하지 않고 막내를 선택해 버렸다는 사실을 도저히 믿을 수가 없다는 것입니다. 소갈머리없는 소인배로서의 질투만은 아닙니다. 아버지에게서마저 인정을 받지 못한 제 자신에 대한 두려움 때문입니다. 왜 그런 선택을 하셨는지, 그 이유가 알고 싶습니다. 왜입니까?"

이광은 침통한 표정으로 한동안 말문을 열지 못했다.

침묵은 그리 길지 않은 시간이었다. 하지만 부복한 채 두 부자 사이에 감히 끼어들지 못하는 최대산과 손화수도, 아비 앞에 고개 숙인 이훈직도, 무언가 속 시원한 답을 내놓아야 하는 아비 이광도, 그 침묵의 시간이 길고 긴 시간처럼 느껴졌고 또 그렇게 흘러갔다.

이광은 부복한 최대산과 손화수 쪽으로 시선을 옮겨놓았다.

"잠시 물러나 있어라."

최대산과 손화수의 몸이 기다렸다는 듯이 동시에 벌떡 일으켜지더니 머뭇거림도 없이 뒷걸음질을 하며 사라졌다. 두 사내의 모습이 우거진 수풀 속으로 사라진 것을 확인한 이광의 눈길이 아들 이훈직에게로 천천히 돌아왔다.

아들에게로 향하는 이광의 목소리엔 적잖은 회한이 묻어 있었다.

"내가 중원으로 다시 돌아와 처음으로 너를 본 것은 작년 여름 무렵, 호천관(湖天關)이라는 관문에서였다. 그때까지만 해도 이런 상황으로 내몰릴 줄은 상상도 하지 못했었지. 난 마웅이라는 막내 녀석의 눈썰미에 작은 관심을 가졌었다. 그것은 녀석이 칠철각의 후인이라는 것에서 발로한 작은 관심일 뿐이었다. 그러다가 녀석과 몇 번 마주치는 과정에서 내가 가지지 못한 것을 놈에게서 발견해 냈었다. 야망이 품은 사랑. 그것은 딱히 남녀 간의 애정만을 말하는 것이 아니다. 비정강호가 아니더냐. 그런데, 일반 무인에게서는 좀처럼 찾을 수 없는, 음—! 좀 인간적인 야망이라고 표현하면 적절할까. 하여튼……."

이훈직이 잔잔해진 얼굴을 들어 올렸다. 아비의 변명은 빈약했고 아들은 아비의 허술한 이유에 대해서 캐고 따질 생각이 없다. 하지만 자신에 관한 이유는 알아야 했다.

"저에게선 인간적인 야망을 찾을 수가 없었습니까?"

"내가 너에게 물려준 업보가 너무 가혹했어."

"나름 인간답게 살려고 노력했습니다."

"넌 야망이 너무 커. 무엇을 희생하더라도 절대 가진 야망만은 희생할 수 없는 인간으로 자라 버렸다."

이훈직은 고개를 가로저었다.

"아닙니다. 아버지께서 저에 대해서 얼마큼 알고 계시기에 그런 말씀을 하십니까? 아버진 제게 그런 말씀을 하실 자격이 없습니다. 그럴 수 있는 시간도 우리에겐 없었습니다."

이광은 가슴 깊숙한 속에서 일어난 한숨을 입 밖으로 천천히 내뿜었다.

"후우―! 내가 보고 듣고 그래서 느낄 수밖에 없었던 사실 하나를 들려주마."

"무엇인지요?"

"너와 태중혼약한 아가, 아니, 이젠 그냥 초혜일 뿐이구나. 그 초혜의 가슴속에 품은 사랑을 보게 되었다. 초혜는 네가 아닌 막내를 원하고 있었다."

이훈직의 얼굴이 일그러졌다.

"아버진 어떻게 초혜의 마음속을 들여다보게 되었습니까?"

"막내가 동정호 인근에서 사경을 헤매고 있었을 때, 난 초혜의 신변 근처에 머물 즈음이었고, 그때 초혜의 눈물에 섞여 나온 사랑을 확인했었다. 그 눈물은 너의 것이 아니라 막내의 몫이었다. 난 마음이 아팠다. 너 때문에, 또 너를 선택하지 않은 초혜라는 아이 때문에."

이훈직의 눈에서 이채가 번뜩였다.

"그럼… 그때, 막내를 사경에서 구한 분이 바로……."

"초혜가 나에게 그 아이를 살려달라며 애원을 했었고, 내가 의랑녀(醫狼女)에게 녀석을 부탁했었지."

"의랑녀라시면?"

"과거 내가 주검이나 진배없는 몸이 되어 있었을 때, 사형이신 제일각주께서 나를 소림사로부터 인계받아 의랑녀라는 신의(神醫)에게 맡기셨고, 그 의랑녀 덕분에 지금의 내가 있을 수 있었다. 또한, 의랑녀가 나의 부탁을 받고 네 막내 사제를 구명해 내었다."

"그럼, 초혜는 애초부터 아버지의 생존을 알고 있었군요?"

"내 자식보다 사형의 피붙이를 먼저 걱정하고 챙기는 게 죄지은 자로서의 도리라고 생각했었다. 그런 죄의식으로 제일 먼저 초혜를 만났었고, 그 아이에게 나의 존재에 대해선 함구하기를 명령했었다. 그러니 그 아이에게 섭섭한 감정일랑 갖지 마라."

이훈직은 노도처럼 밀려오는 배신감과 공허한 소외감을 견딜 길이 없어 고개를 푹 꺾었다.

대의를 위해서라면 기꺼이 사심은 버리겠노라 자신했었는데 막상 땅바닥에 추락해 버린 자괴감을 망연자실 내려다보고 있자니 자신의 존재가 마치 짓밟힌 낙엽처럼 느껴졌다.

이훈직이 마음의 부스러기에 아파하고 있을 때, 아비 이광의 목소리가 처연하게 들려왔다.

"아들아, 미안하다. 이 한마디가 너의 가슴에 맺힌 한을 풀

어내지는 못할 것이다. 그러나 내가 너에게 해줄 수 있는 것이
또 이뿐이니 참으로 미안하구나."

이훈직은 암연 속에 빠진 자신을 건져 내듯 고개를 번쩍 들
어 올렸다.

명치 위쪽으로 무언가에 치받쳐 벌겋게 달아오른 얼굴. 그
러나 입술을 비집고 새어 나온 음성은 차분하고 고분했다.

"아닙니다. 부모에게 허물이 있다 하여 어찌 자식이 그 허물
을 입으로 논하리까? 살아 계신 것만으로도 이 불초 소자 홍복
으로 여기겠습니다."

착하디착한 여느 자식처럼 아비 앞에 자신을 한껏 낮춘 이
훈직은 천천히 일어나 반듯하게 서더니 다시 키 낮은 수풀에
천천히 엎드려 큰절을 넙죽 올렸다.

그 모습에 이광의 노안이 부르르 경련을 일으키더니 갑자기
몸마저 스르륵 아래로 허물어졌다.

그 모습은 마치, 기나긴 장맛비에 스르륵 허물어지는 돌탑
과도 같이 조용했다.

털썩 주저앉은 아비 이광을 확인한 이훈직의 입에서 다급한
비명 소리가 터졌다.

"아, 아버지!"

무너진 몸으로 내려앉은 이광의 눈빛이 급격하게 흐려졌다.
이훈직이 놀라 소리친 이유는 이광의 흐릿한 눈빛 때문만이
아니었다. 이광의 한쪽 입꼬리 아래로 흘러내리는 몹시도 검
붉은 실핏물.

핏물이 먹물만큼이나 검다.

그것은 해묵은 내상으로 인한 토혈임이 분명했다.

이훈직이 다가오자 이광의 주저앉은 몸이 스르륵 옆으로 기울어졌다. 앉아 있기도 어려울 만큼 기력과 정신이 맑지 못했던 것이다.

이훈직이 한 팔로 쓰러지는 아비의 상체를 받아냈다.

"아버지?"

이훈직은 자신의 품에서 느껴지는 아버지의 체온이 얼음처럼 차갑다는 것에 또 한 번 더 놀랐다.

이훈직은 아버지의 몸을 찬찬히 훑어 살피다가 아버지의 가슴팍에서 장인(掌印)의 흔적을 발견했다.

머릿속을 치고 지나가는 차가운 전율.

'혀, 혈수인장(血手印掌)?'

이훈직은 아버지 이광의 가슴 앞섶을 풀어헤쳤다.

오른쪽 가슴에 선명하게 드러난 검붉은 인장. 분명한 혈수인장의 자국이었다.

"아, 아버지… 도대체… 혈수인 견자강과는……?"

이광의 눈꺼풀이 바르르 경련을 일으키더니 이내 두 눈이 갸름하게 떠졌다. 속살거리는 이광의 입에서 단내가 났다.

"아… 아들아?"

"예, 아버지!"

아들의 대답 소리에 이광의 벌어진 입이 무어라 말을 꺼내놓으려다가 말 대신 한 사발의 검붉은 핏물을 울컥 토해놓았다. 이훈직은 한 번 더 기겁하며 아비를 불렀다.

"아버지!"

쿨럭쿨럭―!

이광의 잔기침에 핏물도 함께했다. 이훈직은 아비를 부둥켜 안고 고개를 가로저었다.

"아무 말씀 마시고 잠시 안정을 취⋯⋯."

이광이 아들의 도리질을 따라 하며 아들의 입을 가로막았다.

"아니다. 그럴 시간이 없다."

"그게 무슨 말씀이십니까? 시간이 없다니요?"

아들의 의아한 물음에 이광은 입가에 쓰디쓴 미소를 지어 보였다.

"제일각주께서 손녀딸의 문제로 항산(恒山)으로 향하셨다. 암합회 회주에게서 손녀딸의 신변을 보장받고 싶어서일 거다. 천수가 가까이 온 제일각주에게 너희는 그 무엇도 기대하지 말 것이며 그 무엇도 바라지 마라. 나의 사형께서 스스로 할 수 있는 것이라곤 고작 혈혈단신 남은 손녀딸의 행복을 구걸 하는 것밖엔 아무것도 남아 있지 않다."

아비 이광의 말에 이훈직은 당혹스러웠다.

"아버지! 어찌하여 제게 그런 나약한 말씀을 하십니까?"

하지만 이광의 고개는 여전히 맥을 잃고 가로 흔들렸다.

"아니다, 아들아. 무릇, 빈터에 집을 지어 올리는 것보다 무 너진 집터에서 새로 집을 지어 올리는 것이 더 힘이 드는 법이 야. 아들아, 어줍은 영광일랑은 아서라. 남의 눈에 비천하게 비친다고 해서 정말 허술하고 비천한 삶은 아니다. 그렇게 비천해도 좋으니 그냥 반듯하게 존재하면 된다. 아비로서 너에게 꼭 하고픈 말이었다."

이훈직은 이해할 수 없었다. 그러려고 이 자리에 서 있는 게 아니잖은가. 수많은 나날 동안 기꺼이 감내한 고난과 역경을 이제 와서 한낱 허무로 여기며 버리라는 말인가.

그럴 수는 없다.

"과거에 한 점의 실수는 있었을지언정 아버지는 저에게 영웅이십니다. 저 또한 영웅의 아들로서 무림에 살기를 원합니다. 어찌하여 소자에게 갑남을녀의 삶을 원하십니까?"

"영웅은 호사가들의 기억 속에나 머물 허깨비일 뿐이다. 기실 영웅이란 자신이 가진 울타리와 그 기억 속에서부터 시작된다. 반듯한 가장 노릇 한번 하지 못한 자가 어찌 세상을 굽어볼 것이며, 자식에게 사랑을 가르치지 못하는 아비가 어찌 협과 의를 논할 것이냐? 또한 제 품의 여인도 오롯이 간수하지 못하는 사내가 무슨 낯으로 대의를 입에 담으리. 그러니 아들아……"

이훈직은 소리치며 아니라고 거부하고 싶었지만 풍전등화 같은 아비의 여생 앞에서 아들 된 도리로 그럴 수가 없었다. 그러니 가슴속에다가 함부로 다스린 화가 이훈직의 얼굴을 불쾌하게 만들어놓았다.

"자식의 앞날을 위해 가야 할 길을 알려주실 수는 있지만 저의 발끝이 향하는 것은 오로지 저의 의지입니다."

이훈직의 강단진 말끝에 이광은 희미하게 뜨고 있던 눈마저 감아버렸다. 그리곤 미약한 숨결에 섞어 들릴 듯 말 듯한 목소리를 흘려냈다.

"그래, 그렇다. 아비는 아비의 인생을 살았고, 너는 너의 삶을 살아야 한다. 하지만 이 아비는 마지막 유언을 이렇게밖에 남겨줄 수 없다. 혈수인장에 가슴이 적중된 순간, 난 적어도 나의 모든 것이 이미 끝이 났다는 것을 알고 있었다. 단 하나 남은 미련. 그것은 오롯이 너의 몫이었다. 너에게 몸과 마음을 낮추라는 말을 해주고파서 삼 일 밤낮을 숨어 버텼다. 왜일까?"

"알고 싶지가 않습니다."

냉정한 아들의 대답에 이광은 힘없는 팔을 부스스 들어 올려 아들의 오른쪽 어깨 위에 얹었다. 그리곤 네 손가락으로만 아들의 어깨를 토닥거렸다.

"이젠 더 이상 버틸 힘도 그럴 필요도 없구나, 아들아."

이훈직은 고개를 절레절레 거칠게 가로저었다.

"아버지의 말씀이 전부 헛되다는 것을 증명해 보이겠습니다. 저에게 기회를 주십시오. 단 한 번만……."

"이젠 네 어미 곁으로 가련다."

"가당치 않은 말씀이십니다. 아버진 저에게 내일을 주셔야 합니다. 재회가 마지막 인사라니요? 안 됩니다. 그러지는 못하겠습니다!"

이광의 두 눈이 다시 스르륵 떠졌다. 한 꺼풀 얇게 젖은 눈빛은 맑았으며 고요했고 온기가 있었다. 그러한 눈빛으로 이광은 아들 이훈직을 바라봤다.

"아들아, 시궁창에 얼굴부터 처박혀 버린 삶일지라도 인생은 아름답단다."

툭—!

그 말을 끝으로 이광의 한쪽 팔은 아들의 한쪽 어깨 위에서 떨어졌다. 이훈직은 신음 같은 목소리로 눈을 다시 감아버린 아비를 불렀다.

"아… 버… 지?"

부르는 소리에 이광의 얼굴은 힘없이 옆으로 푹 꺾이고 이훈직의 신음은 기어이 비명으로 자라났다.

"아버지—!"

*　　*　　*

항산(恒山)의 취병봉(翠屛峰) 정상은 위태하다.

다다르는 길은 협소하고 가팔랐으며 미처 녹지 못한 눈이 찬 햇살에 하얗게 날을 세웠다.

취병봉 정상 위에 세워진 팔각지붕의 정각(亭閣).

산이 높으니 바람 또한 높고 거세다.

요동치는 놋쇠 풍경.

풍경 소리는 바람 소리에 묻혀 미약했다.

정각 안.

선풍도골의 풍모를 한 백발 노인 앞에 피골이 상접한 비렁뱅이 노인이 대좌하고 있다. 상반된 두 노인 사이에 놓인 키 낮은 교자상은 나지막한 높이만큼이나 크기 또한 작았다.

교자상 위에 놓인 것은 귀해 보이는 차 제구들.

마주한 시간이 지체된 듯 찻잔엔 온기가 없었다.

식어버린 찻잔 하나가 백염 속에 가려진 입술에 닿았다가 교자상 위에 조용히 놓여졌다.

"제일각주! 애초부터 저희 암합회가 중도를 표방하는 칠철각에게 무슨 억하심정이 있었겠소? 그냥 먹고 먹히는 양육강식의 세상살이에 기인하여 벌어진 악연이었잖소?"

제일각주 은묵룡은 초췌한 얼굴로 암합회 회주, 흑마인(黑魔刃) 우문광후의 시답잖은 회포를 들었다. 권왕신수(拳王神手) 은묵룡의 퀭한 두 눈에서 불씨와도 같은 눈빛은 냉하였다.

"보란 듯이 힘자랑해야 할 사정이 있는 자가 이놈저놈 따졌겠습니까?"

은묵룡의 가시 돋친 대답에 우문광후는 잠시 먼 산자락에 시선을 던진 채 말이 없었다. 그러다가 돌연 뒤늦게 너털웃음을 터뜨리며 머쓱해했다.

"하하하―! 그렇지요. 사실은 각주의 말씀처럼 그렇게 되었습니다. 겉으로 내건 명목이야 용목과 봉조에 있었다지만 사실 우린 무림기보엔 별다른 흥미가 없었어요. 적어도 저는 그랬습니다."

"과거사를 따지자고 온 것은 아닙니다."

은묵룡의 차가운 반응에 우문광후는 명치 아래까지 자란 흰 수염을 괜히 손등으로 쓸어 넘겼다.

"죄스런 마음에서 드린 인사치레였습니다."

인사치레에 뼈가 있음을 아는 은묵룡은 구겨진 속을 바깥으로 드러내지 않았다.

"차가 식어버렸음에도 하고픈 마음을 아직 표하지 못했습니다."

우문광후의 시선이 또다시 먼 곳 산허리의 그늘 속으로 파묻혔다.

"이심전심이라 하지 않았습니까? 꼭 하시지 않아도 그 마음 이미 알고도 남습니다."

은묵룡은 여태 입도 대지 않은 자신의 찻잔을 내려다봤고, 찻잔 속에 그득한 차는 진즉에 온기를 잃은 채 잔잔히 흔들리고 있었다.

"회주! 암합회의 부회주인 혈수인 견자강의 악랄한 심성은 무림동도라면 다 아는 사실입니다."

"개인이 가진 천성이니 어쩔 도리가 없지 않습니까?"

우문광후의 담담한 반응에 은묵룡은 잠시 입을 닫고 침묵했다. 잠시 뜸을 들이던 은묵룡은 우문광후를 향해 뜬금없는 질문을 건넸다.

"농사는 잘 되었습니까?"

우문광후의 시선이 초췌한 은묵룡의 얼굴을 향해 돌아왔다.

"아들만 셋을 두었는데 막내는 천성적으로 약골이더니 열댓 살 적에 괴질을 앓다가 그만 죽어버렸습니다. 그리고 장남 녀석마저 세상을 주유하며 견문을 넓히다가 자객의 손에 객사를 하였지요. 온전히 목숨을 부지한 놈은 차남 하나뿐이지요."

"쯧쯧—! 저런! 저런!"

"그러니 농사가 반타작에도 못 미쳤다고 봐야겠죠. 각주는 좀 어떻습니까?"

"잘 아시다시피 하나밖에 없던 저의 자식놈이 며느리와 함께 그때 죽고 저에겐 손녀딸 년 하나가 전부인지라 대가 끊어졌습니다."

은묵룡의 말에 우문광후는 생판 모르는 일처럼 혀를 찼다.

"저런— 쯧쯧—!"

"지금 저의 처지가 처지인지라 따로 양자를 들일 수도 없고, 설사 양자를 들인들 그것이 온전한 저의 씨가 되겠습니까? … 쩝!"

권왕신수(拳王神手) 은묵룡이 쓴 입맛을 다시자 우문광후가 게슴츠레한 눈길을 앞으로 내밀었다.

"어서 사윗감을 구해 그걸 위안으로 삼으셔야겠습니다그려!"

"요즘 것들이란 게 당최……!"

"시대가 많이 변했습니다. 그냥 그러려니 하고 받아들여야죠. 그러지 않으면 오히려 노망난 노물 취급 받기 일쑤입니다. 하하하!"

우문광후는 유쾌하게 웃었지만 은묵룡은 그 유쾌함을 공유

할 수가 없었다. 은묵룡은 침음과 함께 나지막한 소리를 꺼내 놓았다.

"음—! 못난 손녀딸…… 저에겐 저의 목숨보다 귀하답니다."

"우리 같은 노물의 목숨을 누가 값으로 쳐주기라도 한답니까? 하하하—!'

심중에서 나온 은묵룡의 말을 우문광후는 농담인 양 받아넘겼고 이에 자존심이 구겨진 은묵룡이 짐짓 목소리에 노기를 보탰다.

"회주!"

은묵룡의 목소리는 낮았지만 차가웠다. 우문광후는 웃는 낯을 지우고 정색을 하듯 표정을 고쳤다.

"우리 나이쯤 되면 후사에 대한 근심이 깊지요. 저도 마찬가지입니다. 고작 하나 남은 자식놈이 여태 배필을 구하지 못하였는지라……."

말끝을 슬그머니 흐려놓은 우문광후는 자신의 처지도 그리 좋은 편이 아니라는 뜻을 내비치곤 은근슬쩍 은묵룡의 눈치를 살폈다.

은묵룡은 무슨 말이든 다 받아들이겠다는 듯이 두 눈을 지그시 감고 기다렸다. 우문광후는 눈빛에다가 비린 웃음을 띠고 다시 입을 열었다.

"만약에… 만약에, 각주께서 손녀따님의 안위도 보장받고 적당한 사윗감마저 덤으로 구할 수 있다면 손녀따님의 혼수로 무엇을 장만하시겠습니까?"

"......!"

은묵룡은 눈을 뜨지 않았다. 하지만 미세하게 떨리는 눈꺼풀로 봐선 많은 생각들이 오고 가고 있음을 알 수 있었다. 싸한 적막이 흐른 후, 은묵룡이 가늘게 눈을 떴다.

"손녀의 안위만이면 족합니다. 그것만으로도 저의 목을 내놓으리다."

은묵룡의 때늦은 대답에 우문광후는 가타부타 반응을 보이지 않고 잠시 있더니 내려놓았던 식은 찻잔을 들어 입술을 한번 적셨다. 그리곤.

"저랑 사돈할까요?"

흑마인(黑魔刃) 우문광후의 입에서 말이 떨어지기가 무섭게 은묵룡의 두 눈이 번쩍 떠졌다.

폭사되는 안광.

분노와 당혹감을 눈빛으로 발산하던 것도 잠시, 은묵룡의 눈가 주름살에 서먹한 웃음이 배었다.

"감당하기 과분한 배려이십니다. 사양하겠습니다."

거부당한 우문광후는 다시 먼 산으로 시선을 옮겨놓으며 고저없는 목소리로 입을 열었다.

"손녀따님의 안전을 구하기 위해선 그만한 명분과 실리가 있어야 합니다. 명색이 칠철각의 제일각주께서, 저희 암합회에게 손녀따님의 목숨을 구걸해서야 되겠습니까? 혹여, 각주께서 구하는 것을 얻는다고 해도 훗날 무림동도들이 이 사실을 알게 된다면 저까지 낯부끄러워질 일입니다. 안 그렇습니까, 각주?"

분명한 비아냥거림이었고, 정곡을 제대로 찌른 협박이었다.

은묵룡은 자신을 다스렸다.

"나의 목을 달라면 기꺼이 베어드리리다. 그러니 추하게 늙어버린 나의 목만 취하시고 철없는 손녀딸애는 그만 놓아주시지요?"

그제야 우문광후의 얼굴이 먼 산에서 은묵룡에게로 천천히 돌아왔다.

"소문보다 더 빠른 전령은 없습니다. 저와 사돈을 맺겠노라 공포를 하신다면 그 즉시 손녀따님의 안전은 보장될 것입니다. 아울러……."

"이보시오! 회—주!"

은묵룡의 노성에 우문광후의 흰 눈썹이 서로 어그러져 버렸다. 우문광후는 학의 깃털처럼 흰 도포 소맷자락을 천천히 들어 올려 정각 동쪽 산을 가리켜 보였다.

"저기 저 천봉령(天峰嶺)에 정파 쪽의 귀빈이 곧 오시기로 되어 있습니다. 그러한 까닭으로 여기에 머물 수 있는 시간이 저에겐 별로 없습니다."

천봉령은 항산의 주봉이며 이곳 취병봉 동쪽에 솟은 거산(巨山)이다. 또한, 천봉령은 암합회의 총본관이기도 했다.

은묵룡은 천봉령의 산세를 지그시 노려보며 암연 속에 빠져들었다. 하지만 깊고 깊은 암연 속에서 고뇌를 오래할 수도 없었다. 자신과 독대하는 시기에 맞춰 정파의 인물을 이곳으로 불러들인 것으로 짐작되었다.

타협의 기회는 이번뿐이다.

자신이 독대를 원한다는 기별을 넣자마자 우문광후는 많은 수순을 앞질러 놓았었다. 이미 다 짜인 판세다. 거절한다면 손녀딸 초혜는 혈수인 견자강의 잔인한 손에 잔혹한 죽임을 당할 것이다.

싸워 이길 힘도, 묘책도 없다.

당장 이 자리에서 방도를 찾아내야만 하는 입장이니 은묵룡의 입에서 신음 소리를 닮은 음색이 새어 나올 수밖에 없었다.

"으음—! 정파 쪽의 귀인이란 자는 대체 뉘신지요?"

"화산파의 장문인(掌門人), 양오도인(養吾道人)이십니다."

의외의 거물이 우문광후의 입을 통해 지목되자 은묵룡은 흠칫했다. 화산파의 장문인이 무슨 일로 암합회의 회주와 대면을 한단 말인가? 은묵룡의 의아함을 우문광후가 재바른 눈치로 풀어냈다.

"많이 아쉽고 놀랐을 줄 압니다. 칠철각이 그동안 추구하던 정세와는 다르게 사파와 정파가 불가피하게 서로 힘을 합쳐야 할 사건이 생겼습니다. 천축의 뇌음사가 중원으로 향했거든요. 중원무림의 앞날을 위함에서이지요. 그런 연유로 화산파의 장문인께서 무림맹 맹주의 권한을 대신해 이쪽으로 오시는 중입니다. 아마도 곧 도착하실 것입니다. 그러니 이번 차에, 서로 앙숙이던 칠철각과 저희가 사돈 됨을 공포하기도 시기적절할뿐더러 어려운 상황에 빠진 중원무림과 무림동도들의 사기를 위해서도……."

은묵룡은 우문광후의 말을 자르고 엉뚱한 질문을 던졌다.

"장남은 누구에게 제거되었습니까?"

"……!"

우문광후는 은묵룡이 장남이 살해된 것으로 표현하지 않고 굳이 '제거'라는 표현을 사용한 것에 대해 신경을 곤두세우며 선뜻 대답을 하지 못했다. 은묵룡의 질문이 재차 이어졌다.

"암합회의 적자(嫡子)를 제거한 범인은 색출해 내어 처단하셨는지요? 아직 처단을 하지 못하였다면 그자의 정체라도 파악은 하셨는지요?"

우문광후는 은묵룡의 궁금증이 의미심장하게 느껴졌던지 낯빛을 경색시키며 뚱한 소리로 반문했다.

"그것이 왜 궁금하시오? 혹시, 도둑이 제 발 저리는 격은 아니시오?"

반문은 다시 반문으로 이어졌다.

"세상 사노라면 이러지도 저러지도 못할 난감한 사건 사고가 허다하지요. 안 그렇습니까, 회주?"

우문광후는 먼 곳으로 착잡해진 시선을 돌려 회한이 일렁거리는 눈빛을 숨겼다. 그리곤 냉랭한 어조로 엇나가 버린 화두를 바로잡아 놓았다.

"각주, 그만 일어나야겠으니 가타부타 말씀을 하십시오."

"손녀딸애의 안위만을 보장받겠습니다."

은묵룡이 고집스럽게 뻗대자 우문광후의 안색이 일그러진 채 돌아왔다. 그리곤 잠시잠깐 고심을 하는 척하더니.

"그럼 좋소. 차선 안을 내놓겠소."

"칠철각의 소수정예가 뛰어나다곤 하나 아직은 달걀 껍질 속의 아이들일 뿐이오. 그것으로 바위와 같은 암합회의 힘을 부수겠다고 제 몸을 던지면 말 그대로 계란으로 바위 치기일 뿐이오. 설령, 이 몸이 칠철각을 과소평가했다손 치더라도 그 평가의 오차는 그다지 크지가 않을 것이오."

"그렇다고 칩시다. 그래서요?"

"칠철각의 후인들은 우선 폐망한 무가의 껍질부터 깨고 세상에 나와야 하오. 껍질을 깨고 나와 그것이 잡새가 되어지든, 아니며 웅비하는 매가 되든, 또는 유아독존하며 세상을 호령할 용으로 비상하든 간에, 지금은 함부로 나댈 입장이 아니라는 것이외다. 하여……."

권왕신수 은묵룡은 불쾌해진 자신의 심사를 혹마인 우문광후의 말끝에 토를 다는 것으로 대신했다.

"하여?"

우문광후는 은묵룡의 퀭한 눈동자를 노려봤다.

"칠철각을 우리 암합회가 접수하겠소. 그것을 화산 장문인 양오도인 앞에서 선포해 주시오. 그럼 각주의 손녀따님의 안위는 당연히 보장될 것이오."

"당치 않은 이야기올시다!"

"침략받아 함락당한 세력에게 다소의 저항 의식은 있을 수 있겠지만 그것만으로 판세를 뒤집을 수는 없습니다. 세월은 늘 강한 자에게 한 푼의 힘을 더 보태주는 법이지요. 잔인한 세상은 약자의 편에 서지 않습니다. 그것을 믿는 자는 세상을 제대로 보지 못해서일 것입니다. 정의니 협의니 하는 것은 추상적인 데 반해, 힘은 늘 우리 곁에서 작용하지요. 세상 구석구석에 힘의 논리가 지배하고, 그런 세상이 천지개벽하지 않는 이상 변화를 꾀하기엔 칠철각의 여력이 너무 미미하오."

권왕신수(拳王神手) 은묵룡이 자리를 박차고 일어섰다.

"비루한 몸을 이끌고 이곳까지 찾아와서 이런 구차한 모습을 보이니 회주가 마치 세상을 이미 다 가진 듯이 오만방자해 졌습니다!"

은묵룡의 노성에 우문광후의 입가에 조소가 설핏 물렸다.

"오늘 새벽녘에 접한 두 가지 소식을 각주께 귀띔해 드리리다. 그 첫째가, 우리 쪽에서 용목보도의 비처를 접수하였다는 소식. 둘째가, 용케 살아 있던 제이각주 이광이 혈수인 견자강과 맞닥트린 후 혈수인장을 가슴으로 고스란히 받아들였다는 소식."

우문광후의 말이 떨어지기가 무섭게 은묵룡의 입에서 경악한 신음이 단말마처럼 터졌다.

"흡—!"

"칠철각의 후인들은 옛적의 영광을 잊지 않고 고대하며 굳건히 믿었건만, 결과적으론…… 쯧쯧—!"

우문광후는 안타깝다는 듯이 고개를 절레절레 흔들어 보이

며 혀를 찼고, 은묵룡은 일으켜 세웠던 몸을 지탱하기가 힘이
들었는지 정자 바닥에 맥없이 도로 앉았다.

"회주, 이광의 생사에 관한 언급이 아직 없습니다."

"각주께서도 아시다시피 부회주 견자강의 혈수인장에 가슴
이 격장(擊掌)되었다면 아무리 날고 기는 절정의 고수라 해도
그 자리에서 즉사이지요. 설사, 냉혈석검 이광이 요행히 사지
를 피했다손 치더라도 하루를 넘기기 힘들 것이고, 이틀을 넘
긴다면 기적이라고 해야겠지요. 이젠 칠철각에겐 바라볼 희망
마저도 없습니다. 지금의 무림 정세는 한숨 돌이켜 주위를 수
습할 수도 없는 급박한 상황으로 치닫고 있습니다. 이런 난국
엔 열혈남아들부터 죽어 나자빠지게 마련이지요. 칠철각 후인
들 중엔 장래가 촉망되는 아이들도 몇몇 된다고 하던데 안타
까운 일이 아닐 수 없습니다."

그 말을 끝으로 우문광후는 자리에서 일어섰다.

일어서선.

"큰 어른으로서 후인들의 내일을 위해 결단을 내려야 합니
다. 주검에는 정의도 협의도 실리도 명분도 없습니다. 다만,
주검을 뜯어먹고 자라는 구더기만이 남게 되지요."

그리곤 우문광후는 정각의 폭 좁은 나무 계단 쪽으로 몸을
돌려세웠다.

우문광후가 나무 계단에 첫발을 내딛을 때.

"회주, 잠깐!"

갑작스럽게 부르는 소리에 우문광후가 계단에서 멈춰 서선

고개를 천천히 돌렸다.

은묵룡의 퀭한 두 눈은 지옥 갱도와도 같았다. 은묵룡은 미세하게 떨리는 손끝으로 찰랑거리는 찻잔을 집어 들어 한입에 털어 넣곤 힘겹게 삼켰다.

그리곤.

"올해… 자제 분의 나이가……?"

암합회 회주 우문광후가 싱긋이 웃는 얼굴로 몸을 돌려세웠다.

"미천한 제 자식놈의 나이가 올해로 서른둘이 되었습니다. 하하하—!"

흑마인 우문광후의 웃음이 취병봉 꼭대기에서 울려 퍼지자 나란한 천봉령도 그 웃음에 화답을 하듯 웃어젖혔다.

하—하하하—하!

第四章

아방나찰(阿房羅刹)

江湖苦行記
강호
고행기

열흘, 아니면 보름.

며칠을 보냈는지 어느 순간부터 잊어버렸고, 그것을 셈하여 기억하는 것마저도 사실상 무의미했다.

마웅은 어둠 속에서 어둠보다 더한 어둠이 되어 마주한 것들을 죽이고 또 죽였다.

마구 죽이는 것이 업인 사람처럼 죽였다. 몇이나 죽였는지도 모른다. 죽이고 그 주검에게서 물과 식량을 구했다. 하지만 죽일 수 있는 상대가 무한한 것이 아니기에 한계에 부딪쳤다.

기린당의 무인들이 지니고 들어온 비상식량과 물통은 더 이상 구할 수가 없었다. 그렇게 하루를 굶었다.

갈증을 풀기 위해 동굴 석벽에 흐르는 물기를 찍어 맛을 보

있었다. 바닷물 특유의 비린내와 혀끝을 톡 쏘는 쓴맛이 있었지만 염분의 농도는 의외로 낮았다.

이로써 마실 물은 해결된 셈이다.

사람이 물고기처럼 물만으로 견딜 수 있다면 아가미 정도는 지니고 있어야 하는데 그것이 없으니 씹어 먹을 수 있는 무언가를 구해야만 한다.

확인된 것은 눅눅한 습기와 흐르는 물과 어둠을 토해내는 동굴 암벽뿐이다. 그 외의 것이 있다면 주검들이다. 죽이긴 했지만 그것을 뜯어먹을 생각은 없다.

살자고 괴물이 될 수는 없지 않은가.

하지만 이러한 생각이 얼마큼 오래 유지될지는 의문이다.

마웅은 동굴 벽에 기대고 앉았던 몸을 일으켜 세웠다. 그리곤 뚜렷한 목적지없이 걸었다. 마웅이 찾아야 할 것은 무림기보의 인연이 아니다.

찾아야 할 것은 빛과 생존이다.

그것을 찾기 위해 어둠 속에서 걸었다.

오르막을 거치면 내리막이 여지없이 나타나고, 내리막길을 찾아가다 보면 오르막을 올라야 했다. 오른쪽으로 난 길을 고집하며 걷다 보면 다람쥐가 쳇바퀴를 돈 듯이 제자리에 다시 돌아온 기분이었고 실제로도 왕왕 그러했다.

분명 시작은 있었는데 시작은 사라지고 끝도 없다.

어둠의 망망대해에서 표류한다.

사념도 어둠에 잠겨 버렸다.

어둠에 녹아내리는 발자국 소리들은 마웅의 발치를 떠났다가 세상 저 건너편에서 되돌아왔다.

마웅은 백금가면의 사내와 그를 호위하던 대도의 사내는 마주치지 못했다. 그들도 어딘가에서 헤매고 있는지, 아니면 용목보도의 기보를 취하고 이미 이곳을 떠났는지 알 수가 없었다.

출구를 찾았거나 아니면 처음 들어온 입구 쪽으로 도로 나갔는지 모를 일이다.

다만, 동굴 전체가 미세하게 흔들리는 두 번의 진동이 있었다. 그 두 번의 진동이 외부적인 것인지 아니면 자신이 모르는 내부적인 것인지도 확인할 수가 없었다.

어둠뿐인 세상에서 증명할 수 있는 사실은 아무것도 없다. 그러니 어쩌면 자신이 살아 있다는 것마저도 확신할 수가 없다.

그래, 어쩌면 이미 죽은 것인지도 몰라. 정말 죽어서 끝도 없는 나락을 정처없이 헤매고 있지도 몰라.

장난 서린 망상에 마웅은 자신도 모르게 피식 했다.

그러다가 문득, 자신이 두 눈을 감은 채 걷고 있었다는 사실을 깨달았다. 두 눈을 감은 채 동굴의 모서리를 돌았고 또 걸었다.

무엇에 부딪치지도 않았었고, 돌부리처럼 솟은 석순에 발길이 딴죽 걸리지도 않았었다.

눈이 아니라 감각들이 어둠을 보고 사물을 분간해 내고 있었다.

어둠이 보이기 시작하자 주위의 모든 것이 새롭다.

동굴 석벽을 타고 흐르는 물줄기 소리와 습한 공기 중에서 느껴지는 미세한 기온 차이. 그 속에서 감지되는 냄새의 색깔. 그것들이 길과 벽을 가늠해 주었다.

해묵어 퀴퀴해진 공기 속에서 언뜻언뜻 감지되는 신선한 냉기를 쫓는 마웅의 발길. 짙은 어둠에 눈을 감은 마웅은 그것을 찾아 천천히 나아갔다.

얼마큼의 시간 속에 얼마의 공간을 이동했는지 짐작해 내지 못했다. 걸음을 문득 멈춰 세운 것은 마웅의 의지가 아니었다. 몸의 감각들이 모두 멈춰 섰다.

멈춰 선 발길 앞으로 출렁거리는 물결 소리가 들렸다.

마치, 호젓한 바닷가에 서선 파도 소리를 듣는 듯했다.

환청일까 하는 잠시의 의문은 짙은 바다 냄새가 물려놓았다. 하지만 의아하다.

어둠은 더한 깊이와 무게로 마웅의 전신을 짓누르고 있었다. 바다가 있으면 그 위의 하늘이 있을 것이고 하늘이 있다면 희미한 빛이라도 있어야 옳은 일이 아니냐.

마웅의 발끝은 더욱 조심스럽게 앞을 탐지해 나갔다.

출렁거리는 물결 소리가 발치 바로 앞에서 들렸다. 물결 소리 앞에 다시 멈춰 선 마웅은 주변을 확인하기 위해 입을 쫑긋하게 모아 내밀었다.

"휘—익—!"

휘파람 소리가 어둠을 관통하고 나아갔다. 곧바로 되돌아오는 휘파람의 여운과 공명지는 울림. 마웅은 조금씩 얼굴을 돌려가며 휘파람을 발출해 냈다.

여운의 간극과 공명진 울림으로 주변 환경을 탐지했다.

막다른 곳이고 주변은 반경 대여섯 장(丈)은 될 공간이다. 그 한가운데 작은 바다가 있다. 좀 더 사실적으로 접근하자면 작은 바다처럼 살아 있는 화구호(火口湖)로 여겨졌다.

마웅이 발끝을 앞으로 조심스럽게 내미니 얼음처럼 차가운 물이 발끝을 적셨다. 미세하게 감지되던 신선한 공기의 기원이 바로 이곳이다.

마웅은 가만히 몸을 내려앉혔다. 그리곤 손으로 바닥을 더듬거려 석순에서 떨어져 나온 주먹만 한 돌덩이 하나를 찾아냈다.

곧바로.

풍덩—!

마웅의 손에 들려졌던 돌덩이가 암흑의 출렁거림 속으로 침몰했다. 하지만 수심을 알아보려는 마웅의 의도를 작은 바다는 거부했다.

다만, 수면에서 터진 묵직한 파열음으로 보아 수심이 적잖게 깊을 것이라는 막연한 추측 외엔 아무것도 얻을 수가 없었다.

물결이 있고 냄새 또한 바다와 닮아 있으니 분명 이 하구호는 바깥 바다와 연결되어 있음이 분명하다.

벗어나야 하는 절박한 상황에 마웅의 마음은 얼음물처럼 차가운 작은 바다 속으로 먼저 빨려 들어갔다.

끝을 보고 싶었다.

기를 쓰고 찾아 나선다면 처음 들어섰던 동굴의 입구를 못 찾아낼 리는 없을 텐데, 마웅은 굳이 그러고 싶지 않았다.

설령 찾아낸다고 해도 그것이 온전한 출구로 남아 있을 가능성도 희박하다.

그것이 이유만은 아니었다.

마웅은 예까지 왔으니 이곳에서 무언가를 만나고 싶었다.

억겁의 세월이 간직한 운명.

어리석은 욕망이 낳은 죽음이 되어도 좋다.

어차피 종착지는 죽음이 아니냐.

두메산골의 아버지와 어머니.

형제들…… 초혜.

그리움의 환영들은 짧게 지나갔다.

이어.

마웅은 찰방거리는 물결 소리 쪽으로 곧바로 몸을 던졌다.

풍—덩!

고통.

온몸의 감각들을 가리가리 찢어발기다가 뼛속까지 옥죄는 냉기의 쓰라림. 마웅은 순간적으로 정신을 놓칠 뻔했다.

나찰마녀의 뱃속이 또 이러할까.

나락 속으로 침몰하던 몸은 어느 순간부터 격렬한 소용돌이에 빨려 들어가 닫아놓은 숨통을 파괴하며 극한의 물이 몸속으로 들어찼다.

온몸의 피톨들은 얼어붙어 그 무엇도 감지하려 들지 않았으며 의식은 점점 흐려졌다.

흐릿한 의식 속으로 선명한 빛깔로 돌아온 호통.

"내 아들의 소식은 세상의 입을 통해 듣겠다. …듣겠다!"

'아버지…….'

*   *   *

"의식은?"

"아직 없습니다."

혈수인 견자강의 물음에 과웅당 당주 민서탁이 목구멍으로 기어들어 가는 소리를 내놓았다. 대답 소리가 시답잖으니 통나무로 투박하게 엮어 만든 남여(藍輿)를 타고 있던 혈수인 견자강이 옆에 따르는 민서탁의 안색을 힐끗 흘겼다.

민서탁의 오른쪽 눈은 검붉은 핏물이 배인 안대로 가려져 있었다.

민서탁이 갑자기 애꾸가 되어버린 사연은 이러했다.

실불도 암옥산(岩獄山)에 마웅이 홀로 잠입했다는 소식을 접하자마자 초혜는 말 그대로 발광(發狂)을 보였다.

그 과정에서 민서탁이 나서 초혜를 금제하려 들었고, 그 순간 초혜의 소맷자락에서 십여 개의 은빛 축모침(觸毛針)이 발출되었다.

민서탁은 초혜가 암기술이 탁월하다는 것은 진즉에 알고 있었지만 여직 무장 해제를 당하지 않았다는 사실은 미처 알지 못했다. 그러니 초혜의 소맷자락에서 뿌려진 암습에 무방비로 노출되어 버렸고, 십여 개의 축모침 중에 하나가 정확하게 민서탁의 오른쪽 눈알에 꽂혀 버렸다.

검은 동공이 터져 버린 민서탁은 일갈을 지르며 초혜를 향해 칼을 뽑아 들었다. 그러나 혈수인 견자강이 초혜의 수혈을 짚고 민서탁의 칼을 물리게 만들어놓았었다.

민서탁은 자신의 한쪽 눈을 앗아간 초혜를 눈앞에 두고도 그냥 칼을 물릴 수밖에 없었고, 자신의 칼로 처단하지 못하게 만든 견자강에게 불만일 수밖에 없었다.

그 불만은 월족의 정글을 벗어나 호남성의 경계를 넘을 때까지 가시지가 않았다. 지닌 불만을 겉으로 표하지 않으려고 노력했건만 그것마저 여의치가 않은 민서탁은 따가운 견자강의 눈길을 의식하며 애써 입가에 미소를 물곤 서먹한 분위기를 만회하려 들었다.

"부회주, 곧 중원에 들어서게 되었습니다. 그간 노고가 많았습니다."

괜한 아첨질을 견자강이 좋아라 하며 받아들일 리가 만무하다.

"불만이 뭐냐?"

견자강의 삐뚜름한 물음에 민서탁은 찔끔 놀라며 엉뚱한 곳으로 견자강의 관심을 돌려놓으려 했다.

"홍파전의 전주가 아직도 뒤따라오지 못하고 있는 것이 여간 걱정이 아닙니다. 혹시, 칠철각의 아이들에게……."

민서탁이 견원지간인 냉가린의 안위를 내심 걱정이라도 하고 있다는 듯 은근슬쩍 말끝을 흐려놓자, 견자강의 입가에 보일 듯 말 듯한 조소가 엷게 맺히더니 돌연, 한쪽 팔을 번쩍 들어 올렸다.

견자강의 수신호에 통나무 가마가 멈춰 섰고 민서탁은 견자강의 입에서 무슨 소리가 나올까 조마조마하며 기다렸다.

견자강이 무심한 눈길로 앞을 보며 입을 열었다.

"당주가 그렇게까지 홍파전의 전주를 생각하는지 내 미처 몰랐었다. 한편으로 본좌의 마음이 흡족하기도 하여……."

민서탁이 한껏 헤죽거리며 끼어들었다.

"식솔로서 당연한 걱정입니다. 헤헤—!"

혈수인 견자강의 눈길이 반죽이 좋은 민서탁의 얼굴로 힐끗 향했다.

"당주는 여기 남아 홍파전의 전주를 기다렸다가 합류한 뒤에 회군하라."

견자강의 입에서 명령이 떨어지기가 무섭게 민서탁의 한쪽 남은 눈이 놀라 부릅떠졌다.

"부, 부회주?"

"혼자 기다리기 적적할 테니 말동무할 수하 몇 놈만 챙겨!"

강단진 견자강의 말투에 민서탁은 오만상을 하며 읊조렸다.

"며, 몇 명이나?"

혈수인 견자강이 주위를 찬찬한 눈길로 둘러보았다. 자신이 탄 남여 뒤를 따르는 통나무 가마 위에 죽은 듯이 누워 있는 초혜와 오십여 명의 수하.

소림사의 나한들과 사천당문의 무인들이 둘러싼 밀림 속 포위망을 뚫고 나온 뒤 견자강에게 남은 전력의 전부였다.

"두 명 정도면 족하지 않나?"

민서탁의 낯가죽이 또 한 번 와락 구겨졌다.

"부, 부회주! 지금 저의 몸이 상한 상태에서 겨우 두 명의 부하만을 딸려주신다는 것은……."

견자강의 냉기 서린 목소리가 민서탁의 읊조림을 잘라 버렸다.

"명색이 암합회의 당주인 자가 두려움부터 가져?"

"……!"

무어라 더 항명을 하지 못하는 민서탁을 향해 견자강은 묘한 표정을 지어 보였다.

"이봐, 당주? 설마 내게, 토사구팽이라도 당한 심정은 아니겠지? 응?"

부회주 견자강의 말투에서 느껴지는 빈정거림에 민서탁은 속이 왈칵 뒤집어졌다. 아니겠지? 라며 던진 질문의 말투에서 '넌, 내게서 토사구팽을 당한 것이야' 라는 확실한 대답을 얼어버렸다.

그렇다고 해서 뉘 앞이라 감히 이를 드러내며 부당함을 따질 것이며 억울함에 항명하겠는가.

민서탁은 가만히 고개를 숙이고 신음 소리와도 같은 짧은 대답을 내놓아야만 했다.

"예—에!"

혈수인 견자강의 입에서도 곧바로 짧은 명령이 떨어졌다.

"출발—!"

*　　　*　　　*

몸은 흔들렸고 속은 뱃멀미를 한 듯 출렁거렸다.

그것을 느끼는 순간, 이어진 의문.

산 것인가? 죽은 것인가?

의문이 의식의 시작이었다.

희미하나마 의식이 돌아오자 출렁출렁 흔들리던 몸은 한순간에 돌덩이처럼 물밑으로 침몰하였고 딱 벌어지는 입속으로 물이 와락 들어찼다.

마웅은 본능적으로 격하게 두 발을 버둥대며 수면 위로 치솟았다.

어—푸!

마웅은 한 됫박의 날숨을 뿜어내며 수면 위로 머리를 디밀었다. 그리곤 정신을 가다듬어 주변을 살폈다.

한 치 앞도 보이지 않는 어둠뿐인 곳. 혹시나 하는 희망이 곧장 곤두박질치고 말았다.

처음 그 자리일 뿐이다.

마웅은 먹먹한 마음으로 자맥질을 하여 물 밖으로 나왔다. 그리곤 체념한 채 어둠 속에 철퍼덕 주저앉아 버렸다.

억겁의 세월이 남긴 운명을 만나겠노라 미지의 물길 속으로 목숨을 지닌 육신을 가차없이 내던졌건만 자신은 기껏 그 자리에서 벗어나지 못하고 말았다.

마웅은 어둠 속에서 두 팔을 허리 뒤로 넘겨 상체를 괴고 밀려온 허무와 상심을 삼키듯 침을 꿀꺽 삼켰다.

그러다가.

"……!"

마웅은 예전과 달라진 무언가를 발견해 냈다.

입맛.

어째서 입 안에 머금었던 물기에서 염분의 짠맛이 조금도 느껴지지 않는단 말인가?

마웅은 후다닥 상체를 앞으로 숙였다. 그리곤 수면의 물을 한 손아귀 퍼내어 입속으로 가져갔다.

한참 동안 물을 입 안에 머금고 있어보았으나 혀의 미각은 미세한 염분마저 감지해 내지 못했다.

그렇다면 이곳은 처음 그곳이 아닐 수도 있다.

마웅은 숨을 닫고 모든 감각세포들을 곤두세워 주변의 기운을 탐지했다. 역시나 낯설다. 냄새가 다르고 습도도 처음과는 사뭇 다르다.

처음과 같은 것이 있다면 그것은 어둠이다. 빌어먹을 놈의 이 어둠이 처음 그 자리라 착각을 일으키게 만든 원흉이다.

어둠이 가려놓은 장막 너머에는 새로운 출구 내지는 생각지도 못할 운명의 만남이 존재할지도 모를 일이다.

아니, 꼭 그렇게 될 것만 같다.

마웅은 몸을 일으켜 세웠다.

벌써부터 박동은 달떴다.

안개 속을 걷듯 어둠 속을 걸었다. 걷다가 어둠의 두께가 갑자기 얇아지자 마웅은 한 손을 앞으로 내밀었다.

손끝에 닿는 암벽.

벽의 표면은 처음의 미로 동굴처럼 거칠지가 않았다. 축축한 습기는 있었지만 줄줄 흘러내리던 물기는 전혀 느껴지지 않았다.

손끝에 색다른 무언가가 닿았다.

언뜻 이끼 군락으로 여겨졌다.

하지만 볕 하나 들지 않는 나락의 동굴 속에서 이끼류가 자랄 리는 만무하지 않은가. 그렇다면 이끼처럼 두껍게 자란 곰팡이일 것이다.

그것이 무엇이든 간에 분명 생명이 존재했다.

마웅은 코끝을 암벽에 가까이했다.

퀴퀴할 줄 알았던 예상과는 달리 의외로 코끝에 화한 느낌이 전해졌다. 향기는 있는 듯 없는 듯 아주 미약하였지만 그것은 박하 향기와도 같았다.

마웅은 손끝으로 부드러운 암벽의 표면을 훑으며 나아갔다. 그러다가.

발끝에 무언가가 부딪히고.

철그렁—!

이어, 질그릇 같은 것이 깨어지는 소리가 어둠 속에서 과장스럽게 울려 퍼졌다. 마웅은 그 소리에 어깨를 움찔거리며 멈춰 섰다. 그리곤 허리를 숙여 발 앞을 손으로 더듬거렸다.

손을 벨 듯 날카로운 감촉. 마웅은 그것을 들어 얼굴 앞에 가까이 댔다. 냄새와 시각이 느끼는 흐릿한 형제.

분명했다.

깨어진 질그릇이 분명했다.

분명히 이곳에 인간이 머문 흔적이 있다.

마웅은 한쪽 무릎을 지면에 조심스레 대고 바닥 주위를 손으로 훑어댔다.

손에 닿는 곡면의 물체.

마웅은 그것을 조심스럽게 두 손으로 보듬었다.

표면이 매끈한 항아리다.

항아리는 제법 커 한아름 정도나 되었다. 주둥이도 넓었다. 주둥이 속으로 손을 넣었다. 한 팔을 다 넣고서야 겨우 항아리의 바닥이 손끝에 닿았다.

바닥엔 약간의 물기 외엔 아무것도 없었다.

마웅은 손을 항아리 속에서 빼내려다가 흠칫 멈췄다.

꾸물꾸물 대는 무언가가 손길에 스친 것이다.

더듬거리며 그 꾸물거림을 잡았다. 그리곤 그것을 눈앞에 가까이 댔다.

자체발광을 하는 벌레처럼 어둠 속에서 도드라지는 흰빛의 벌레다. 동혈새우처럼 보이기도 하고 속이 투명하게 내비치는 동굴지네처럼 보이기도 했다.

마웅은 그 알 수 없는 벌레를 다짜고짜 입속으로 집어넣고 씹었다. 어금니 사이에서 으깨지는 벌레는 꾸물거릴 새도 없이 육즙을 입 안에 뿜어냈다.

냄새는 상한 듯 시큼했고 맛은 고소하면서도 짭짤했다.

천생에 마유(馬乳)의 맛이었다.

맛나게 입을 다시던 마웅은 아예 동굴 바닥에 엎드려 주위를 쓸듯이 더듬어 나갔다. 그러던 중에 손에 꾸물거리는 벌레가 몇 마리 더 발견이 되었고 여지없이 그 벌레들은 마웅의 입속으로 들어가 으깨졌다.

얼마쯤 그러고 기어다니고 있었을까.

마웅의 손에 금속성의 물체가 닿았다.

동굴 벽면 아래쪽 바닥 모서리쯤에 놓인 금속성의 차가운 물체는 철궤로 여겨졌다.

철궤는 여인네들이 사용하는 서랍 경대 크기 정도였다.

마웅은 자물쇠 같은 것이라도 달려 철궤가 잠겨 있는 게 아닌가 하며 만져 보았으나 다행히 그런 것은 없었다.

마웅은 조심스런 손끝으로 일정한 금이 나 있는 부분을 찾아냈다. 철궤 상단을 빙 두른 금이 철궤의 몸통과 뚜껑 부분의 경계로 보였다.

마웅은 그 금에 손톱을 디밀어가며 철궤를 열어보려 애썼으나 쉽게 열리지는 않았다.

마웅은 묵직한 철궤를 두 손으로 들어 올려 이리저리 흔들어보았다. 묵직한 무언가가 철궤 안에서 이리저리 요동치는 것을 감지했다.

마웅은 오랜 세월에 철궤가 부식하여 뚜껑이 눌어붙어 버린 것이라고 생각하고 철궤를 바닥에 조심스럽게 내려치기 시작했다.

철컹—!

한동안 동굴이 쩌렁쩌렁 울렸다.

그러다가.

철—커—덩!

한순간에 철궤의 뚜껑이 열리는 소리가 났다. 그리고 몇몇 가지의 내용물이 바닥에 떨어졌다.

마웅은 쏟아진 내용물부터 더듬더듬 주워 철궤 속에 도로 챙겨 넣었다. 그리곤 그 철궤 속을 다시금 더듬었다.

세 개의 죽간(竹簡)과 자그마한 돌덩이 두어 개와 한 움큼 정도의 건초 가루 뭉치와 주먹만 한 크기의 밀봉된 질그릇 하나, 그리고 은장도 길이 정도의 단검 한 자루.

마웅의 뒤적거린 손길이 확인한 것은 그게 다였다.

무언가 짚이는 것이 있는지 마웅은 대뜸 두 개의 돌덩이부터, 꺼내 들곤 돌덩이를 서로 엇갈리게 때렸다.

탁—!

마웅의 눈앞에서 붉은 불티가 번쩍 튀었다.

이로써 두 개의 돌덩이는 부싯돌이 확실해졌다. 그렇다면 건초 가루 뭉치는 부싯깃이다. 그리고 밀봉된 질그릇에는 유등 기름이 들어 있을 가능성이 높다.

마웅은 부싯돌을 몇 번 튕겨 밀봉된 질그릇의 상태부터 확인했다. 그리곤 밀봉된 질그릇의 가죽 끈을 풀어내어 질그릇 주둥이를 씌운 가죽 천을 벗겨냈다.

밀랍 냄새 같기도 하면서도 어딘가 모르게 밀랍 냄새와는 사뭇 다른 묘한 향기가 코끝을 아리하게 만들었다.

부싯돌이 몇 번 깨어지는 비명을 내질렀고 그때마다 섬광의 부스러기 같은 불티가 점멸했다. 잠시 후.

화—락!

질그릇에서 작은 불길이 일었다.

그 순간 마웅은 동공이 파열할 것 같은 안구 통증을 느끼며 두 눈을 질끈 감아야 했다. 질끈 감은 눈꺼풀 밖에서 흔들리는 빛을 감지한 채 한참을 그러고 있었다.

한 식경(食頃)쯤 지난 후에야 마웅은 살며시 실눈을 떴다. 동공의 아릿한 통증이 남았으나 무언가를 두 눈으로 볼 수 있다는 사실이 아픔을 잊게 했다.

마웅은 주위를 조심스런 눈길로 살폈다.

완전히 어둠이 걷힌 것은 아니지만 먼 곳까지 사물을 확인하기에 족한 밝기였다.

까마득하게 높다란 동굴의 천장엔 억겁의 세월 동안 자란 종유석이 금방이라도 지면으로 내리꽂힐 듯이 날을 세운 채 매달려 있었고, 바닥 여기저기엔 기괴한 모양으로 솟은 석순들이 널려 있었다.

동굴의 어둔 벽면엔 검은 곰팡이가 덕지덕지 자라 있었고 그 검은 곰팡이 주위엔 이름 모를 벌레들이 난생처음 대한 불빛에 놀라 꾸물대고 있었다.

막다른 공간은 둘레가 대략 십여 장(丈). 그리고 동굴 한쪽 귀퉁이에 자리한 지하 동굴 호수의 너비는 두세 장(丈)쯤 되어 보였다.

동굴의 막다른 벽면 아래 모서리에 깨어져 흩어진 질그릇 조각과 검게 퇴색된 성한 질그릇이 두 개가 더 놓여 있었다.

그 위쪽 벽면으로 눈길을 주던 마웅은 무언가에 흠칫하여 두 눈을 가늘게 뜨고 시선의 초점을 모았다. 확실하게 드러나진 않았지만 벽면에 무언가가 그려져 있다.

음각벽화.

마웅은 자리에서 벌떡 일어났다. 그리곤 경계를 하듯 조심스런 발걸음으로 동굴의 막다른 벽면으로 다가갔다.

확실하다.

천 년의 세월에 흐려지긴 했지만 투박하게 음각해 놓은 것은 벽화가 확실했다. 그런데 그 형상이 의미하는 것이 무엇인지 마웅은 구분해 낼 수가 없었다.

한참을 이리저리 살피던 마웅은 두 눈을 살포시 감고 검지 끝으로 음각을 더듬으며 그 형상을 머릿속에 그어나갔다.

마웅의 감은 눈꺼풀에서 작은 파문이 일었다.

날짐승.

날개를 활짝 펼친 새가 비상을 한다.

새의 한쪽 발이 틀어쥐고 있는 것은 큼지막한 구슬.

여의주 속에 타원형의 홈이 파여 있다.

고양이의 눈처럼 여겨졌다. 그러나 고양이의 눈일 리는 없다. 구슬이 여의주라면 고양이의 눈알이라기보단 용의 눈알에 더 가깝지 않을까?

용의 눈알이라면 용목(龍目)이다.

새가 발톱으로 틀어쥐고 있는 것이 용목이라면 음각벽화로 새겨진 새는 봉황(鳳凰)이고 봉황의 발은, 즉 봉조(鳳爪)이다.

그렇게 확신한 마웅은 감았던 눈을 뜨고 조용히 한 발 뒤로 물러나 가만히 두 무릎을 꺾어 꿇어앉아 고개를 다소곳이 숙였다.

그래야 한다는 생각을 했고 또 그래야 했다.

*   *   *

계절은 분명 봄이건만 하늘은 염천(炎天)이었다.

널따란 이파리 속의 굵다란 나뭇가지에 걸터앉은 민서탁은 쉼없이 흐르는 이마의 땀을 소맷자락으로 훔쳤다.

덥다.

애꾸가 되어버린 민서탁의 성한 한쪽 눈마저 꼴사납게 찌그러졌다. 더위에 오만상이 된 것이 아니라 다른 무언가에 짜증이 제대로 치밀어 오른 거다.

'우라질 년! 어디서 화냥질을 하고 있기에 여태까지 코빼기도 내비치지 않는 게야?'

부회주 견자강의 명령으로 이틀을 기다렸건만 취접설화 냉가린은 끝내 나타나지 않았다.

더 이상 기다릴 수 없다.

뒷일이 어떻게 되든 간에 반나절만 더 기다리다가 철수하리라.

앙심을 풀어내듯 결심을 하자 벌써 나뭇가지에 걸쳐 놓은 엉덩짝까지 들썩거렸다.

그러나 구겨진 낯은 좀처럼 풀리지 않았고, 그렇게 작심을 하니 시간이 더더욱 더디게 흘렀다.

지루한 땡볕은 진초록 잎사귀를 관통하여 살갗을 태우려 들었다. 나무 아래, 두 명의 수하는 소금에 절여놓은 배추처럼 늘어져 있었다.

푸드득—!

건너편 나무에서 이름 모를 작은 새가 날아올랐다.

민서탁의 눈길이 건성으로 작은 나래의 비상을 확인했다.

그런데.

무심한 민서탁의 시선이 갑자기 먹장구름에 가려졌다.

화들짝 놀란 민서탁은 등줄기에서 냉기를 느끼며 상체를 뒤로 넘겼다.

나무 아래로 추락하는 민서탁의 신형은 일견 땅바닥에 대갈빡이 꼬라박힐 것처럼 보이기도 했다. 그러나 그렇지가 않았다.

잔뜩 움츠린 채 선회하며 떨어지던 민서탁의 신형은 사뿐히 지면에 안착하였고, 밑에 있던 수하 둘은 갑작스런 민서탁의 착지에 놀라 급하게 몸을 일으켜 세웠다.

수하 중 하나가 다급하게 그 사연을 물었다.

"다, 당주, 무슨 일……."

수하는 궁금증을 끝내지 못했다.

스—각!

환상처럼 싹둑 잘려 날아가는 머리통.

하얀 햇살에 뿌려지는 선홍빛 피분수.

붉디붉은 혈무에서 민서탁은 발끝을 지면에 찍고 뒤로 비상했다. 비상과 동시에 발검.

차—앙!

그러나…….

참매처럼 날아와 송골매처럼 꽂히는 기습에 민서탁의 신형은 중심을 크게 잃고 한쪽 무르팍을 지면에 박으며 떨어졌다. 경악한 얼굴을 급하게 들어 올린 민서탁의 시선 앞에는 꽁지머리를 한 사내가 표정없는 얼굴로 마주하고 있었다.

이훈직이다.

한쪽에서 날카롭게 터지는 단말마.

"카—악!"

민서탁의 불똥 튀는 시선이 피맺힌 비명 쪽으로 획 돌아갔다. 하나 남은 수하의 뱃가죽을 꿰뚫은 장검.

등짝 너머로 툭 튀어나온 칼끝에선 찐득한 선혈이 툭툭!

그 장검의 주인은 손화수다.

경기하듯 놀란 민서탁은 본능적으로 몸을 일으켜 세운 다음 활로를 찾아 두 어깨를 틀었다.

하지만 자신의 등 뒤엔 산도적 놈만큼이나 덩치가 장한 사내가 하나 버티고 서 있었고, 그 사내의 손엔 등치에 걸맞은 파풍도가 들려져 있었다.

사내는 최대산이다.

민서탁의 한쪽 남은 눈동자가 경련을 일으켰다.

불알 밑이 시큰거릴 만큼 절절하게 느낀 죽음의 예감.

'사, 살려줘—!'

*   *   *

핏기가 사라진 낙수련의 얼굴은 파리했다.

연무장을 방불케 하는 큼지막한 공터는 살기등등한 무인들로 빼곡하게 둘러싸였다.

그 속에 낙수련은 전신에 피칠갑을 한 채 서 있었다.

자신과 어깨를 나란히 한 묘담의 상태도 피칠갑을 한 건 매한가지였다.

다른 것이 있다면 묘담의 정신이 온전치 못하다는 것과 자신의 몸 상태가 좋지 못하다는 거다.

암합회의 무리들과 맞닥트린 것은 묘담과 낙수련이 중원으로 북상하던 중 광동성 하주(賀州)의 포구 장터에서 우연찮게 주워들은 정보 때문이었다.

하주 북쪽의 어느 야산에서 미륵돼지처럼 살이 찐 땡추와 그 땡추와 눈이 맞아 바람난 여인이 수많은 중원무인들의 추격을 받으며 달아나는 중이고, 그 와중에 다수의 사상자가 발생하여 하주 포구 북쪽 마을이 매우 어수선하다, 라는 소문이었다.

그 당시 묘담의 상황은 몹시 좋지가 못했다.

인사불성에 가까우리만치 만취한 상태였었다. 묘담이 그렇게까지 술독에 빠져 버린 이유는 중원 항산에서 내려온 암담한 소식 때문이었다.

제일각주 은묵룡이 자청하여 암합회의 사돈이 되는 것을 청하였고, 그것을 암합회 회주 우문광후가 흔쾌히 받아들였다는 소식.

처음엔 그 소식을 호사가들이 심심풀이 삼아 지어낸 뜬소문이겠거니 하며 믿질 않았었다.

하지만, 그 소식이 다름 아닌 화산파 장문인의 입을 통해 공식적으로 발표되었다는 사실을 접한 뒤부터 묘담은 광분하였었다.

그것이 바로 전날이었고, 그때부터 낙심한 묘담은 오전까지 줄곧 독주에 절어 있었다. 낙수련은 난감한 상태가 되어버린 묘담을 객실에 남겨두고 홀로 나서려 했지만 묘담의 술기운 섞인 고집을 결코 꺾을 수가 없었다.

그들은 암합회의 무리들에게 연차적으로 몰리며 포위를 당하는 지경까지 된 후에야 비로소 천복승과 연화에 관한 소문이 암합회가 퍼뜨려 놓은 덫이었음을 알게 되었다.

생사가 오락가락하는 상황임에도 술이 깨지 않는 묘담은 매 순간이 위기였고, 해변 싸움에서 혈랑자의 쇄겸도에 당한 오른쪽 장단지가 아직 완전히 아물지 않은 낙수련도 활로없는 이 싸움이 버겁기는 매한가지였다.

한 번에 서너 명씩 덤볐다.

달려드는 놈들을 죽이면, 놈들은 또 죽여야 할 대상을 내보냈다. 그렇게 죽이기를 반복한 시간이 벌써 한 시진(時辰)이다.

장마철에 질벅거리는 땅처럼 핏물에 젖은 땅이 질벅거렸고, 피비린내에 호흡마저 불규칙했다.

놈들의 수장은 홍파전의 냉가린보다 상좌에 있는 자로 여겨졌다.

낙수련은 부회주 견자강과 사대호법 외에 암합회에서 그러한 지위와 인물이 있다는 사실조차 이곳에서 처음 알게 되었다.

냉가린이 놈을 우기린(右麒麟)이라 높이 칭하며 허리를 접어 보였었다. 낙수련이 놈에 대해 짐작할 수 있는 것은 백금가면의 사내와 무관하지 않은 자일 거란 것 외엔 아무것도 없었다.

우기린 팽막건의 옆엔 홍파전의 전주 냉가린이 서 있었고, 냉가린의 입가엔 연회장에 유흥을 즐기러 나온 사람처럼 늘 흡족한 미소가 걸려 있었다.

그 미소가 너무 얄미워서일까?

낙수련은 자신이 여자라서 그런지 같은 여자인 냉가린에게 유독 살의가 더 심하게 일어났다.

그것이 단순한 감정이 아니라는 것을 진즉에 알았어야 했는데 낙수련은 현재도 그러지 못했으며 이후에도 그러지 못했다.

기실 상황은 그럴 만한 여유도 주지 않았었다.

낙수련이 묘담과의 간극을 한 발 좁혀놓자 묘담이 낙수련을 향해 마른 입술을 달싹거렸고, 속삭이듯 들려온 묘담의 목소리엔 힘이 없었다.

"넷째야, 미안구나."

"셋째 사형, 왜 그런 말씀을?"

낙수련은 다소 경직된 얼굴이 되어 묘담의 비켜난 얼굴을 보았다. 묘담의 얼굴이 천천히 낙수련의 시선 앞으로 돌아섰다.

낙수련은 묘담의 눈빛을 살피다가 그만 울컥 설움이 치받쳤다.

묘담의 눈빛 속엔 절망이란 검은 그림자가 배어 있었고, 까칠하게 타들어간 입술에서 새어 나오는 음색은 검은 입술 색깔보다 더 암울했다.

"이미 틀렸어. 우린 돌이킬 수 없는 강을 건넜어. 넷째야, 내가 좀 더 냉철했어야 했는데 그러질 못했다. 그래서 이런 사지에 널……."

낙수련은 화가 났다. 그래서 묘담의 말꼬리를 앙칼지게 잘라 버렸다.

"당치가 않아요! 우리가 누군가요? 일당백의 칠철각 후예들이에요. 저깟 놈들쯤이야……."

반박의 말을 당차게 쏟아내던 낙수련마저 말끝을 흐리며 마무리 짓지 못했다. 묘담의 한쪽 입꼬리에 실핏물이 흘러내린 것을 보았기 때문이다.

낙수련의 놀란 눈길이 묘담의 왼팔에 들린 장검을 따라 천천히 내려갔다. 핏물이 뚝뚝 떨어지는 묘담의 칼끝은 미미하게 떨리고 있었다.

탈진했거나 내상이다.

아니다. 내상에다가 기력까지 달리고, 맑지 못한 눈빛에선 마저 씻어내지 못한 술기운까지 내비치고 있다.

악재란 악재는 모두 겹친 상태이다.

낙수련은 발발 떨리는 아랫입술을 윗니로 깨물어 진정시켰다.

정말 묘담의 말마따나 돌이킬 수 없는 강을 건넌 것인지도 모른다.

낙수련의 눈빛 속으로 묘담의 절망감이 전염되어 잿빛으로 번졌다.

낙수련의 눈이 젖으며 한 사내의 얼굴을 그 위에 환영으로 띄워놓았다.

처음으로 남자를 배우고, 처음으로 그 남자 앞에 여자로서 눈을 뜨고, 그리하여 처음으로 마음속에다 술을 빚듯 담아냈던 사내. ……대사형 이훈직.

한 번만, 딱 한 번만 더 봤으면, 전했던 나의 마음은 괘념치 말라 말해주고 팠는데.

하지만 지금은 그것마저 욕심이고, 그저 가슴에 품은 것으로만 만족해야 할 운명이다.

낙수련은 칼끝을 어깨 높이만큼 치켜들었다.

꺼질 것이라면 뒷날의 이야기가 흉이 되지 않게 아름다이 불꽃을 피워볼 테다.

그것이 자신과 대사형과 셋째 묘담 사형에게도 장한 일이 될 것이다.

낙수련의 두 볼에 눈물이 흘러내려 그 눈물이 입가의 쓸쓸한 미소에 머물렀다.

낙수련의 젖은 눈빛이 날카롭게 빛났다.

그 칼날같이 날이 선 눈빛이 날아가 꽂힌 곳은 우기린 팽막건의 인중(人中). 그것은 죽기를 각오한 예고였고, 절망에서 발로한 탈출이었다.

묘담의 정신이 온전한 상태였더라면 낙수련의 저돌적 살기를 미리 감지하고 한발 앞서 제지했으련만, 묘담의 지금 상태는 그것을 예감하고 막아설 만큼 예리하지가 못했다.

낙수련의 입에서 나찰포효가 길게 터져 나왔다.

악에 받친 한 여인의 포효는 얼어터지는 겨울날, 이 산 저 산 떠도는 까마귀 울음 같기도 했다.

"아—아아—아악……!"

낙수련의 칼끝과 신형은 우기린 팽막건의 인중을 향해 날아 갔다. 그제야 묘담의 눈길이 저만치 향한 낙수련을 확인했다.

묘담의 벌어진 입에서 새어 나온 신음은 몹시 작았다.

"안 돼."

십여 명의 기린당 무인이 낙수련을 향해 날아들었고, 그 속 에는 홍파전의 전주 취접설화 냉가린의 신형도 함께했다.

우기린 팽막건이 가슴에 품고 있던 박도(朴刀)를 천천히 뽑 아냈다.

스르렁!

낙수련의 신형이 높다랗게 치솟았다.

그리곤 수많은 적들 속으로 내리꽂혔다.

바람에 시드는 꽃보단,

바람에 떨어지는 꽃잎이 차라리 아름답다.

……아름답다.

第五章
풍운오랑(風雲烏郎)

江湖苔伝記
강호 고행기

갈바람은 산꼭대기에서부터 쓸듯이 내리꽂히다가 산자락 끝을 후려쳤다. 산자락은 애먼 낙엽들을 흩뿌리며 소나기 소리를 냈고.

쏴—아아—아!

한 사내가 수북하게 쌓인 낙엽 더미를 밟으며 걸어나왔다. 사내의 발은 작게 난 오솔길에서 멈춰 섰다.

쏟아지는 가을 소리뿐, 고즈넉하다.

삼십대 중반의 나이.

오색 낙엽이 훑고 지나가는 사내의 얼굴은 퇴색한 낙엽보다도 더 염세적이다. 눈빛도 그러했고 웃는 듯 우는 듯한 미소도 그러했다.

등허리까지 내려온 긴 머리와 거칠게 자란 수염. 그 속에 까칠하고 검붉은 입술, 칼등처럼 반듯한 콧등은 몹시 고집스러워 보였다.

열하의 계절도 아닌데 팔소매가 떨어져 나간 민소매의 무복은 구질구질해 보일 만큼 해어져 있었다. 하지만 건장한 체격을 가진 사내의 전신은 금석처럼 단단해 보였다.

중키에 반듯한 이목구비.

쓸쓸한 가을하늘.

하늘에서 까마귀가 운다.

아ㅡ아ㅡ아악ㅡ!

모진 바람에 날갯짓이 버거운 까마귀는 푸드득 어딘가에 내려앉았고 사내의 눈길 또한 그곳으로 향했다.

멀리 보이는 통나무 집채 하나.

사내의 발길이 움직였다. 낙엽들이 아우성치며 사내의 발길을 앞질렀다.

쏴ㅡ아아아ㅡ!

푸드득ㅡ!

인기척에 놀란 까마귀가 풍진 하늘 위로 다시 날아오르며 앙살을 부려댔다.

아ㅡ아ㅡ악!

까마귀가 객잔의 찬 굴뚝을 박차고 날아올랐다가 거센 바람에 저 먼 산 너머까지 날려가 버리고.

"어서 오슈!"

객잔의 주인은 시답잖은 음색으로 사내의 출현을 반겼다. 그리곤 지저분한 행주로 식탁 위에 쌓인 먼지와 낙엽 부스러기들을 툴툴 털어냈다.

풀풀 날리는 먼지 속에서 사내가 등받이 없는 걸상에 앉았다. 중노인에 가까운 중년의 객잔 주인이 이가 빠진 엽차 잔을 식탁 위에 소리가 탁 나도록 내려놓았다.

"오랜만이오."

주인장의 인사치레는 낯설고 뜬금없다.

"……"

사내는 말없이 주인장의 얼굴을 살폈다. 주인장의 얼굴 표정은 지워놓은 듯 없었다. 심심한 표정으로 주인장이 입을 열었다.

"워낙 오랜만에 사람을 봤소."

"……"

의아함을 지운 사내는 말없이 식탁 위로 시선을 내려놓았다. 주인장은 식탁 모서리에 두 팔을 괴고 구부정하게 섰다.

"산채밥과 도삭면(刀削麵)밖에 없소."

사내의 입이 열렸다.

"면(麵)으로."

주인장이 식탁 모서리에 괴고 있던 두 손을 떼어 박수 치듯 손을 탁탁 털었다.

"술은? 백주(白酒)뿐이오."

"주시오."

주인장이 사내에게 등을 보이며 돌아섰다.

"어디로 가시는 객이시오?"

"갈 곳은 없소."

사내의 대답에 주인장은 멈칫 섰다. 그리곤 두 눈에 이채를 띠며 고개를 돌렸다.

"떠돌이 무인이시오?"

"그냥 저냥."

사내의 대답은 애매모호하게 빗나갔다.

주인장이 팔자걸음으로 좁은 주방 안으로 들어가선 작게 난 쪽창으로 얼굴을 내밀었다.

"근데, 어디서 오셨소?"

사내는 한 손을 들어 엄지만을 세운 손끝을 자신의 어깨 너머로 넘겼다.

사내의 과묵한 지시에 주인장의 입가는 피식 했다. 그리곤 더 이상의 말은 없었다. 주방에서 토닥거리는 칼과 도마 소리가 간간이 나고 때론 사기그릇이 달그락거렸다.

낙엽이 허술한 객잔 안으로 우수수 몰려들어 와 걸상에 앉은 사내의 두 발을 찝쩍거렸다.

일다향(一茶香)의 시간이 그렇게 흘렀다.

뽀얀 김이 피어나는 국수 사발이 식탁 위에 내려졌다.

"뜨겁소."

사내가 젓가락을 들었고 주인장은 술병과 술잔을 챙겨놓으며 사내의 맞은편에 허락도 없이 떡하니 앉았다. 사내는 개의치 않고 면발을 집어 입으로 가져갔다.

국물까지 다 비운 사내가 손등으로 입술을 쓱 닦아냈다.

주인장은 그때를 기다린 듯했다.

"항산(恒山)으로 가실 참이오?"

"……."

사내는 말없이 술병의 모가지를 틀어쥐었다. 그리곤 술병의 주둥이를 입술에 대곤 목을 한껏 뒤로 젖혔다.

꿀꺽— 꿀꺽!

주인장은 오르락내리락하는 사내의 울대뼈에 시선을 고정시켰다.

"꼬질꼬질한 풍채임에도 밥 빌어먹는 단순 부랑 무인으론 보이지 않는데…… 무언가 석연찮게 비범하긴 한데……."

늘그막한 주인장이 사내의 정체에 대해 궁금증을 드러내자 사내가 식탁 위에 술병을 내려놓았다.

"의혈당(義血黨) 당주, 나동영."

사내의 말에 주인장은 흠칫하는 표정이더니 이내 한쪽 눈초리가 삐딱하게 치솟았다.

"이번엔 좀 색다른 자를 보냈군!"

"……."

사내는 어설픈 미소를 보일 뿐 말이 없었다. 그러한 사내의 미소 앞에 나동영은 능글맞은 웃음을 흘려냈다.

"박힌 돌 쪽인가? 아니면 굴러온 돌 쪽인가? 자넨, 어느 쪽인가?"

사내는 가만히 고개를 저었다.

고갯짓에 나동영의 미간이 설핏 구겨졌다.

무림천하가 암합회의 수중에 떨어진 지가 어언 십 년 차다. 천축의 뇌음사를 정사 합동으로 물리친 직후, 암합회는 곧바로 기진맥진한 무림에 또 한 번 더 풍파를 일으켰다.

정사대전.

정사대전의 승자는 암합회가 되었다.

이후, 암합회는 스스로 사파를 부정하고 중도임을 자처하더니 무릎 꿇은 정파세력을 강제로 끌어안았다. 완력에 추행당하는 여인처럼 정파의 세력들은 차례로 쓰러져서 겁탈을 당했다.

암합회는 제일 먼저 무림맹주 노충걸의 목을 치고 공석이 되어버린 무림맹주의 자리에 우문광후의 차남 우문평을 앉혔다.

사실 우문광후가 아들 우문평을 무림맹주의 자리에 추대했는지는 알 수가 없었다. 그냥 그렇다고 할 뿐, 사실을 확인할 길은 없었다.

정사대전이 끝날 무렵부터 우문광후의 모습을 보았다는 사람은 없었기 때문이다.

호사가들은 사돈을 맺은 은묵룡과 함께 심산유곡을 찾아 신선놀음으로 여생을 즐기고 있다고 하고, 또 다른 호사가들은 처음부터 구린 구석이 있었던 사돈 은묵룡과의 관계를 끝내

호전시키지 못하고 있다가 결국 앙금이 곪아 터져 동패구상하였다는 소문을 내놓기도 했다.

그것이 어떠하든 간에 과거 무림맹 산하 의혈당 당주이던 나동영은 암합회가 무림맹을 장악하자 곧바로 금분세수를 선언하고 무림맹을 떠나 버렸다.

그 후, 나동영은 어떤 사연에서인지 암합회의 총본관이 있는 항산의 길목 산길에 허름한 객잔을 차려놓고 은거 아닌 은거 생활을 시작했다.

허술한 은거 생활이니 나동영의 정체가 암합회의 눈길에 발각되는 것은 시간문제였고, 암합회와 무림맹에선 금분세수한 나동영을 어르고 달래며 회유하면서도 한편으론 자객을 심심찮게 보냈었다.

무림맹주가 된 우문평의 속셈은 금분세수를 하였노라 공표하고 무림을 떠난 나동영의 제거가 아니었다.

우문평은 어떤 연유에서인지 나동영의 신경을 자극할 뿐 제대로 된 자객은 보내지 않았다.

그런 어쭙잖은 자객이 매년 한두 명씩 찾아와 나동영의 손에 죽임을 당한 것이 어느덧 열 손가락으론 다 헤아리지 못할 정도가 되었다.

나동영은 자신의 객잔을 찾아온 이 사내도 연중행사처럼 찾아오는 자객 중의 하나일 거라고 지레짐작하고 있었던 차였다. 그런데 사내가 아니라는 의사를 표했다.

"아니다?"

"천복승의 소재를 알고 싶어서 찾아왔습니다."

나동영의 한쪽 눈이 비뚜름하게 커졌다.

"자넨 뉘신가?"

"풍운(風雲)……."

사내는 슬며시 말끝을 흐려놓았고, 그 흐려놓은 말끝을 나동영이 재바르게 따라붙으며 마저 채워놓았다.

"……오랑(烏郞)?"

사내는 가타부타 대답도 하지 않고 술병의 모가지를 다시 잡아채어 입속으로 술을 들이부었다.

목에서 술이 넘어가는 소리가 나고.

꿀꺽― 꿀꺽!

나동영은 눈에 이채를 발하며 사내의 울대뼈를 노려봤다.

"정말 자네가 풍운오랑인가?"

사내가 식탁 위에 빈 병이 되어버린 술병을 내려놓았다.

"달포 상간에 그렇게 불리게 되었습니다."

나동영은 엉덩이를 들썩거리며 자세를 고쳐 잡아 앉은 후 한 손을 눈두덩 위에 올려놓고 짐짓 골치가 아프다는 시늉으로 두 눈을 가렸다. 그런 후에 가만히 눈알을 굴렸다.

풍운오랑.

괴이한 고수의 출현은 복건성 남단에서 발현했었다.

그것이 달포 전쯤의 일이었다. 복건성 암합회 지부가 단 일인(一人)에 의해 하룻밤 사이 쑥대밭이 되었다.

뚜렷한 이유도 없었다고 한다.

야심을 틈타 불한당처럼 쳐들어온 사내는 다짜고짜 암합회 복건 지부의 무인들을 몰살시키다시피 했다.

 백여 명쯤의 지부 무인들 중에 요행히 목숨을 부지하고 도망친 자의 수는 고작 두 명. 그것도 지부의 무인으로 갓 선발된 신출내기 십대 사내 둘이만 살아남았다고 했다.

 그 혈사가 있은 후, 십여 일 만에 또다시 혈사가 벌어졌다. 혈사의 장소는 강서성 옥화산(玉化山).

 옥화산 산길에서 주검으로 발견된 암합회의 무인들 수는 삼십여 명. 그들은 강서성 지부가 있는 남창에서 파견된 강서성 지부 소속의 정예무인들이었다.

 그 후 이틀이 또 지나고, 남창에 있던 강서성의 지부가 하룻밤 새에 복건성의 지부처럼 한 사내에게 몰살을 당하는 사건이 연이어 발생했다.

 일순 무림은 발칵 뒤집어졌었다.

 괴사내의 정체를 캐내기 위해 무림맹은 몇몇 절정고수를 급파했다. 하지만 척살을 목적으로 하지 않았음에도 절정의 고수들 중 몇몇은 길바닥과 산속 후미진 곳에서 주검이 되어 발견되었다.

 그뿐, 괴사내에 관한 의혹에 대해선 단 한 점도 밝혀낼 수가 없었다.

 그 후 또 십여 일이 지나갔고, 그 짧막한 세월 사이에 쉬쉬하는 무림인들과는 달리 세간에서는 괴사내에 관한 소문이 급속도로 퍼져 나갔다.

암합회가 무림을 평정한 뒤 십여 년간, 크고 작은 반란이 일어나지 않은 것은 아니었지만, 이처럼 강력한 폭발과 후폭풍처럼 몰아치는 입소문은 그간 없었었다.

그러한 세간의 반응은 의외였고, 그 의외의 반응에 무림은 곤혹스러웠다. 민심을 간과할 수 없는 암합회는 곧바로 조사단을 파견하여 민심을 살폈다.

그 결과가 속속 무림맹에 올라왔고, 그 보고서들을 면밀히 검토한 암합회와 무림맹의 간부들은 난감해질 수밖에 없었다. 세간의 기류는 괴사내에 대해 무척 호의적이었다.

무림을 장악한 암합회의 반감 의식에서 기인한 호의로 여겨진다는 게 보고서의 주된 내용이었다.

힘의 논리에 의해 짓밟혀 있긴 했지만 잡초들은 불어오는 바람에 몸을 일으키고 싶어했다.

괴사내에게 붙여진 '풍운오랑' 이라는 무림 명호만 보아도 저변에 깔린 민심의 분위기가 어떠한지를 짐작케 했다.

민심은 어둠 속에 혜성이 나타나 한순간에 판세를 갈아엎어 버리거나, 그에 준하는 대변혁이 일어나 주기를 은연중에 드러냈다.

하지만 무림을 지배하는 암합회는 그것을 원치 않았으며, 기득권 층으로 부상한 신흥 세력 또한 변혁의 조짐을 저어했다.

와신상담하고 있는 구파일방과 정파 쪽의 중소 세력 또한 들불처럼 번지는 민심의 동요에 귀를 바짝 곤두세울 뿐, 그것을 호재로 삼아 불만을 표면적으로 표하기를 꺼려했다.

단지 풍운일 뿐, 그것으로 세상은 쉬이 바뀌지 않을 것이라는 게 정파 쪽의 냉담이었다.

또다시 암합회와 무림맹이 아연실색한 사건이 터졌다.

강서성 북단 근처에서 홀연히 사라졌던 풍운오랑이 화산(華山) 인근에 출몰하여 화산파(華山派)의 문도들과 충돌이 있었다는 보고가 무림맹에 날아들었다.

단지 풍운오랑이 화산에 출현했다는 사실 하나만으로 무림이 또 한 번 화들짝 놀란 것은 아니었다.

화산 연화봉(蓮花峰)의 동남쪽엔 낙안봉(落雁峰)이라는 산봉우리가 서 있었고, 그곳에는 도교의 시조인, 노자(老子)의 영전을 모신 노군동(老君洞)이라는 동굴이 있었다.

화산파는 그 노군동 앞에다가 조사들의 봉분을 대대로 모셔 왔었는데, 돌연 그곳에 있던 봉분 하나가 한 괴인의 손에 파헤쳐져 안장되어 있던 시신 하나가 부관참시(剖棺斬屍)를 당하는 경악할 사건이 발생했다.

괴사내에게 부관참시당한 주검은 해골이나 진배없는 머리통과 함께 노군동 주변 나무에 내걸려졌고, 그 주검의 주인은 바로 전대 화산파 장문인 양오도인(養吾道人)이었으며, 주검을 참수한 괴사내의 용모파기가 풍운오랑의 용모와 일치하는 것으로 노군동을 지키던 화산문도들에게서서 확인이 되었다.

그 희대의 사건 앞에 구파일방보다 암합회가 더 놀라 아연실색한 이유는, 화산파의 전대 장문인인 양오도인이 구파일방 중에 제일 먼저 암합회와 손을 잡은 당사자였으며, 현재도 화산파가 구파일방 중에 유일하게 암합회에게 협조적인 방파라는 사실 때문이었다.

풍운오랑의 정체와 그가 가진 의도가 한 꺼풀 벗겨졌다.

하지만 그 화산파 노군동의 부관참시 사건 이후, 풍운오랑의 행적은 오리무중이었다.

그런데 엉뚱하게도 풍운오랑이라 자칭한 사내가 항산의 길목에 있는 객잔에 나타난 것이다. 그것도 과거 무림맹 의혈당의 당주였던 나동영 앞에 나타났다.

나동영이 목이 콱 잠긴 음색으로 물었다.

"으음—! 나를 찾아온 이유는?"

풍운오랑의 대답 소리엔 굴곡도, 한 점의 감정도 실리지 않았다.

"한 사람의 행방을 찾고 있습니다."

나동영의 눈이 가늘어지며 날카롭게 빛났다.

"그 사람이 누군가?"

"천복승."

풍운오랑의 대답에 나동영은 미간을 좁히곤 잠시 말이 없었다. 그러다가 입가에 옅은 미소를 물었다.

"그 땡추완 어떤 사이인가?"

풍운오랑의 입가에도 엷은 미소가 배어 나왔다.

"그냥저냥."

나동영은 풍운오랑의 얼굴에 박아놓았던 시선을 떼어내어 객잔 밖으로 던졌다.

"그런 식으로는 내가 입을 열 수가 없지."

"알고 있다는 말씀이시군요."

나동영의 빗나간 눈길에 쏩쓰레함이 묻어났다.

"그렇게 되나?"

"어디에 있죠?"

"왜 내게서 묻나?"

"당신은 천복승과 오랜 친구였으니까요."

나동영의 시선이 천천히 풍운오랑에게로 돌아왔다. 그러나 풍운오랑의 얼굴로 되돌아온 나동영의 시선은 반듯하지 못하고 삐뚜름했다.

"도대체 누가 그래? 내가 그 하찮은 땡추 놈과 오래된 친우라고?"

풍운오랑의 입에서 침음이 새어 나왔다.

"으―음!"

그 침음을 이으며 풍운오랑은 눈빛에 칼날을 품었다.

산전수전 다 겪고 살아온 나동영에게도 그것은 부인 못할 섬뜩한 눈빛이었다. 그런 눈빛으로 풍운오랑은 입을 열었고 목소리는 나직했다.

"오랜 세월 동안 세상과 동떨어져 살았습니다. 그래서 이성보단 야성에 가깝습니다. 시간은 많으나 성격이 다소 급합니다."

나동영은 살짝 당혹스러웠다.

"그, 그래서?"

"충분한 시간을 드리지 못합니다."

"안하무인이군?"

"그런 셈이죠."

풍운오랑의 강단진 대답에 나동영은 처음엔 언짢은 듯이 낯을 구기더니 갑자기 구긴 낯을 펴며 무엇이 흡족한지 웃음까지 얼굴에 품었다.

"자넨, 꽤 나를 믿는군. 그렇지?"

"대충은."

"좋네. 대충이란 말의 뜻은 상당한 부분의 신뢰성이 포함되었다고 보네. 자네의 진정한 정체가 무엇인지는 모르겠지만, 자넨 의도적으로 나를 찾아왔고, 자네 스스로 풍운오랑이라 내게 말해주었네. 하지만 자네의 말마따나 천복승은 나의 오랜 친구일세. 그런 친구의 소재를 알려주려면 좀 더 확실한 믿음이 내게 필요로 하네. 그래서 말인데……."

나동영의 말이 너스레처럼 다소 길어지려 하자 풍운오랑이 나동영의 말을 잘라먹었다.

"칠철각의 막내입니다."

십여 년 만에 세상에 나타난 마웅의 입에서 말이 떨어지기가 무섭게 나동영의 입에선 격한 신음이 터져 나왔다.

"허—억!"

단말마와도 같은 신음이 있은 이후, 폐부를 짓누르는 듯한 침묵이 객잔 전체를 짓이겨놓았다.

나동영이 경악으로 벌어진 입을 다물지 못한 채 한참을 넋나간 사람처럼 가만히 있자, 마웅이 손을 주먹으로 말아 쥐고 입을 가려 괜한 헛기침을 내보였다.

"흐—음!"

그제야 나동영은 벌어진 입을 다물고 대신 갸름해진 두 눈을 왕방울만 하게 치켜떴다. 이어 다물어졌던 입술이 떨리며 다시 열렸다.

"차, 참말인가? 자네가 칠철각의 막내 마웅인가? 그게 사실인가?"

마웅은 그저 고개만 천천히 주억거려 보였다. 그 고갯짓에 나동영은 급하게 마웅의 눈길 앞에 얼굴을 내밀며 속삭였다.

"자네, 자네의 형제 소식은 들었는가? 알고나 있는가?"

"신분을 노출시키지 않고선 딱히 알아볼 곳이 없었습니다. 그래서 이곳으로 왔습니다. 적어도 천복승은 알고 있을 듯해서입니다. 근데, 천복승은 별고없으시죠?"

마웅의 물음에 나동영은 빙그레 웃음을 지었다.

"떡하니 늦둥이 자식놈까지 퍼지른 땡추 놈인걸."

마웅이 의아하여 물었다.

"그 스님의 슬하에 자제 분이 생기셨다고요?"

나동영은 마웅의 물음에 대답을 하지 않고 되레 반문을 던졌다.

"연화라고 알고 있지?"

연화의 이름이 나동영의 입에서 나오자마자 마웅은 두 사람 사이에 좀 더 특별한 인연이 생겼음을 짐작해 냈다.

"아! 그랬군요."

나동영이 옛일을 기억해 내는 듯 회상에 젖은 눈빛으로 고개를 주억거렸다.

"천복승 그 사람, 이제 완전히 속세 사람이 되었네. 아니, 속세라면 좀 그렇고, 세상을 등지다시피 하며 아내와 자식을 데리고 살아가고 있다네."

"어디에 있습니까?"

"꽤 멀어."

마웅은 재차 캐물었다.

"어딥니까?"

나동영은 객잔과 객잔 밖을 살피더니 마웅이 사용했던 젓가락 한쪽을 집어 그 끝을 엽차 잔에 담그더니 젓가락으로 식탁 위에 무언가를 긁적거렸다.

마웅이 젓가락에 묻은 물기에 의해 적히는 식탁 위 글씨를 노려봤다.

길림(吉林), 백두(白頭).

길림성의 백두산을 말하는 것이다.

마웅이 고개를 끄덕여 보이자 나동영은 엽차 잔 바닥에 남은 물을 물기로 쓴 글씨 위에 부어 글씨의 흔적을 모두 지워 버렸다. 그리곤, 나동영은 들릴 듯 말 듯 모깃소리만 한 목소리를 꺼내놓았다.

"그곳의 산사람들에게 돈육보살(豚肉菩薩) 아비라고 찾아보게. 그럼 웬만한 산사람들은 다 알고 있다고 하더군."

마웅도 고개를 작게 숙이고 목소리를 한껏 낮췄다.

"돈육보살이라면?"

"천복승 아들놈의 별명이 그 모양이라고 하더군."

마웅은 고개를 작게 끄덕여 보였다. 돼지고기를 유난히 좋아하거나 천복승을 닮아 토실토실한 아이 정도로 받아들였다. 나동영이 조심스런 목소리를 꺼내놓았다.

"다른 형제들의 소식을 알고 싶어하는 걸 보니 그간의 일에 대해서 아는 것이 전혀 없는 모양이군?"

"저희 형제들에 관한 신상을 알만 한 사람이라면 무림에서 상당한 지위에 있을 것이고, 그러한 사람에게 저희 형제들을 수소문한다는 것은 곧바로 제 자신을 드러내는 일인지라 조심스러웠습니다."

나동영이 마웅을 향해 마주 고개를 주억거려 보였다.

"하긴, 나도 모르는 일인데 하물며……."

그러더니.

"한데, 한 사람의 소식은 내가 알고 있지."

나동영의 말에 마웅의 눈이 크게 번쩍 떠졌다.

"누구……?"

"셋째 묘담이란 이름을 가진 좌검수의 사내."

마웅의 두 눈이 먹잇감을 본 수리처럼 빛났다. 그리곤 달려들 듯 궁금증을 드러냈다.

"묘담 사형은 지금……?"

그러다가 마웅은 나동영의 눈빛 속에서 암울한 기운을 감지해 냈다.

"왜요? 무슨 안 좋은……?"

잠시 머뭇거리던 나동영은 힘겹다는 듯이 말문을 텄다. 그러나 묘담의 신상에 관한 말은 아니었다.

"칠철각의 넷째가 오래전에 죽은 것은 알고 있나?"

마웅의 두 눈이 찢어질 듯이 더 커졌다.

"네, 넷째라시면 저의 사저를 말씀하시는 것입니까? 저의 사저가 죽다니요?"

나동영은 입을 굳게 닫은 채 콧바람으로 답답한 한숨을 한 번 길게 뿜어낸 다음에야 입을 열었다.

"흐—음! 월족 땅으로 향했던 중원무인들이 천축의 북상을 경계하며 막 중원으로 회군할 즈음이었을 게야."

그때라면 마웅이 실불도의 암옥산 지하에 갇혀 있었을 시기이다. 마웅은 억지로 침을 삼키던 목구멍에서 타들어가는 불길을 느끼며 나동영의 더딘 입을 노려봤다.

참담한 말들이 나동영의 입을 통해 이어졌다.

"그때, 묘담과 낙수련이란 여인이 암합회가 던져 둔 덫에 걸려들었다네. 그 결과, 낙수련은 암합회 우기린 팽막건과 홍파전의 전주 냉가린의 협공을 받고 죽었네. 그리고 그 싸움에서 묘담은 왼쪽 팔을 잃고 오른쪽 무릎 아래를 베였다네."

마웅은 실핏줄이 돋아난 눈을 객잔 바깥으로 던져 둔 채 침묵했다.

핏기 하나 없이 하얗게 틀어쥔 두 주먹은 바르르 떨렸다.

마웅은 그렇게 터질 것 같은 비명을 목구멍 아래로 디밀어 넣으며 입을 열었다.

"저희 셋째 사형은 아직 살아 계신가요?"

나동영이 조심스럽게 대답했다.

"살아 있네. 그런데, 살아 있어도 사실 살아 있는 사람의 목숨이라곤 말할 수 없어."

"왜죠?"

"꼴이 말이 아니거든."

"셋째 사형은 대체 어디에 있습니까?"

나동영은 한참을 입을 닫고 망설이더니 탄식조로 입을 열었다.

"항산(恒山)."

마웅의 눈길이 항산이 있는 객잔 북쪽으로 향했다. 그러다가 무언가를 느낀 듯이 갑자기 두 눈을 부라렸다.

"여직 포로로 잡혀 있습니까?"

나동영이 고개를 천천히 가로저었고, 그 모습에 마웅의 눈은 의아함을 내보였다.

"그럼?"

나동영은 난처한 표정이다.

"좌검수가 왼팔을 잘리고 오른쪽 다리마저 잃어 외다리가 되었으니, 무인으로서의 생명은 진즉에 끝났다고 봐야 되지 않겠나. 그런 몸으로 묘담은 죽기를 거부하고 암합회에 목숨을 구걸하였다네."

마웅은 어이가 없어 웃었다. 그 어이없는 웃음이 온당한 웃음이랴.

"흐흐흐―! 그게 무슨 말씀이십니까? 저희 셋째 사형은 절대 그럴 분이 아니십니다. 그 어느 누구보다도 자존심이 강하고……"

나동영이 버럭 화를 내며 마웅의 말을 막아섰다.

"이보게! 현실이 그러해! 사실이니 어쭙잖은 소릴랑 집어치우고 받아들여. 칠철각의 셋째가 암합회 총본관이 있는 바로 저기 항산에서 뒷간 청소를 하며 연명하고 있어!"

마웅은 고개를 절레절레 흔들며 걸상에서 부스스 일어났다.

"당최 그게 무슨 개소리입니까!"

노호가 터지는 동시에.

꽝―!

마웅의 오른 손바닥이 통나무 식탁 위를 내려쳤다.

두께가 한 뼘이나 되는 통나무 식탁은 마웅의 장력(掌力)에 여지없이 관통되어 버렸다. 그것만이 아니었다. 마웅의 장력으로 뻥 뚫린 식탁에서 화르륵 불길이 일어났다.

그 믿지 못할 상황에 나동영은 너무 기겁을 하여 등받이 없는 걸상 뒤로 상체가 나자빠질 뻔했다.

"이, 이… 게 무슨 사술인가?"

마웅은 경악으로 입이 딱 벌어진 나동영을 지그시 노려보며 으르렁거렸다.

"정말입니까? 그게 사실입니까?"

나동영은 주춤주춤 뒤로 물러서며 고개를 끄덕거렸다.

"저, 정말일세. 못 믿겠다면 직접 항산으로 쳐들어가 자네 눈으로 자네의 사형을 직접 확인해 보게."

나동영이 그렇게까지 말을 하자 마웅은 다리에서 힘이 빠져 나가는 걸 느끼며 걸상에 털썩 몸을 내려앉혔다. 그리곤 가만히 고개를 숙여 어금니를 질끈 깨물었다.

세월이 모든 것을 변하게 한다. 변한 것들 중에 사람의 마음을 가장 아프게 하는 것이 믿음이 변질된 배신이다.

신뢰가 변질되었을 때의 배신감은 죽음으로 이어진 이별보다 더 가슴이 아픈 법이다.

가슴속이 사르르 저미며 아프다.

마음이 아프니 화가 났다. 그러나 감당해야 한다.

진실을 확인할 때까지는 그 배신감에서 마음을 돌려세워 놓아야 한다. 그것이 그 사람에 대한 마지막 예의이고 의리이다.

마웅은 그렇게 마음을 억눌러 다잡았다.

식탁에 붙은 불길은 쉬이 꺼지지 않고 짙은 연기를 게워냈다. 나동영이 식탁에 붙은 불길을 잡기 위해 주방 앞에 있는 큼지막한 항아리로 달려가 쪽박으로 물을 길어낼 참이었다.

그때, 마웅이 불길 위로 왼팔을 가로 휙 저었다.

단 한 번의 손짓에 불길은 물을 뒤집어쓴 듯이 일순 싹 사그라졌다. 나동영이 물을 폈던 쪽박을 항아리에 다시 팽개치듯 던져 버리곤 식탁 앞으로 달려와 식탁 위를 유심히 내려다보다가 두 눈이 왕방울만 하게 불거졌다.

시커멓게 탄 식탁의 구멍 테두리에는 한겨울에나 볼 수 있는 서릿발들이 송알송알 엉글어 있었다.

그것을 확인한 나동영의 머릿속으로 무언가가 번뜩 스치고 지나갔다..

머릿속을 스치고 지나간 의문을 바로 확인하고픈 나동영은 쭈뼛쭈뼛 몸짓으로 마웅의 맞은편 의자에 앉았다. 그리곤 고개를 꺾고 앉은 마웅을 향해 조심스럽게 얼굴을 내밀며 달뜬 목소리를 꺼내놓았다.

"자네, 혹시……?"

"……"

"이보게, 자네 혹시?"

반복되는 의아함을 향해 마웅은 마지못해 고개를 들어 올렸다.

"예."

마웅이 차분한 얼굴로 반응을 보이자 나동영은 입속이 마른지 혀를 내밀어 입술에 마른침을 한 번 묻힌 다음에야 자신의 궁금한 속내를 끄집어내 놓았다.

"자네는 십여 년 전에 용목의 기보가 있는 실불도 암옥산에서 사라졌다는 소문이 있었는데…… 그게 사실이었던가?"

마웅이 작게 고개를 주억거려 보였다.

"사실입니다."

"그렇다면 자네 혹시……."

이어지는 나동영의 의문 앞에서 마웅은 일어섰다.

"그만 가봐야겠습니다."

마웅의 말에 화들짝 놀란 나동영이 급하게 따라 일어섰다.

"항산으로 바로 쳐들어갈 건가?"

나동영의 달뜬 목소리 앞에 마웅은 고개를 저었다.

"아닙니다. 돈육보살이나 한번 만나보겠습니다."

나동영은 의외였던지 낯을 구겼다.

"그럼, 자네의 셋째 사형은 어쩌고?"

"지금 셋째 사형의 모습이 그러하다면 지금은 그 사형을 대할 자신이 없습니다. 다른 형제들을 수소문하여 만나본 후에 형제들의 뜻에 따를 작정입니다."

"한데, 자네는 정말 아무런 소식도 접하지 못했다는 말인가? 은묵룡의 손녀딸과 우문광후의 아들이……."

"됐습니다. 그것보다……."

마웅은 강단진 어투로 나동영의 말을 잘라 버렸고, 마웅의 냉랭한 반응에 서먹하고 불쾌해진 나동영은 쓴 입맛을 다시며 마웅의 무례를 참아냈다.

"그래, 뭔가?"

"혈수인 견자강이 오래전에 죽었다는 소식을 근자에야 듣게 되었습니다. 사실입니까?"

"사실이라고 생각하는가?"

나동영의 반문에 마웅은 천천히 고개를 가로저었고, 마웅의 부정을 나동영은 긍정으로 고개를 주억거려 보였다.

"암합회가 무림을 통일한 직후, 내부적으로 숙청의 바람이 한차례 휩쓸었다네. 그 후, 부회주 견자강이 노환으로 자연사하였다는 소문이 암합회 내부에서 흘러나왔다네. 그러나 누가 그 소문을 곧이곧대로 믿겠는가? 누구도 그 소문을 믿으려 하지 않고 되레 괴기한 억측만 부풀려져서 난무하게 되었지. 그러니 암합회는 마지못한 듯이 혈수인 견자강이 우문평과 권력 다툼을 벌이다가 우문평의 세력에게 제거당했다는 정보를 슬며시 흘렸다네."

"그 말은 믿을 만하다고 생각하십니까?"

"나의 개인적인 판단을 묻는 건가? 아니면 전체적인 분위기가 알고 싶은 것인가?"

"양쪽 다입니다."

"음! 우선 그 소문을 접한 정파 쪽에선 고개를 갸우뚱하였지만 어떤 통로로도 진위를 밝혀낼 수도 없었을뿐더러 더 이상 혈수인 견자강의 신변과 흔적을 그 어디에서도 찾아낼 수가 없었던 관계로……."

"사실로 받아들이는 쪽으로 흘렀겠군요."

"그렇게 될 수밖에 없지 않은가. 견자강의 자취가 사라진 이후 십여 년이 지난 지금까지 혈수인 견자강에 관한 모든 것이 사라지고 없다네. 그러니 사람들은 죽었겠거니 하며 믿을 수밖에 없었어. 하긴 지금까지 살아 있다면 족히 우화등선은 하고도 남았을 나이이니……."

"개인적으론 어떻게 받아들이십니까?"

"나?"

빙그레 웃으며 반문을 하던 나동영은 무엇이 가소롭고 우스운지 입가에 함지박만 한 비린 웃음을 물다가 입을 뗐다.

"난, 절대 혈수인 견자강이 죽었다고는 생각하지 않네. 세상의 어느 한쪽 구석 어딘가엔 그자가 분명히 살아 있을 거라고 생각하네. 그렇게 어처구니없이 우문평에게 숙청을 당하고 죽었을 견자강이 아니지 않는가? 차라리 우문평이 견자강의 손에 죽임을 당하였다고 하면, 난 그 말을 의심없이 액면 그대로 믿겠네. 하지만……"

"저 또한 견자강 그자가 천수를 다하여 죽었다는 말은 믿지 않으며, 더군다나 내부의 손에 의해 숙청을 당하여 사라졌다는 말은 더더욱 믿을 수가 없습니다."

마웅의 반응에 나동영은 낯을 구기더니 쓴 입맛을 다셨다.

"쩝―! 근데, 그자가 완전히 세상에서 사라져 버린 것은 확실해. 한 해, 두 해가 가면서 그의 존재 자체를 잊어버리는 사람들이 점점 더 늘고 있는 형편이고, 나 또한 그자에 대한 의문 자체마저 까마득하게 잊고 살았으니 말일세. 자네의 물음을 받고서야 나 또한 불현듯이 그자가 생각났으니……"

"티끌만 한 흔적도 없습니까?"

마웅의 조심스런 물음에 나동영은 두 눈을 지그시 감고 고개를 절레절레 흔들 뿐이었다. 그러더니 실눈을 뜨며 마웅보다 더 조심스런 어조를 꺼내놓았다.

"자네, 정말 초혜라는 여인에 대해선 궁금하지 않은가? 그 여인에 관한 소식이라면 내가 다소 알고 있네만……."

마웅의 얼굴은 순식간에 차갑게 얼어버렸다.

"알고 싶지 않다고 했잖습니까!"

나동영은 마웅의 야멸찬 반응을 못마땅한 눈길로 잠시 노려보더니 침음과 함께 다시 입을 열었다.

"으음—! 뭐 자네가 어디까지 알고, 어디까지 모르는지는 내 알 바가 아니지만, 자네의 수고를 덜어줄 겸 한 가지 정보를 제공해 줌세."

"무엇인지요?"

"자네 고향 땅에 관한 소식일세."

"……!"

"이미 확인했는지는 모르나…… 고향에 가봐야 자넬 반길 이는 아무도 없네. 이미 누군가가 자네의 양친의 안전을 위해 모처로 모시고 갔네. 그러니 헛걸음은 하지 말게나. 천복승 내외가 무림을 떠나면서 자네의 양친까지 모실 생각으로 수소문하여 자네의 고향을 찾아갔었는데, 정체를 알 수 없는 누군가가 한발 앞서서 모시고 떠났다고 하더군. 그가 누구인지는 천복승도 모른다고 했어. 다만, 자네의 고향집 방 안 벽에 '봉양(奉養)'이라는 두 글자를 남겨놓았다고 하더군. 그래서 자넬 잘 아는 누군가가 모신 것으로 여기고 천복승도 길을 떠났다고 하더라고."

나동영의 말에 마웅의 머릿속으로 많은 인물들이 스치고 지나갔다. 초혜를 포함한 칠철각 형제 외엔 자신의 출생 연고에 대해서 알고 있는 사람은 아무도 없다.

천복승이 수소문하였다는 것도 칠철각 형제들의 입이 아니고서는 불가능하다.

자신의 내력에 대해 추적할 수 있는 연결고리는 이미 칠철각과 인연을 맺기 이전부터 완전히 끊어져 있었다.

누굴까? 라는 의문을 가슴에 품은 채 마웅은 나동영의 눈길 앞에서 뒤돌아섰다. 돌아서면서.

"고맙습니다."

나동영은 매정하게 뒤돌아선 마웅의 등을 보며 싱긋이 웃었다. 그냥 보내기엔 무언가 아쉽다.

"이런, 이런! 무전취식인가?"

마웅은 걸음을 떼지 못하고 머쓱하게 섰다. 하지만 어쩐 일인지 나동영은 무전취식하고 등을 돌린 마웅이 걸음을 떼지 못하고 선 것에 되레 미안한 마음이 들었다.

나동영이 괜한 헛기침을 했다.

"흐—음! 꼴이 비루하니 무전취식까진 좋아! 한데, 기물까지 부숴놓곤 그냥 가긴가?"

"다음에 또 뵙죠."

마웅의 담담한 인사치레에 나동영의 입에서 실실 웃음이 새어 나왔다.

마웅이 객잔을 빠져나간 후에야 나동영의 웃음은 오롯한 소리가 되어 저만치 나선 마웅의 등짝에 닿았다.

"하하하—! 그래야지. 또 만나야지! 풍운처럼 다시 돌아오게! 꼭 그래야 하네!"

＊　　　＊　　　＊

세상에서 제일 바쁜 곳이 역참(驛站)이었고, 그곳의 역마(驛
馬)는 편자를 교체할 새도 없이 다시 관도로 내몰렸다.

사정이 그러하니 죽어나간 역마의 수가 무려 이십여 필(匹).
그것이 고작 보름 상간에 벌어진 일이었고, 요녕성과 하북성
을 잇는 역참에서 모두 발생한 사건들이었다.

요녕과 하북에 소재한 역참 인근의 마을에선 마육(馬肉) 값
이 폭락하였고, 장의사에선 널을 짤 목수를 구하지 못해 발을
동동 굴렀다.

앞산 뒷산의 오동나무라는 나무는 죄다 벌목되어 쓰러졌다.

마을 초입엔 검게 옻칠을 한 관(棺)이 널렸으며, 이 산 저 산,
이 마을 저 마을에서 까마귀 떼가 한철이었다.

죽음의 폭풍이 북풍 남하를 역행하며 치고 지나갈 때마다
세상의 만물은 오직 한 사람을 경외했다.

풍운오랑.

하북의 남단 광평(廣平)에서 풍운오랑이 다시 모습을 드러
냈다. 늦가을의 쌀쌀한 새벽녘에 광평의 암합회 분타(分舵)는
짙은 안개에 싸인 채 집단 급살을 맞이했다.

순식간에 새벽 안개는 혈무가 되었고, 그 혈무는 한 식경(食
頃) 후에 걷혔다.

안개가 걷힌 후 드러난 주검의 수가 오십여 구.

그리고 그 다음날의 야심한 시각.

광평의 북쪽 이십 리에 있는 곡주(曲周)라는 작은 마을에서 암합회 무인 여럿이 산길에서 까마귀밥이 되었다. 그것으로 끝이 아니었다. 다음날, 또 다음날.

청하(淸河), 남궁(南宮), 기주(冀州)로 북상하며 살업이 이어지더니 북경(北京)의 암합회 지부에도 여지없이 사신(死神)이 어둠과 함께 내려앉았다.

미리 달아나는 자는 살았고, 늦게 달아나던 자의 절반이 죽임을 당하였다. 그리고 끝까지 항거하던 자들은 몰살당했다.

날이 밝자마자 난입한 민(民)들에 의해 암합회 하북 지부의 곳간은 말끔히 털렸으며 건물은 반파되었다.

훗날, 파발마가 무림맹으로 전한 급보에는 하북 지부의 현재 상황은 민란 수준이라 표하고 또 우려했다.

유독 하북 지부가 크게 당한 것은 무림맹도, 암합회의 총본관 내에서도 적잖게 우려하며 이미 예견되었던 일이었다.

하북 지부장 임명막의 치졸했던 악행은 곪을 대로 곪아 있었던 차였고, 성곽 처마에 내걸려 있던 임명막의 참수된 머리통은 오가는 행인들의 돌팔매질에 맞아 땅에 떨어졌다가, 성곽 밖에서 이리저리 걷어차여 어느 후미진 시궁창에 처박혀 버렸는지 수습하지도 못하였고, 목을 잃은 임명막의 주검은 북경 뒷산인 청왕산(靑王山) 기슭에서 새벽 서리를 뽀얗게 맞은 채로 발견이 되었다고 한다.

여하튼 북경을 거친 혈겁은 북경의 동북쪽 옥전(玉田)을 이어, 천서(遷西), 하북의 최북단 산해관(山海關)까지 번져 나가더니, 요녕성의 홍성(興城) 포구와 요녕 내륙 반금(盤錦), 태안(台安)까지 주검을 굴비처럼 늘어놓았다.

줄줄이 널린 주검들의 과반수가 급파된 암합회의 추적자들이었다고 했다.

요녕성의 성도(省都)인 심양(沈陽)엔 암합회의 분타가 지부를 대신하고 있었다. 변방이나 진배없는 요녕에서 암합회 분타주를 맡고 있던 최심준는 며칠밤낮으로 쭈뼛쭈뼛 신경을 곤두세우고 있었다.

하지만 그에게 행운이 깃들었는지 풍운오랑은 보름이 지나도록 심양에 나타나지 않았다.

심양뿐만이 아니라 세상 그 어느 구석에서도 그의 출몰은 더 이상 없었다.

암합회에서 망포대(網捕隊)라는 이름의 추적대를 창설하여 하북과 요녕, 그리고 길림성을 샅샅이 수색하였고, 무림맹에서 항마청룡단(降魔靑龍團)이라는 억지스런 이름의 단체를 만들어 젊은 후기지수들을 대거 급파하였다.

하지만 겨울의 끝자락이 될 때까지 풍운오랑의 흔적조차도 찾아내지 못하고……

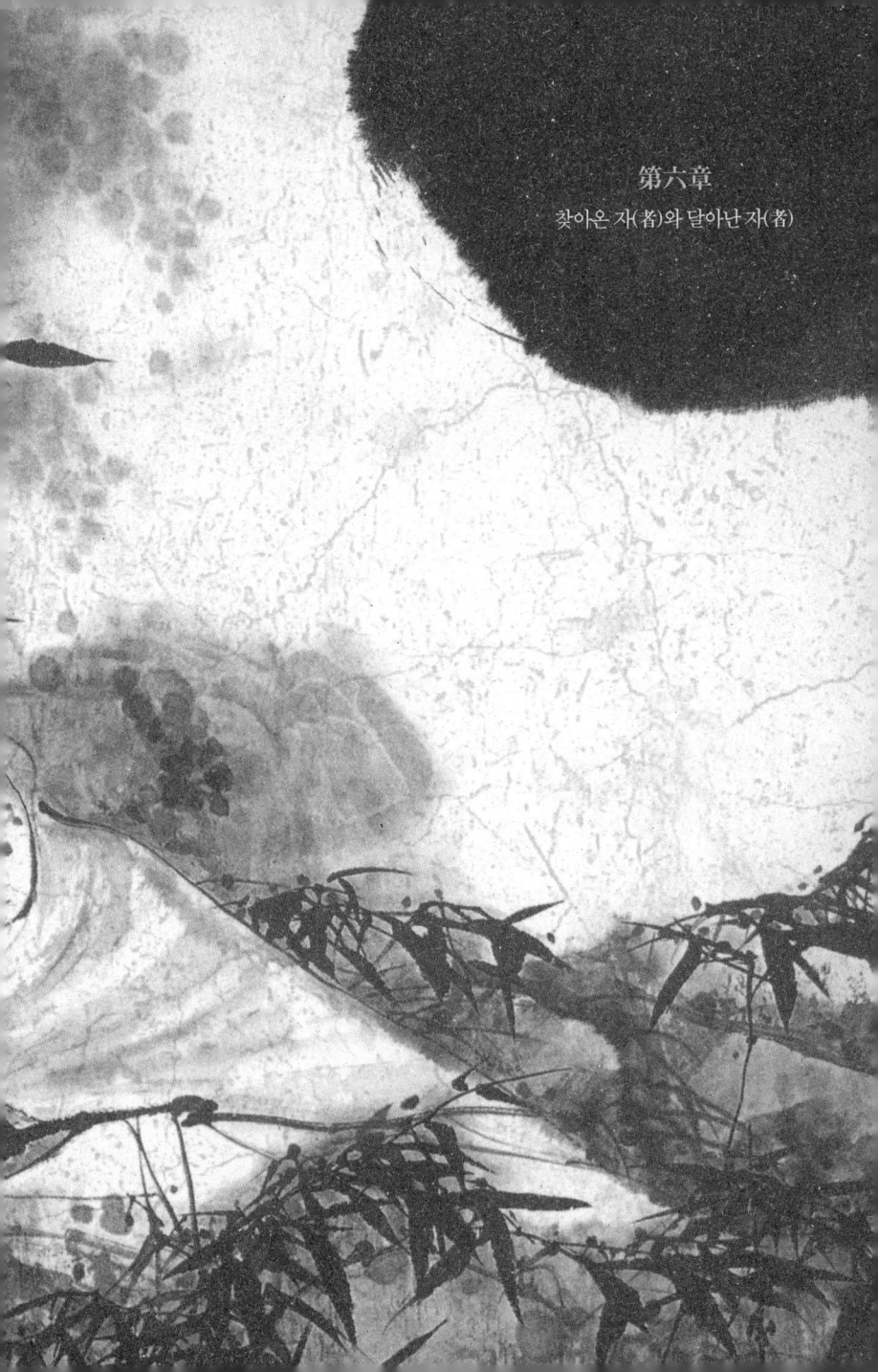

第六章
찾아온 자(者)와 달아난 자(者)

江湖苦行記
강호고행기

널따란 바윗돌 위에 호피를 깔고 앉은 사내와 그 사내 앞에 안기듯이 등을 기대앉은 소년의 입에선 뽀얀 입김이 연방 쏟아져 나오고 있었다.

삼십대 중반의 사내가 아이의 양어깨를 양손으로 보듬으며 물었다.

"안 추워?"

사내의 물음에 녀석은 딴소리다.

"삼촌, 저는 사람들이 참 좋은데……."

뜬금없는 소리를 꺼내놓은 아이는 복아(福芽)라는 이름을 가졌다. 올해로 아홉 살이고 이번 겨울을 넘기면 딱 열 살이다. 녀석은 바로 천복승과 연화의 슬하에 태어나 돈육보살이란 별명을 얻고 자란 아이였다.

중년의 사내는 풍운오랑 마웅이었고, 마웅은 건성으로 고개를 끄덕이다가 불현듯 의아하다며 이유를 캐물었다.

"그래. …근데 왜?"

사람이, 사람이 왜 좋으냐고 되묻는 일이 어쩌면 어리석은 질문처럼 보일 수도 있다.

그러나 세상의 고달픔을 맛본 이라면 그 질문이 의아하게 느껴지지는 않는다. 하지만 열 살도 채 되지 못한 아이의 입에서 나온 철부지 소회를 왜냐고 되묻는 일은 누가 봐도 어색한 질문이 아닐 수가 없다.

복아는 마웅의 어색한 표정도 가늠하지 못한 채 나름 자신의 의미를 정리해 놓았다.

"대처 같은 곳에 나가서 살면 여기보다 만나는 사람들도 대따 많을 테고, 그러면 지금보다 백배, 천배는 더 재미있게 살 수 있을 텐데, 우리 엄마는 아빠 왜……."

마웅의 입가에는 곧바로 쓴웃음이 스쳤다.

"외로워?"

마웅의 질문에 복아가 고개를 뒤로 휙 돌리며 마웅의 얼굴을 의아한 눈길로 올려다봤다.

"네? 외로운 게 뭔데요?"

복아의 반문에 마웅의 입가엔 쓴웃음이 더 짙어졌다. 하긴 외로움에 대해서 들어봤어도 그것을 느끼지는 못했을 수도 있을 나이이다.

그래서 마웅은 차분한 어조로 그것에 대해 설명을 해주려했다.

"외로움이란 말이다……."

마웅은 복아에게 군중 속의 외로움과 모든 것에서 소외되었을 때 느끼는 고독감에 대해 설명해 주려다가 혹여, 새로운 인지가 되레 외로움의 씨앗이 될까 하여 그만 입을 닫고 말았다.

그러자 녀석은 어미 새에게서 먹이를 구하는 새끼 새처럼 무언가 잔뜩 기대하는 눈망울로 마웅의 닫혀진 입을 졸라댔다.

"삼촌! 그게 뭔데요? 네?"

마웅은 잠시잠깐 난감한 표정을 지어 보이더니 엉뚱한 말로 둘러댔다.

"외로움을 느낀다는 것은 사랑하는 사람들을 외롭게 만드는 이기적인 마음이란다."

마웅의 입에서 나온 해답은 애매모호했고, 철부지 복아는 배배 꼬인 그 의미를 해석해 내려 고심하는 표정이 역력했다. 그 모습에 마웅은 고소를 물어야 했다.

답을 내놓은 자신도 그 답의 정체가 모호할진대 어린 복아의 반응은 결국 단순할 수밖에 없다.

"칫—! 그게 뭐야? 이상하고 재미도 없는 수수께끼네!"

"그래. 사실은 나도 잘 몰라."

"혼자 집 지키다가 배가 고파진 거랑 비슷해요?"

마웅은 복아의 비유와 물음이 그럴싸하게 느껴졌다. 그래서 무표정한 얼굴을 주억거려 보였다.

"비슷하지. 아주……."

몽환이 물어나는 마웅의 대답에 복아가 그것을 배워 따라했다.

"그럼, 저도 비슷해요. 아주……!"

마웅은 복아의 비슷함을 뜬금없다고 생각했다.

"응? 뭣이 비슷해?"

복아가 두 볼이 부은 얼굴을 마웅의 의아함 앞에 내보였다.

"아까, 삼촌이 저에게 외로워? 하고 물었잖아요! 그거랑 비슷하다고요."

마웅은 복아의 볼멘소리를 듣고서야 자신이 잠시 딴생각에 빠져 있었다는 사실을 뒤늦게 깨달았다. 그리고 복아의 나이와 환경을 살피고 헤아려 보건대 복아가 외로움을 배고픔과 비슷하게 느낄 수도 있음을 인정할 수밖에 없다.

심산유곡에 들어와서 여태 지냈으니 울타리 바깥에 대한 동경도 심히 깊어졌으리라. 하지만 복아의 세상 바깥을 이미 겪어본 마웅으로선 그 동경을 동경으로만 오롯이 이해해 주며 어여삐 봐줄 수는 없는 노릇이다.

그러니 마웅은 고개를 가로저었다.

"아서라."

"네?"

"웃을 일보다 가슴을 치며 마음 아파해야 할 일이 더 많은 세상이 바로 바깥세상이다."

마웅의 말에 복아의 얼굴은 금세 시큰둥해져 버렸다. 복아는 두 무릎을 가지런히 세우고 그 무릎 위에 살집 좋은 턱을 괴었다.

"웃을 일만 찾아다니고 살면 되죠 뭐!"

"세상 사람들이 네가 그렇게 살도록 내버려 두질 않아."

"왜죠?"

"그래야 자신들이 웃을 수가 있으니……."

이해하고 액면 그대로 받아들이기가 힘이 드나 보다.

그러한 얼굴 표정으로 복아는 마웅의 얼굴을 뒤돌아봤다. 그리곤 실망으로 인해 심통이 난 얼굴을 다시 무릎 위에 되돌려놓았다.

산중바람은 겨울의 끝자락답게 아직 차가운데 복아의 입김에선 벌써 봄꽃의 향기와 체온이 실려 났다.

"삼촌… 그래도… 그래도……."

갈망이 미련한 아쉬움을 남기나 보다. 그래서 복아는 자신이 그동안 꺼내어 겉으로 내보이지 않았던 솔직한 속내를 기어이 드러내 보였다.

"저… 삼촌 따라가면 안 돼요?"

순간, 마웅의 눈빛은 칼날처럼 날카롭게 변했으며 얼굴 표정은 얼음처럼 차갑게 굳어져 버렸다.

"왜?"

"삼촌, 큰 도회지로 나가서 저도 사내대장부답게 살고 싶어요. 의(義)와 협(俠)에 대해 주야로 열심히 심신을 수련하다 보면 큰 사람이 될 수도 있을 것이고, 결국은 큰물고기는 큰물에서 놀아야⋯⋯."

아홉 살배기 아이의 입에서 나온 포부라고는 믿기 힘들만큼 제법 어른스런 말투였으나 마웅은 복아의 그럴듯한 횡설수설을 매정하게 잘라 버렸다.

"너의 아버님과 너의 어머님도 너의 생각을 알고 계시냐?"

마웅의 날카로운 눈길을 복아는 의식적으로 피하며 곁눈질이다.

"예. 말씀을 드리니 삼촌께 여쭈어보고 삼촌이 허락하면⋯⋯."

복아의 말이 채 끝나기도 전에 마웅의 대답은 짧고 강단지게 터져 나왔다.

"안 된다!"

복아의 얼굴은 울상으로 찌그러져 버렸다.

"아니, 왜요?"

"꿈꾸는 것은 그냥 꿈으로 남겨둬라."

"삼촌, 삼촌이 삼촌 아버지를 뵐 수가 없었던 게 그런 잘못 때문인가요?"

마웅은 하늘을 보았다.

십수 년 만에 외아들이 찾아왔건만 아버지의 방문은 굳게 닫힌 채 열리지가 않았다.

"바라던 것을 얻었느냐? 다 얻고 날 찾아온 게야! 난 네놈이 그것을 얻었다는 소문을 여직 못 들었다!"

"……."

"그럼! 모든 것을 다 버리고 두메산골 훈장의 아들로 살 용기가 생겼느냐?"

그럴 수 있겠노라 대답을 하고 싶었지만 마웅은 절대 그럴 수가 없었다.

"……."

대답없는 마웅을 향해 문창호지가 찢어져라 호통이 터져 나왔다.

"이도 저도 아닌 이놈! 당장 네놈이 놀던 강호로 되돌아가거라! 세상의 입을 통해 내 아들의 이름을 듣게 되든지! 아니면, 산골무지렁이의 삶에 네놈이 아무 불만 없이 살든지! 양자택일을 하렷다! 이 칠칠맞고 못난 놈아! 아비의 마음에 대못을 박아가며 가슴에 품었던 피맺힌 포부는 다 어쩌고 비루한 꼴로 돌아왔느냐! 물고기로 태어난 주제에 산중 호랑이를 앙망했으면 적어도 산중 여우나 그도 아니면 앞가림 정도는 할 삶은 되어 돌아왔어야지! 기껏 온전히 묻힐 곳이 없어 회귀한 물고기 꼬락서니로 이 아비어미 품에 되돌아와? 난, 그 꼴 보기 싫다! 보지 않아도 네놈의 꼴이 석 달 열흘을 빌어먹은 비루한 몰골임을 이미 알고도 남을 터! 당장 내 집에서 나가거라! 가서! 죽이 되든 밥이 되든 그곳에서 너의 뼈를 묻고 너의 꿈을 물어라! 난 내 못난 자식놈의 이름을 내 가슴에 묻겠다!"

감히 밖을 내다볼 수 없었던 어머니는 아버지의 모진 태도에 원망 서린 울음으로 자식을 반겼고, 그 울음소리 앞에 마웅은 더 이상 뻗댈 수가 없어 찬 땅에 엎드려 큰 절 한 번 올리고 돌아섰었다.

등 뒤로 느껴지는 젖은 여인의 눈길.

부엌 문설주에 얼굴을 반만 내밀고 뒤돌아 떠나는 마웅을 바라보던 여인은 진소소였다.

소소가 폐가가 되어버린 홍향기루(紅香妓樓)에서 둘째 사형 최대산을 만났고, 최대산에게서 마웅의 고향에 대한 정보를 얻었다고 한다.

소소는 곧바로 마웅의 고향땅으로 달려가 마웅의 부모님을 모셨고, 훗날 다른 통로로 소소의 소식을 접한 천복승이 소소와 마웅의 부모님을 함께 백두산 언저리로 불러다가 모셨다고 했다.

마웅은 세월에 여인이 되어버린 소소에게 고맙다는 말 한마디, 반갑다는 말 한마디, 다시 보자는 약속 하나 남기지 않았다.

소소 역시 마웅에게 무엇도 원하질 않았다.

돌아오리라 믿었던 사내가 돌아왔고, 그 사내가 떠나는 것에 믿음 또한 잃지 않았다.

그랬다.

마웅도, 소소도, 속절없이 흘러가 버린 두 사람 사이의 기나긴 세월마저도 서로를 잃지 않았다.

이젠, 솜털도 가시지 않은 복아 앞에서 마웅이 돌아설 때다. 마웅은 바윗돌에서 일어났다.

마웅이 일어나자 천복승의 늦둥이 아들 복아도 따라 부스스 일어섰다. 마웅은 쭈뼛쭈뼛 따라 일어선 복아에게 눅눅한 목소리를 꺼내놓았다.

"슬하에 있을 수 있을 때까지 그 속에 있어라. 더 커서 정히 욕심이 생기거들랑, 그때가 되거들랑, 이 삼촌이 지금 하는 이야기를 기억해 두었다가 곱씹어 결정을 하여라."

녀석은 무엇이 그리 섭섭하고 불만인지 뚱하니 대답도 없다. 복아에게서 대답을 원한 게 아니라 반듯한 해답을 주고 싶었던 마웅인지라 잠시 끊어놓았던 이야기를 괘념치 않고 이어 나갔다.

"좀 더 커서 그때도 무인의 길이 좋아 보이면, 그게 그렇게도 크게 보이면 내 말을 명심해라. 지금은 이해할 수가 없더라도 훗날을 위해 기억해 둬라."

"…예."

"이 삼촌이 그동안 봐왔던 무인의 실상이란 것이 이러하다. 강호무인이란 무예를 학문처럼 갈고닦는 무학자(武學者)가 아니며, 야사(野史)에서 그럴듯하게 미화된 영웅협객들이란 것도 기실 새빨간 거짓말이다. 또 무인이라고 부르는 부류의 사람들은 서로를 죽이는 것으로 밥벌이를 하며 살고 있는 것이 현실이다. 왕왕 협의지객이라 칭송을 받을 만한 무인이 영 없는 것은 아니지만 대개는 시정잡배 그 이상도 그 이하도 아니란다."

마웅의 설명에 복아는 대번 입을 삐죽거렸다.

"치—! 거짓말! 울 아버지께서 삼촌이 장차 강호를 호령할 영웅호걸이라고 하던데요?"

"영웅호걸은 어떤 사람들이냐?"

마웅의 반문에 복아는 달뜬 목소리로 대답했다.

"멋진 사내요!"

"그래, 그러나 그렇지가 않다. 호사가들이 떠드는 영웅담이나, 야사에서 등장하는 협객들의 칼부림과 무자비한 살인이 언뜻 멋들어지게 들리고 보일지는 몰라도, 사실은 그렇지가 않단다."

복아는 영웅호걸의 이야기에 눈빛을 빛내며 달뜬 목소리를 죽이지 않았다.

"에이— 아니긴요! 악당들을 한 주먹에 때려눕히고, 힘없는 부녀자들을 도와……."

마웅은 숨도 쉬지 않고 내뱉는 복아의 반박을 야멸치게 가로막아 버렸다.

"아니다! 그렇지가 않다! 무인들에게 가장 많은 피해를 입는 쪽이 부녀자들이다. 그리고 설령 의협심을 펼쳐 보일 기회가 생기더라도, 설사 그 상대가 한 점의 연민도 내보일 수 없는 악당이라고 하더라도, 사람이 사람을 죽이는 고통은 네가 상상도 짐작도 할 수 없을 만큼 고통스럽고 무지막지한 용기가 필요하단다."

"삼촌, 진짜 영웅협객들은 악당들을 잘만 죽이던 걸요? 그렇게 힘들다면 어떻게 수많은 악당들을……."

"어쩌면 죽임을 당하는 자보다 죽인 자가 더 길고 긴 고통을 맛보게 된다. 그리고 그렇게 손에 피를 묻혀가면서까지 누군가의 머리 위에 군림하더라도 늘 죽음과 동떨어질 수 없는 삶을 살아가야 한다. 그리고 그렇게 가야 할 길은 끝도 없으며 가는 도중에 지쳤다면 잠시 쉬게 해달라고 부탁할 곳도 없다. 또한 무언가를 이루어 누리려고 할 때에도 늘 주위를 살펴야 한다. 무인들은 서로가 가진 권력과 부귀영화를 승냥이들처럼 쟁탈한단다."

"에이! 삼촌이 저 겁주려고 거짓부렁하는 거 다 알아요!"

마웅은 녀석의 삐친 표정을 내려다보다가 한 손을 녀석의 터벅머리 위에 올려놓았다. 그리곤.

"이 삼촌이 지금 행복해 보이니? 솔직히 말해봐. 그렇게 보여?"

마웅의 질문을 받은 어린 복아는 한참 동안 마웅의 무표정한 얼굴을 빤히 올려다보고 있더니 갑자기 두 눈에 맑은 눈물이 한가득 들어찼다.

그 눈물을 내려다보는 마웅의 눈엔 겨울웃음이 매달렸고, 기어이 복아의 토실토실 살이 오른 두 볼을 타고 눈물이 주르륵 흘러내렸다.

"삼촌, 저 때문에 슬퍼진 거예요? 그런 거면 죄송해요. 저 안 따라갈 게요. 안 따라가면 되잖아요."

마웅은 울먹이는 복아를 두 팔로 끌어안았다.

마웅의 단전에 얼굴을 묻은 복아는 한번 터진 울음을 좀처럼 재우지 못했다.

"울지 마라. 너 때문에 슬퍼진 것은 아니다. 그냥저냥 너를 보니 너만 할 때의 나의 꿈이 서러워졌을 뿐이란다. 삼촌은 어릴 적에 잘못된 꿈을 꾸었어. 그러니 넌 그러지 말라는 거야. 그냥 반듯한 꿈만 꾸어라. 절대 누구 위에 군림하여 호령하려 하지 말아라. 그냥 반듯하게 사노라면 그것을 칭송하며 따르는 사람들도 많이 생길 것이야. 그럼, 진정 큰 사람이 될 수가 있어. 그게 정말 큰 사람이지. 큰 사람은 아무도 짓밟지 않아. 가난한 사람들 속에서 살고 싶어하고, 약자들과 어울리기를 좋아하지. 그러면서도 넉넉하며 힘이 있고 굽힘도 없지. 그게 사내다. 알았니?"

마웅의 말에 복아가 파묻어놓았던 얼굴을 들어 올려 고개를 끄덕여 보이긴 했지만 기실 녀석은 말뜻을 잘 이해하지는 못하는 것처럼 보였다.

찬바람이 마웅의 등에 닿았다.

"이제 가야겠다."

복아가 소맷자락으로 젖은 얼굴을 쓱쓱 닦아내며 답을 했다.

"어서 집에 돌아가요. 배고프니까 추워요."

"아니다. 넌 너의 집으로 가고 이 삼촌은……."

마웅의 말이 끝나기도 전에 복아는 화들짝 놀랐다.

"떠나시는 거예요?"

"가야겠다고 생각했을 때 바로 나서야지. 그러지 않으면 몸도 마음도 무거워져."

"아버지께선 삼촌이 며칠 더 유할 거라고 하셨는데 이렇게 갑자기 떠나시는 걸 보니 그 이유가 저 때문이군요!"

마웅은 실룩실룩 울먹이는 복아의 얼굴을 잠시 내려보다가.

"너 때문은 아니고 너를 위해서다."

"그 말이 그 말이잖아요!"

앙살과 함께 복아의 울음보가 다시금 터져 버렸다.

마웅은 울보가 되어버린 복아에게 물음을 던졌다.

"너 혹시 인간사 회자정리(會者定離)이며, 거자필반(去者必反)이라는 말은 배웠어?"

"…예."

"옳거니! 그럼 그 뜻을 내게 말해보거라."

아이들이 대개가 그러하듯 복아도 자신이 알고 있는 것을 울음을 섞어가며 자랑스럽게 읊조렸다.

"만남이 있으면 반드시 이별도 있고, 이별은 곧 만남을 뜻한다는……."

코 묻은 소맷자락으로 눈물을 닦으며 뜻을 헤아려내던 복아는 더 이상 그 뜻을 마저 헤아리지 못하고 멍하니 허공만을 바라보아야 했다.

바람이 그러하니…….

*   *   *

겨우살이 내내 얼어 있던 강물은 완연히 내려앉은 봄기운에 해빙이 되어 은분을 뿌리며 흐르는데, 바위산 바윗돌 깊은 그늘에는 곰보 자국으로 일그러진 춘설(春雪)이 녹지 않고 여직 남아 있다.

바윗돌 그늘은 그렇게 추한 몰골로 겨울을 기억했다.

기억의 언저리에 털썩 무너져 내려앉는 중년 사내.

중년 사내의 체중에 겨울의 기억은 축축하게 바스러졌다.

만약에 중년 사내가 한쪽 손에 장검을 틀어쥐고 있지 않았다면 이 마을 저 마을 정처없이 떠도는 떠돌이 비렁뱅이라고 여겨질 만한 행색이었다.

녹지 않은 눈 위에 엉덩이를 대책없이 주저앉힌 것은 중년 사내의 행색이 그래서가 아니었다. 사내의 얼굴 전체에 깊게 배여 있는 낭패감.

그러나 사내의 입가에 으그러진 미소는 얼굴 표정과는 딴판으로 조롱의 미소가 걸려 있었다.

소리없이 흘러나오는 웃음이 봉두난발 속에서 얼핏 설핏 내보이는 눈빛과 닮아 있었고, 그 눈빛은 광인의 기운이 내보였다.

새까맣게 타들어가 바싹 말라 버린 입술은 듬성듬성 허물이 벗겨져 너덜너덜 지저분하게 보였다.

그 입술이 한쪽으로 삐뚜름하게 벌어졌다.

가늘게 벌어진 입술에서 곧바로 검붉게 변색한 탁한 핏물이 한쪽 입꼬리를 타고 주르륵 흘러내렸다. 그러고 보니 중년 사내의 상의 목둘레에도 검은 응혈 자국의 흔적이 덕지덕지 보였다.

토혈은 이번이 처음이 아니다.

중년 사내는 피 묻은 입으로 중얼거렸다.

"열 번 찍어서 안 넘어가는 나무 없다는 소릴 어떤 우라질 놈이 한 거야?"

중년 사내는 일 년에 한 번씩 연례행사처럼 섬서성(陝西省) 화산(華山) 동북쪽에 있는 철암봉(鐵岩峰)이라는 외떨어진 산봉우리를 찾아갔었다.

철암봉은 암산으로 유명한 화산과 별개의 암산이었다.

화산에서 동북쪽으로 십여 리(里).

그곳엔 중년 사내를 원치 않게 매년 반기는 노인이 있었다.

중년 사내는 매년 노인에게 칼을 겨누었고, 매년 참패를 당하고 번번이 만신창이가 된 몸으로 달아났었다.

중년 사내의 처음 목적은 노인이 볼모로 품고 있는 한 여인을 만나기 위해서였다. 하지만 십 년 동안 여인을 단 한 번도 만나질 못했다.

노인이 그것을 허락하지 않았다. 그렇게 중년 사내와 노인의 싸움은 연중행사처럼 매년 한차례씩 이어졌다.

처음엔 여인을 만나기 위해 노인을 찾아갔었지만, 세월이 한 해 두 해 흘러가며 중년 사내의 심신에 찌든 패배감은 여인의 존재를 조금씩 잊게 만들었고, 지금은 오직 노인을 만나기 위해 철암봉을 찾았다.

중년 사내가 언제부터 광인의 기미를 보이기 시작했는지는 확실하게 알 수 없었다. 다만, 중년 사내는 광기를 보이기 시작한 이후 낮에는 사천성(四川省) 성도(成都)의 저잣거리에서 비럭질을 하고, 밤이 되면 그 인근 야산에서 야숙을 하며 지냈으며, 사천성 성도의 저잣거리를 할 일 없이 배회하다가 이런저런 크고 작은 사건 사고를 달고 살았다고 한다.

그러던 중, 어느 시점부터 중년 사내는 성도의 터줏대감 격인 사천당문의 보호를 받았다.

사천당문이 중년 사내의 내력을 알아내었기에 가능한 암중 보호였고 배려였을 것이다. 하지만 사천당문의 어떤 지위에 있는 사람으로부터 중년 사내를 비호하라는 지시를 받았는지도 장막에 가려져 알 수가 없었다.

사천당문 쪽에서 중년 사내에게 찬모와 하인까지 있는 번듯한 집을 인근에 알아봐 주었지만 정신이 맑지 못한 중년 사내는 비럭질을 천직으로 알고 있는지 늘 손을 벌려 빌어먹기를 좋아했고, 엄동설한에도 노숙에 야숙까지 해댔다. 하지만 그 누구도 그 중년 사내가 무공을 익힌 몸이란 사실을 알지 못했다.

중년 사내가 저잣거리를 배회하다가 고의든 실수든 사건사고가 생겨 누구와 다툴 때마다, 늘 중년 사내는 직싸게 얻어맞는 쪽이었으니 그가 무림인이었다고 말해도 믿을 사람은 아무도 없었을 것이다.

그런 그가 연중행사처럼 화산 동북쪽의 암산인 철암봉을 또 찾아갔다가 철암봉 노인에게 여지없이 참패를 당하고 중한 내상까지 입어 주저앉아 있다.

중년 사내는 넝마나 진배없는 소맷자락을 들어 올려 입가에 흐른 핏물을 닦아내다가, 불현듯 무언가 생각이 났는지 바윗돌 뒤쪽으로 손을 뻗쳐 더듬거리더니, 이내 검은 윤기가 나는 호리병 하나를 찾아냈다. 그리곤 호리병의 마개를 따서는 천천히 입 쪽으로 가져갔다.

호리병 속에서 스멀스멀 올라오는 약탕의 냄새가 역겹고 매우 고약한지 중년 사내는 오만상을 해 보이며 선뜻 호리병의 주둥이를 입에 물지 못했다.

그러더니 무어라 알 수 없는 말을 주저리주저리 뇌까리다가 두 눈을 질끈 감고 탕약을 입속으로 들이부었다.

양잿물을 마시듯 힘겹게 호리병을 다 비운 중년 사내는 애먼 호리병을 내팽개쳐 산산이 깨뜨려 버렸다. 그리곤 꺼억 하고 힘겨운 트림을 하더니 곧장 바윗돌을 등에 진 채 스르륵 바닥에 널브러져 버렸다.

중년 사내가 마지못해 억지로 삼킨 탕약은 아마도 내상을 치료하는 약인 듯싶은데 워낙 독하여 의식마저 놓친 모양새였다.

중년 사내는 바윗돌 그늘 속에서 잠이든 듯이 모로 누운 채 미동도 보이지 않았다. 눈보다도 더 하얀 봄볕은 죽은 듯 잠든 듯 쓰러진 중년 사내의 발치에만 비치고⋯⋯.

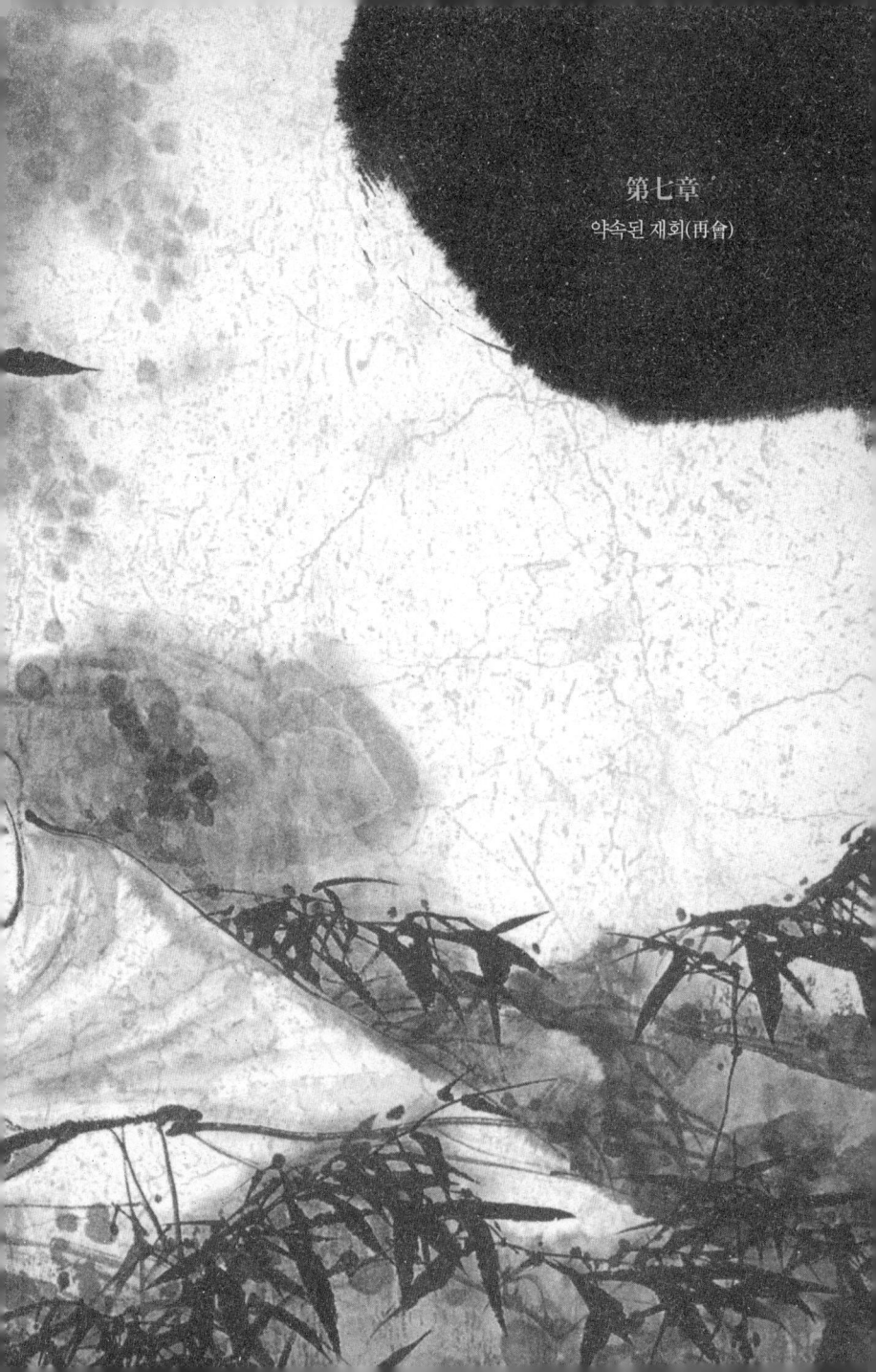

第七章
약속된 재회(再會)

江湖苦行記
강호 고행기

네댓 명만 타면 위태로울 정도로 몹시 왜소한 나룻배에 건장한 체구를 가진 뱃사공이 드르렁드르렁 코를 골아대며 늘어지게 낮잠을 자고 있다.

계절은 춘삼월 봄날이며, 때는 정오를 막 넘길 무렵이다. 그리고 이곳은 산들바람에 수양버들이 춤을 추는 동정호 호변이자, 호수의 잔잔한 물결에 나룻배가 요람처럼 두리둥실 흔들리니 뱃전에 누워 낮잠을 청하기에 더없이 좋아 보였다.

그래서일까. 뱃사공은 배가 뒤집어지지 않는 한은 잠에서 깰 기색이 없다.

호변의 거리는 인파들로 가득하다.

인파들이 가득하니 거리마다 시끌벅적했다.

퍼렇게 핏대를 세워 호객하는 상인들과 철부지 꼬맹이들의
깔깔대는 뜀박질과 봄바람 난 여인네들의 교소 소리들.

시절이 이처럼 호시절이니 뱃놀이 나온 유람객들이 간간이
빈 배를 찾아 목을 빼기도 했다.

몇몇 사람들이 세상 나 몰라라 하며 낮잠을 자는 중년의 뱃
사공을 불러 깨워보기도 하였지만 그 큰 덩치만큼이나 미련한
지 중년의 뱃사공은 코골기에만 부단히 열심이다.

중년의 뱃사공은 동정호 바닥에서 제법 유명한 뱃사공이고,
동정호 호변의 사람들은 그를 '무적선주(無敵船主) 최씨(崔
氏)'라고 불렀다.

최씨는 칠팔 년 전에 동정호 호변마을에 들어와 터를 잡고
눌러앉았었다.

최씨는 동정호 인근을 떠돌며 온갖 허드렛일을 해주며 지내
다가 일 년 만에 작은 나룻배를 한 척 마련하고 본격적으로 동
정호 뱃사공의 길로 접어들었다.

동정호 인근의 사람들은 그때만 해도 그냥저냥 외톨이 뱃놈
으로만 알고 있었다.

그러다가 최씨는, 동정호에서 사공 노릇을 하며 유명해졌
다. 그가 유명해질 수밖에 없는 이유에는 몇 가지가 있다.

그에게 맡겨진 뱃길 송품(送品)과 자그마한 나룻배를 이용
해 동정호의 풍광을 단출하게 즐기고 싶어하는 유람 손님들이
단 한 번도 수적에게 상하거나 물품이 강탈당하는 일이 없었
다는 사실 때문이었다.

보통은 한 달에 두어 번 정도 수적들과 맞닥뜨려 낭패를 보는 것이 통례적이었던 것에 비해 최씨의 사례는 이례적인 일임이 분명했다.

그러니 최씨가 은퇴한 수로채의 고수라서 알게 모르게 수적들이 그를 뒤봐주고 있다는 둥, 세외(世外)에서 이름을 날리다가 말 못할 사연으로 중원에 들어온 은거고수라는 둥의 갖가지 소문만 무성하니 무적선주 최씨에 대한 억측만이 과장되어 부풀려졌다.

하지만 최씨와 왕왕 술친구하던 자들마저 그의 과거사에 관한 사실은 캐내질 못했다.

무적선주 최씨의 유명세에 그의 아내도 한 몫을 했다.

최씨의 아내는 정씨(鄭氏) 성을 가졌다.

정씨는 곱사에다가 애까지 딸린 과부였다.

그런 곱사과부와 치른 혼사를 사람들은 기이하게 여겼다. 단지 이름난 뱃사공과 곱사과부의 혼사라서 입소문이 난 것만은 아니었다.

지천명을 바라보는 불혹의 끝자락에서 치른 최씨의 혼례는 이가 빠진 사발에다가 동정호 호수의 물만 한 그릇 떠다놓고 단출하게 치러졌다.

최씨가 정씨를 받아들인 것은 정씨의 기구한 삶을 알고부터였다.

정씨는 동정호 인근인 이곳 파양(罷揚)마을에서 나고 자랐다. 정씨는 자신을 불구의 몸으로 퍼질러놓은 부모가 누구인지도 모른다.

천형(天刑)처럼 타고난 꼴이 그러하고 정씨가 고아이기까지
하니 늘 멸시와 천대를 받고 생활해야 했었다.

정씨는 삯일을 하며 모은 돈으로 산기슭 빈가를 하나 구해
울타리도 변변치 않은 돈사(豚舍)에서 돼지를 몇 마리 키우며
살던 곱사처녀였었다.

그런 그녀가 스물 안팎의 나이가 되었을 즈음, 어떤 몹쓸 놈
에게 겁탈을 당했는지 아니면 눈이 맞아 그러했는지 그녀의
배가 방실방실 불러오기 시작했었다.

곱사처녀의 뱃속에 씨를 넣은 사내가 누구인지는 끝내 밝혀
지지 않았으며 정씨 스스로도 입을 떼지 않았었다.

정씨는 동네사람들의 따가운 시선과 손가락질을 받아가며
순산을 하였고 그렇게 혹처럼 따라붙은 딸아이를 낳아 근근이
살았다.

그러던 중, 작년 이맘때쯤에 또 한 번의 불행히 그녀를 덮쳤
다.

그때 정씨는 느지막한 시각까지 이곳 파양마을의 세도가인
팽가(彭家)에서 삯일을 하고 있었고, 일곱 살 먹은 정씨의 딸아
이 앵화(櫻花)는 곱사엄마를 기다리며 팽가의 후미진 주방에
서 혼자 놀고 있었다.

어두컴컴한 주방에서 어미를 기다리며 밤늦도록 혼자 놀던
정씨의 어린 딸이 그만 큰불을 냈고, 그로 말미암아 팽가의 사
람들이 여럿 타죽었다.

그러니 어미인 정씨의 입장이 어떠했겠는가.

곱사 정씨가 관아에 끌려가 모진 문초를 겪기를 네댓 번, 그런 와중에 팽가에 발생한 화재의 범인은 엉뚱한 곳에서 붙잡혔다. 팽가의 화재는 정씨의 어린 딸 앵화가 일으킨 실화(失火)가 아닌 방화(放火)로 밝혀졌다.

방화범은 팽가의 늙은 마부(馬夫).

따로 방화범이 잡혀서 곱사 정씨의 어린 딸이 억울한 누명을 벗을 수 있었던 기쁨은 잠시, 늙은 마부가 곱사 정씨를 겁탈하고 뱃속에 씨를 심어놓은 장본인이라는 것이 늙은 마부의 취조에서 드러나 또 한 번 더 파문이 일었다.

팽가의 늙은 마부는 종종 팽가에서 나오는 음식찌꺼기들을 수거해 말에 실어다가 곱사 정씨의 돈사에 선심을 쓰듯이 대어주곤 하던 처자식까지 거느린 늙은이였다.

그러던 어느 날 뉘엿뉘엿 해가 질 무렵, 술기운이 거나하게 취한 채 음식찌꺼기를 날라다주려 정씨 집에 들어서던 늙은 마부는 방 안에 모로 누워 잠시잠깐 깜박 졸고 있는 곱사 정씨를 발견하고, 그만 술김에 음심이 동하여 곱사 정씨를 덮치고 강제로 정씨의 몸을 범했다.

정씨가 책임을 묻지 않고 굳게 입을 닫아주자 늙은 마부는 그것으로 끝나는가 했는데 웬걸, 그 일로 곱사 정씨의 몸에서 애까지 태어났으니, 늙은 마부는 자신의 패악이 처자식과 동네에 알려져 늘그막하게 망신살이 뻗치지나 않을까 늘 노심초사하였다.

그러던 중, 사소한 일로 마누라와 다퉜다가 홧김에 동네에
나가 술을 마시고 돌아오는 길에 목이 몹시 타들어가던 늙은
마부는, 물을 마실 요량으로 후미진 부엌문을 열고 안으로 들
어가니, 눈엣가시와 같은 자신의 딸아이가 부엌 아궁이에 등
을 기대고 곤하게 잠든 것을 발견했다.

늙은 마부는 자신이 원치 않은 씨를 지울 목적으로 부엌에
불을 지른 후, 부엌문까지 밖에서 걸어 잠그고 달아났다고 한
다.

때마침, 그쪽을 지나가던 늙은 마부의 아내가 부엌에서 시
커멓게 새어 나오는 난데없는 연기를 발견하곤 부엌으로 달려
가 잠긴 문을 열어 쓰러져 있는 정씨의 딸아이를 부엌 밖으로
끌고 나왔다고 했다.

부엌에서 일어난 화마는 부엌만을 태우지 않고 번져 나갔고
결국 애먼 사람들의 목숨까지 앗아가 버렸다.

일이 엉뚱하게 커져 버린 것을 뒤늦게 안 늙은 마부는 며칠
동안 방 안에 틀어박혀 전전긍긍하다가, 모든 전모가 백일하
에 드러날 것을 우려하여 자신의 아내에게 자신이 행한 일을
고백하며 이를 덮어줄 것을 애걸하였으나, 화가 치민 늙은 마
부의 아내는 장성한 아들에게 아비의 말을 전하며 목을 놓아
울었고, 아비의 패륜에 분노한 늙은 마부의 아들이 곧바로 관
아로 달려가 사실을 실토하였다고 한다.

결국, 늙은 마부는 동정호변에 끌려나와 마을사람들이 지켜
보는 가운데 참수를 당하였고, 정씨와 그녀의 어린 딸은 관아

에서 무사히 풀려날 수 있었다.

하지만 파양마을의 세도가인 팽가의 사람들과 그 팽가와 인척이나 마찬가지인 파양마을의 토호들은 곱사 정씨를 고운 눈으로 쳐다보질 않았고, 날이 갈수록 냉대와 멸시가 곱사 정씨에게 더 가중되었다.

그렇게 정씨 모녀가 마을에서 천덕꾸러기처럼 이리저리 걸어차이며 살기를 몇 년.

그러한 정씨의 딱한 사연을 우연찮게 알게 된 무적선주 최씨는 무슨 생각에서인지 정씨를 찾아가 대뜸 정씨를 안사람으로 거두어들였고, 그런 뜻밖의 혼사가 치러진 이후론 파양마을 사람 그 누구도 최씨의 아내가 된 정씨에게 더 이상 눈도 흘겨 보이지 못했다.

그러니 곱사 정씨는 뱃사공 최씨를, 천형을 받고 태어난 자신을 위해 하늘이 내려준 지아비라 여기고 받들며 지극정성으로 모셨다.

단지 정씨만 팔자를 고친 것은 아니었다.

평소에 과묵하기로 둘째가라면 서러울 성격의 뱃사공 최씨는 정씨의 딸아이 앵화가 늘 외톨이란 사실을 알고 마음 아파했다.

그러던 어느 날, 최씨는 하루 뱃일을 완전히 접고 딸아이 앵화를 목말태워 여봐란 듯이 종일토록 마을을 돌아다녔다. 그리고 그 다음날에도 반나절을 앵화의 손을 잡고 이곳저곳을 할 일 없이 기웃거리고, 그리고 그 다음날에도…….

그런 최씨의 배려가 있은 이후부터 늘 후미진 구석에서 혼자 놀기를 좋아하던 정씨의 딸아이 앵화는 눈만 뜨면 저잣거리로 뛰쳐나가 의기양양 깨춤을 추며 돌아다닐 수 있었고, 앵화 주위에 친구도 하나둘 꼬이게 되었다.

정씨 모녀의 고달픈 삶이 뱃사공 최씨 하나로 한순간에 펴진 것이다. 넉넉한 살림은 아니었지만 삼시세끼 배 곯지 않았으며, 굶주리고 헐벗는 것보다 더 견디기 힘들었던 냉대와 멸시가 모녀의 주위에서 사라졌으니 그 이상 무엇을 더 바라랴.

그런데 해가 바뀌면서 최씨에게 거북한 일들이 하나둘 생겨났다.

무적선주 최씨에 관한 과장된 소문이 먼 도회지까지 전해지면서 무림인들이 최씨의 정체를 캐내려 파양마을에 모습을 드러내기 시작했다.

이렇다 할 무관 하나 없던 파양마을에 무인들이 심심찮게 눈에 띨쯤, 최씨는 자신의 나룻배를 헐값에 처분할 의사를 내보였다.

업을 정리하고 마을을 뜰 계획을 잡은 최씨이다 보니 그토록 열심이던 돈벌이에도 이젠 시큰둥해져 버렸다.

메뚜기도 한철이듯 동정호의 호변도 새순 파릇한 봄철이 가장 성황 할 시기이다.

이름나고 소문난 동정호 호변마을은 아니지만 적잖은 유람객들이 찾아와 파양마을 사람들의 생계에 보탬이 되었다.

하지만 최씨의 안팎사정이 그렇다 보니 손님 하나라도 더 태우고자 호객을 해대는 다른 뱃사공들과는 달리 늘어지게 낮잠에 빠져 버린 것이 이상하게 여겨지지가 않았다.

뱃전에 드러누워 잠든 최씨의 나룻배 앞에 두 명의 처녀가 다가와 몇 번 뱃사공을 불러보았지만 최씨는 잠시 뒤척이는가 싶더니 더 크게 코를 골아댈 뿐 도무지 일어날 기미가 없었다.

그러니 부유한 집안의 여식으로 보이는 두 처녀가 게으른 뱃사공의 단잠을 향해 입을 삐죽거리며 뱃고물에서 등을 보이는 것이 당연했다.

처녀들이 다른 뱃사공의 호객 소리에 깔깔거리며 걸어갈쯤에 죽은 듯이 널브러져 있던 뱃사공 최씨가 부스스 상체를 일으키곤 크게 기지개를 켜며 입이 찢어져라 하품을 했다.

"아―함!"

최씨의 하품 소리에 저만치 걸어가던 처녀들이 뒤돌아서며 반색이다.

"어머! 무적선주께서 이제야 일어나셨네!"

아마도 최씨에 관한 소문을 듣고 호기심에서 찾아온 유람 손님인 듯했다.

두 처녀의 발끝이 최씨를 향해 되돌아서 버리자, 저만치서 호객을 하던 뱃사공의 입에서 구시렁구시렁 욕지거리가 새어나왔다.

귀티가 나는 두 처녀들이 최씨의 뱃고물 앞에 섰다.

"무적선주시죠?"

최씨가 낮잠으로 생긴 눈곱을 손가락으로 털어내며 고개를 끄덕거렸다.

"뭐! 그렇게들 불러준다오. 바람난 두 소저께서 동정호를 한 바퀴 도시게?"

배를 타겠냐는 최씨의 너스레 물음에 두 처녀들은 기다렸다는 듯이 동시에 좋아라하며 고개를 주억거려 보였다.

"해질녘까지 괜찮겠어요?"

"까짓것 미녀 분들이 둘씩인데 날밤이라도 왜 못 새우겠소? 어서 타시오!"

최씨가 뱃전에서 기우뚱 일어나 묶어두었던 뱃줄을 풀었다. 그때, 굵직한 사내의 목소리가 유람 나온 두 처녀와 뱃사공 최씨 사이에 끼어들었다.

"먼저 온 손님부터 태우는 게 온당한 순서가 아닐까요?"

두 처녀는 미간을 찌푸리며 굵직한 사내의 목소리가 난 쪽으로 시선을 옮겼다.

남루한 복색을 한 중년 사내.

"뭐예요? 우리가 사공을 깨웠다고요!"

앙칼진 처녀의 반박에 이어 최씨가 중년 사내 쪽으로 시선을 건네며 말을 거들었다.

"소저들의 말이 맞소! 손님이 먼저 왔으면 자는 저를 먼저 깨우실 일이지 가만히 있다가 웬 새치기이슈?"

최씨의 말에 두 처녀는 철부지 소녀들처럼 중년 사내를 향해 혀를 날름거리며 밉상을 떨어 보이곤 잽싸게 나룻배에 올라탈 기색을 보였다. 그런데.

"잠깐!"

두 처녀의 승선을 손으로 가로막은 사람은 다름 아닌 뱃사공 최씨였다. 의아해진 두 처녀가 눈을 동그랗게 치켜뜨고 턱을 내밀었다.

"아니, 왜요?"

최씨의 얼굴 표정은 싸늘하게 굳어 있었으며 눈길은 중년 사내에게로 향한 채 떨어지지가 않았다.

"소저들, 죄송하오. 사정이 있어서 그러니 다른 배를 좀 이용해 주시오."

갑작스런 뱃사공 최씨의 변심에 두 처녀가 눈에 쌍심지를 켰다.

"어머머! 기가 막혀! 갑자기 왜요? 저 사람이 사공의 형님이라도 되나요?"

뱃사공 최씨의 대답은 두 처녀를 더 어이없게 만들어놓았다.

"비슷하오. 그러니 다른 배를 이용하시오."

두 처녀는 물러서지 않고 방방 뛰었다.

"세상에 이런 경우가 어디에 있어요. 사람들이 입을 모아 무적선주, 무적선주! 하기에 대단한 사람인 줄 알고 찾아왔더니. 참나!"

두 처녀의 투정과 원망에 최씨의 시선이 날카롭게 돌아섰다.

"이런 우라질 년들! 훤한 백주에 희멀건 볼기짝이 까져 봐야

사람 말귀를 알아먹겠느냐? 당장 저리 썩 꺼지지 못할까!"

최씨에게 되레 호통을 당한 두 처녀는 무적선주 최씨의 으름장이 얼마나 험하고 서슬이 퍼랬던지 더 이상 무어라 항변을 하지 못하고 자라처럼 목을 움츠리며 뒷걸음질을 쳐야 했다.

두 처녀가 사색이 된 얼굴로 물러난 후에야 최씨의 눈길이 다시 중년 사내에게로 향했다.

"막내가 돌아왔구나."

동네 놀러나갔다가 팔자에도 없던 삼촌이 왔다는 소식을 제 어미에게서 듣고 득달같이 달려온 앵화가 숨이 목까지 차오른 얼굴로 방문을 조심스럽게 열고 방안으로 들어섰다.

마웅과 마주 앉아 있던 최대산이 앵화를 반겼다.

"앵화야, 막내 삼촌이시다. 인사부터 드려야지?"

앵화는 마웅의 낯선 얼굴을 힐끗힐끗 훔쳐보며 허리를 깊숙하게 접어 보였다.

"사, 삼촌……."

앵화의 서먹한 호칭과 인사치레가 끝나자마자 최대산은 앵화를 향해 짐짓 낯을 굳혔다.

"됐다. 넌 잠시 나가 있어라. 막내 삼촌이랑 내 긴히 할 이야기가 있다."

앵화는 앉으려던 몸을 다시 일으켜 세우곤 뾰로통해진 얼굴로 섭섭하게 물러났다.

앵화가 방문을 닫고 나가자 최대산이 마웅의 얼굴을 그윽한 시선으로 바라보았다. 최대산의 부릅뜬 시선은 격정으로 바르르 떨렸다.

"막내야, 할 말이 참 많다."

마웅의 두 눈에 눈물이 그렁그렁 들어찼다. 그러나 둘째 사형이 살아 있어 고맙고 반가운 마웅은 한가득 들어찬 눈물 밖으로 웃음을 보였다.

"예, 사형."

* * *

안휘성(安徽省) 구화산(九華山) 연화봉(蓮花峰) 산기슭에 산적 무리들이 웅성웅성 모였다.

여기가 산적무리 많기로 소문이 자자한 구화산이다 보니 모여든 산적패거리의 모습이 영 생뚱맞지는 않았지만, 훤한 백주(白晝)부터 겁도 없이 오십여 명의 산적무리가 산기슭까지 내려온 것은 일견 의아하게 보일 법도 하다.

아홉 개의 봉우리가 있다 하여 구자산(九子山)이라고 불리기도 하는 구화산에는 각 아홉 봉우리마다 그 봉우리에 터를 잡은 산채(山寨)가 있고, 왕왕 구화산 산적들은 서로의 세력을 넘보며 다투기도 한다.

여기 모인 산적무리들은 구화산 연화채(蓮花寨)의 산적들이다.

구화산의 주봉인 십왕봉(十王峰)에는 구화산 산적무리 중에서 가장 규모가 크고 가장 막강한 힘을 자랑하는 십왕채라는 산채가 있다. 그리고 구화산 산적무리들 중에 가장 규모가 작은 산적의 무리가 바로 여기 산기슭에 모인 연화채의 산적들이다.

연화채 주변으로 천주채(天柱寨)와 천태채(天台寨) 등등의 산적 무리들이 있다.

연화채는 원래 십왕채에 예속되었던 산채이다.

십왕채가 너무 비대해져 관리가 힘들어지자 십왕채의 채주이자 산적 두목이던 반중덕이 부채주 서량휘에게 분채(分寨)를 명하였고, 이에 서량휘가 따로 떨어져 나와 연화채의 채주가 되었다.

그러나 막상 연화채의 채주가 되어도 십왕채에서 사사건건 간섭이 가해지자 두 채주 사이에 불화가 생겼고 큰 힘도 없이 따로 떨어져 나온 연화채는 늘 십왕채에게 불이익을 당하며 지내야 했다.

그러다가 몇 해 전, 한 사내가 연화봉에 나타나 연화채 채주 서량휘를 단칼에 무릎 꿇게 하고 채주가 되면서부터 상황은 급변했다.

스스로 구화산 산채의 총채주라 자부하던 십왕채의 채주 반중덕이 부하 산적들을 대거 이끌고 연화채로 쳐들어갔다.

하지만 결과는 의외였다.

새로운 연화채 채주 손화수라는 사내의 장검에 반중덕은 목이 날아갈 위기에 내몰리면서 물러나야 했다.

체면을 제대로 구긴 반중덕이 이를 갈며 정렬을 가다듬고 재차 공격을 노리던 차에, 십왕채의 산채로 손화수가 부채주로 물러앉은 서량휘를 대동한 채 불쑥 나타났다.

그리고 그들 사이에 상호 불가침 협정이 이루어졌다.

사소한 사고와 사건이 없지는 않았지만 평화로웠다.

그 평화롭던 몇 년간의 세월 동안 연화채의 소수 산적들은 괄목상대하게 변해갔다.

그야말로 일당백의 기백과 무술 연마는 물론이고 어디서 사들였는지 한 필 두 필 말을 사들여 모으더니 기어코 그들은 단순 산적이 아닌 마적(馬賊)이 되었다.

그러니 반중덕이 연화채의 눈치를 보며 목을 움츠릴 수밖에 없었다.

구화산의 판도가 그렇게 변했으면 당연히 기세등등해졌어야 할 연화채이건만, 실상은 그렇지가 않았다.

주변 산채들의 우려와 경계심과는 달리 연화채는 늘 고요했다. 뿐만 아니라 연화채 산적들의 자부심은 산적과 마적을 넘어 스스로 구화산 의적(義賊)이라고 자칭할 만큼 강해졌다.

연화채 산적들이 그렇게 스스로를 의적이라 미화한 데에는 얼토당토한 자기미화가 아닌 그만한 근거도 있었다.

손화수라는 무림인이 산채 채주가 되면서부터 연화채 산적들은 화적질을 나서는 데에도 규칙과 명분, 그에 합당한 분배와 환원이 따라붙었다.

연화채 채주 손화수는 제일 먼저, 수하들 중에 눈썰미 좋고 빠릿빠릿한 자들을 골라 마을로 내려보냈다.

마을로 잠입한 산적들은 이 마을 저 마을 돌아다니며 손화수의 지시에 따라 정보 수집을 한 후, 소문이 좋지 않은 대가와 무관을 지목하여 산채에 보고하였고, 보고를 받은 손화수는 며칠 동안 그곳의 민심을 살핀 후 가장 적당한 시기를 골라 산적들을 마적들로 돌변시켜 화적질을 감행하여 약탈하였다.

넉넉하게 약탈한 금품은 모두 산채로 가지고 오는 것이 아니라 그 절반을 길거리에 버리고 달아났다.

그것이 손화수가 온당하다고 생각하는 분배와 환원이었다.

연화채에서 실행한 화적질이 있은 후 구화산 일대에서 공공연하게 의적이라는 말이 성행하게 되었다.

그런 연화채의 화적질은 한 달에 딱 한 차례씩 인근 마을을 돌며 이루어졌다.

그로부터 일 년여 만에 민심은 안휘성도지부에서 급파시킨 산적 토벌대에게 되레 적개심을 내보이는 것에 반해, 달거리처럼 매달 나타나는 마적들을 영웅시하는 경향까지 있었으며, 민심까지 그러하니 민심을 얻지 못한 악덕 세도가들은 급하게 재산을 처분하고 먼 타지로 이사가 버리는 일도 왕왕 있었다고 한다.

어떤 자는 이번 달 화적질이 우리 마을에서 생겼으면 좋겠다는 말을 떠벌리고 다니다가 관아에 끌려가 곤장을 맞았다고 한다. 그쯤 되니 의적 소리가 영 황당무계한 말은 분명 아니었다.

백주의 연화봉 산기슭.

부채주 서량휘가 마상에 앉은 채주 손화수를 힐끔거리며 볼 멘소리를 꺼내놓았다.

"정말 연화봉을 영 떠나시는 거요?"

마상의 중년 사내는 입술이 보이지 않을 만큼 덥수룩하게 수염을 기른 칠철각의 다섯째 손화수다.

"인연이 닿으면 들르겠소."

손화수의 말에 서량휘은 불만으로 툭 불거져 나온 입을 부르르 떨었다.

"여기가 무슨, 자기가 들어오고 싶으면 마음대로 들어오고, 나가고 싶으면 제 마음대로 나가는 곳인 줄 아슈? 그렇게는 못 하겠소!"

투정 같은 부채주의 말에 손화수의 눈가에 쌉쌀한 웃음이 물렸다.

"부채주, 원래 이렇게 뜰 계획은 없었지만 부득이한 일이 생겼다고 하지 않았소. 그러니 부채주께서 우리 식솔들을 잘 간수하시며……."

"흥! 좋소! 기반 든든하게 닦아놓은 산채의 두목 자리를 다시 하라는데 내가 왜 반기지 않겠소? 두 손 들어 반기리다. 하지만 떠나는 이유나 좀 압시다! 도대체 왜요? 조사 나간 아랫놈의 보고서에 도대체 무슨 내용이 있었기에……."

투덜투덜 따지고 드는 서량휘의 불만에 손화수는 잠시 먼

산을 바라보더니 입을 열었다.

"형님과 동생이 날 찾아왔소. 그래서 떠나야 하오."

손화수의 마지못한 대답에 서량휘는 무슨 당치도 않은 이야기라는 듯이 버럭 화를 냈다.

"채주! 채주는 분명 피붙이 하나 없는 혈혈단신이라고 말했었소. 그런 채주가 형제는 무슨 형제! 굳이 형제가 있다면 그 형제는 저를 포함한 우리 연화채 식솔들뿐이오! 그런 어쭙잖은 변명일랑은 집어치우시고 솔직히 좀 이야기해 보시오! 왜요? 갑자기 왜 우릴 버리시는 게요?"

"어디 피붙이만이 형제랍디까? 저에겐 의형제가 있습니다. 그 헤어진 형제들을 생이 끝나기 전에 다시 만날 수 있을까 하였었는데 드디어 저에게 그런 기회가 찾아왔습니다. 그러니……"

"어허! 원— 참! 채주가 무슨 관운장이라도 된답니까? 의형제들을 찾아가기 위해 한솥밥 먹던 식솔들을 버리고 떠나시게? 섭섭합니다. 섭섭해요!"

손화수는 서량휘의 떼가 더 길어지면 난감할 것 같아서 우선 말머리부터 산 아랫길 쪽으로 돌렸다.

"이제 그럴 리는 없겠지만 혹시라도 십왕채 채주가 우리 식구들을 다시 찝쩍거리며 용심을 부리거든 저의 말을 전하세요."

그렇지 않아도 그 점이 못내 마음에 걸리던 서량휘는 떠날 준비를 하는 손화수를 향해 뚱하게 물었다.

"뭐라고 전하리까?"

"다시 제가 돌아오는 날. 저의 형제들도 저의 곁에 함께 있을 거라고요."

"쳇! 형제 분들이 채주처럼 아주 난 사람들 뿐인 모양이구려?"

손화수는 검은 수염에 가려진 입으로 히죽거렸다.

"우리 형제가 다시 모이면 세상이 뒤집어질 것입니다."

손화수의 광오한 말에 서량휘의 입이 또 삐죽거려졌다.

"세상이 무슨 개떡입니까? 그렇게 쉽게 뒤집어지게?"

못내 아쉬움을 떨칠 수 없는 서량휘의 빈정거림에 손화수의 반응은 아주 간단명료했다.

"이—럇—!"

일갈과 함께 손화수의 말은 거칠게 산길을 내달렸고 남은 연화채 산적들은 저만치 멀어지는 손화수를 바라보며 높이 들어 올린 두 손을 한동안 내리질 못했다.

第八章
간웅(奸雄)의 웅지(雄志)

江湖苦行記
강호 고행기

침상만큼이나 큼지막한 금장태사의(金裝太師椅)에 비스듬하게 몸을 뉘이고 있는 무림맹주 우문평의 안색은 하얗다 못해 햇살 투과한 백지장처럼 창백해 보였다.

초하(初夏)의 계절이건만 그늘 깊은 대전(大殿) 안은 미지근한 열기 한 점도 없었다.

그럼에도 얼음덩이처럼 핏기 하나 없는 얼굴에 투명한 땀방울이 귀밑머리 아래로 사르르 흘러내렸고, 침묵의 암영에 유독 새하얀 얼굴이 도드라져 보여 무척이나 기괴스럽다.

불혹을 훌쩍 넘긴 나이, 이만한 연배가 되면 그간 이루어놓은 것을 보듬으며 즐길 줄도 알아야 하는데, 도통 즐길 만한 것이 없었다.

그렇게 흘려 버린 무료함이 강산이 한번 바뀔 만큼의 세월이다.

그간, 따르는 자는 부복시키고 항거하는 자는 죽여서 입을 막고, 싫다며 달아나는 자는 잡아다가 다시 무릎을 꿇게 만들었다.

그렇게 올라선 곳, 유아독존의 자리.

어린 시절, 계집년 같다는 주위의 빈정거림과 조소에 독기를 품고 살아왔다. 그래서 누구보다도 사악한 독기를 품고 독사처럼 가슴에 칼을 물고 벼렸었다.

그 결과, 참혹한 인간사가 되긴 했지만 자신이 원하던 것을 기어코 모두 얻었다.

우문평의 갸름한 한쪽 눈매가 찌그러졌다.

'모두……?

어쩌면 모두는 아닐지도.

하기야, 모두가 아니면 어떠하랴. 대부분의 것을 품고 누리고 왕왕 베풀기도 하지 않았더냐.

그러나 단 하나.

우문평이 여느 갑남을녀처럼 품어 누리지 못한 것이 하나 있다. 천형처럼 자신에게 달라붙어 소외감과 모멸감을 주는 그것.

계집과 그 계집에 관한 사랑.

남들처럼 새끼치고 가정이란 것을 이루지 못했다. 사내에게서 절대 떼놓을 수 없다는 욕정과 그 더러운 욕정에 묻어 있는 사랑이라는 감정.

태어날 때부터 이성에 대해선 털끝만 한 관심도 없었다. 관심이 없으니 욕정은 더더욱 없을뿐더러 아랫도리마저 그것을 갈구하지 않았다.

늘 계집처럼 뽀얀 얼굴과 장성할 때까지 자라지 않는 수염. 그리고 아랫것들이 나 듣기 좋으라고 표하던 미성(美聲)의 소유자.

선잠에 들어서라도 단 한 번도 아랫도리에 힘이 실리지 않았던 불구자. …천성적인 고자(鼓子).

욕정이 없으니 여인의 아름다움 따윈 애초부터 알지도 못했다.

이런저런 이유로 사흘 걸러 한 번씩은 열어야 하는 대소연회. 나신에 잠자리 날개 같은 세모시만을 걸친 무희(舞姬)가 암내를 피워대도 우문평은 수캐의 본능이 없으니 그딴 짓거리가 우습기만 했었다.

취중에 웃으니 아랫것들은 좋아서 웃는 웃음인 줄 알고 이불 속으로 그 무희를 디밀어 넣어주었다.

어쩔 수 없이 이불 속에서 느낀 여인의 알몸은 우문평에게 주체 못할 살심만 불러일으켰고, 다음날 아랫것들은 자신들이 우겨 넣은 여인의 알몸 주검을 질질 끄집어내어 누가 볼세라 당혹스럽게 거두어가야만 했다.

그때부터 수많은 눈초리가 거추장스럽고 부담스러웠다.

이명(耳鳴)처럼 들리는 웃음소리들.

성대하게 혼례까지 치르고 아내로 맞아들인 은초혜라는 여
인을 애써 다시 불러들이지 않는 이유마저 그들에게 간파당하
고 말았다.

곤욕스럽다.

눈빛이 변한 자를 보는 족족 눈알을 빼내어 모두 죽여 버리
고 싶지만 자리가 자리인지라 차마 그러지 못할 처지.

천하제일인, 무림을 일통한 무림맹주라는 자리.

그것은 애초부터 어울리지 않는 지위였으며, 애당초부터 몸
에 맞지도 않는 옷이었다.

금분으로 도배한 태사의에 반쯤 몸을 뉘인 우문평의 입가에
쓸쓸한 웃음이 배어났다.

'그냥 악당으로 살 걸 그랬어.'

담담한 후회.

이제 와서 다시 되돌릴 수도 없다.

권력이란 한 번 오르면 내려오지 못한다. 남들이야 잘도 기
어 내려가 속없이 낄낄거리며 산다지만, 우문평은 절대 그럴
수가 없다.

아니, 그럴 수가 없는 것이 아니라 그래선 절대 안 된다는
생각을 갖고 있다.

애써 오른 곳에서 스스로 내려온다는 것은 곧, 추락을 의미
한다.

그렇게 생각했고, 그것을 자명한 사실로 여겼다.

간밤에는 자신의 호법이자 과거 우기린으로 통했던 팽막건

이 훗날을 위해서라도 몰래 양자라도 들이자는 말을 충언이랍시고 했다.

하찮은 놈.

이 자리를 마련하기 위해 천수가 가까운 제 아비마저 비명횡사시킨 자식임을 누구보다도 더 잘 아는 부하가 자신에게 그게 충언이랍시고 할 소리인가?

친아비에게마저 야망을 위해 칼을 들이댄 자신이 무슨 수로 양자를 믿고 훗날을 기약해?

우습다!

그 웃음이 어디 온전한 유쾌함이겠는가.

고작 마흔 줄을 넘긴 우문평이 느끼는 소회는 씁쓸한 인생이 아닐 수가 없다.

아득해진 눈길로 사념에 빠져 있던 우문평은 무언가 불현듯 생각이 났는지 갸름한 눈으로 이채를 발하며 상체를 세웠다.

그리곤 왼손가락으로 지난 날짜를 셈해보더니.

딸랑— 딸랑!

태사의 한쪽에서 방울 소리가 울리고 잠시 후, 시비로 보이는 작달막한 키의 여인이 나타나 허리를 접었다.

"명을 받겠습니다."

시비의 인사치례에.

"좌호법은 맹(盟)에 계시더냐?"

"지금 복호전(伏虎殿) 집무실에 계시는 것으로 아옵니다만……"

시비의 말이 채 끝나기도 전에.

"모셔와라."

일각의 시간이 침묵으로 흐른 후.

무림맹 천하대전(天下大殿)의 육중한 문짝 하나가 열리더니 그만큼의 햇살이 대전 안으로 몰려들어 왔다.

이어, 풍채 그럴싸한 오십대 중반의 사내가 햇살을 등에 업고 대전 안으로 성큼성큼 걸어 들어와 무림맹주 우문평 앞에 허리를 반으로 접어 보였다.

"맹주! 찾으셨습니까?"

무림맹의 좌호법이자, 과거 좌기린으로 통했던 위수진이다.

위수진을 내려다보던 우문평은 입가에는 비린 웃음을 엷게 물었다.

"어허 참! 우리끼리 있을 때엔 격식 따위는 거추장스럽다고 하지 않았소? 이리 와서 좀 앉으시오."

위수진이 허리를 펴고 이십여 단(壇)이나 되는 붉은 융단의 계단을 종종걸음으로 밟아 올라섰다. 그리곤 태사의 좌측에 놓인 등받이의자에 다소곳이 몸을 내려앉혔다.

"그렇잖아도 상의드릴 일이 있어 찾아뵈려던 차였습니다."

"무슨 일입니까? 혹시, 풍운오랑이란 자와 연관이 있는 일입니까?"

우문평의 물음에 위수진의 대답 소리는 무척 조심스럽고 작았다.

"…예."

평소 호탕하던 성격과는 다르게 다소 소심하게 들린 위수진의 대답 소리에 우문평의 갸름한 눈매가 더욱 가늘어졌다.

"그럼, 그자가 혹시, 십여 년 전에 실불도(失佛島) 암옥산(岩獄山)에서… 그자……?"

위수진은 우문평의 발끝을 내려다보던 시선을 천천히 들어올렸다. 그리곤 침중한 음색을 꺼내놓았다.

"현재 정황으로 보아 그런 듯싶습니다."

위수진의 목 잠긴 대답을 들은 우문평은 지그시 눈을 감았다.

"좌호법이 확실한 듯싶다면 확실하겠군!"

"또……."

이어지는 좌호법의 목소리에 우문평의 감았던 두 눈은 오래 감겨 있지 못하고 다시 떠져야 했다.

"또?"

"실불도에서 이제야 신빙성있는 보고서가 작성되어 도착했습니다."

"그 신빙성있어 보이는 보고서의 내용은요?"

"우리들의 생각과는 달리 실불도에선 놈의 흔적이 없었습니다. 다만……."

"다만?"

보채듯 묻는 우문평의 질문에 위수진의 입이 빨라졌다.

"다만, 실불도 암옥산이 아닌, 월족 밀림 속에서 놈의 흔적이 발견되었다고 합니다. 흔적뿐만이 아니라 놈일 것으로 짐작되는 자를 본 자도 나타났습니다. 그쪽부터 역추적해 본 결과 풍운오랑이 여태 보여준 행보와 시간대가 거의 일치합니다."

"월족 밀림?"

"칠불석탑에서 놈이 세상 밖으로 나온 흔적과 그 인근 부족들이 놈의 북상을 보았다고 합니다. 그놈이 확실합니다."

"칠불석탑이라면 암옥산의 기관장치를 발동시키는 곳이고 또한 암옥산과의 거리가 밀림과 바다를 건너서……."

"결과를 종합해 보건대 쉽사리 믿기지는 않지만 암옥산 동굴과 칠불석탑이 지하로 연결되어 있었다는 결론을……."

"그것이 가능한 일인가?"

"세상을 살다 보면 상식 밖의 기이한 일들이 왕왕 있습니다. 지금으로선 믿지 않을 수 없는, 믿을 수밖에 없는 노릇입니다."

우문평은 하얀 낯을 빳빳하게 굳힌 채 위수진을 슬쩍 흘겨보았다.

무언가에 잔뜩 흥분해 있다.

근래에 보기 드물게 달떠 있다.

놈이 실불도 암옥산에 기어들어 갔다는 칠철각의 막내가 맞다 치더라도 저렇게 긴장하며 흥분할 일은 아니지 않은가? 칠철각이 윗대부터 아랫대까지 와해되어 버린 지가 언제인데 암옥산 지하에 뼈를 묻었으려니 했던 놈이 혈혈단신으로 다시

기사회생하여 나타났다고 해서 그것이 무엇이 두려울까?

그래서 물었다.

"두렵소?"

이죽거림이 섞여 있는 우문평의 물음에 위수진의 한쪽 안면이 바르르 떨렸다.

"두, 두렵다니요?"

우문평이 손사래를 쳐 보였다.

"아니오, 아니오! 불쾌하게 생각은 마시오. 난 그냥 좌호법도 이제 세월을 다 타시나 해서요."

"주군! 저에게 두려운 것은 오직 주군뿐입니다. 하지만 놈을 가볍게 볼 일은 아닙니다."

노기가 배인 위수진의 당찬 대답에 우문평은 싱긋이 웃었다.

"놈을 저어해야 할 이유는요?"

"용목과 봉조의 전설이 사실이고, 그것을 놈이 얻어 나왔다면 문제가 의외로 커집니다."

우문평의 백지 같은 안색에 언짢음이 다시 섞여 나왔다.

"이보세요, 좌호법! 천 년 전의 기보가 여태껏 기보일 거라고 믿으십니까? 호법답지 않게 왜 그렇게 순진한 말씀을 자꾸 하십니까? 그것은 천 년 전의 무공들이고 또 그러한 기보들입니다. 그깟 것이 지금에 와서……."

"주군!"

"왜요? 아닙니까?"

위수진의 당혹한 반응에도 우문평은 여전히 시답잖아 했고, 위수진은 그런 우문평을 향해 절레절레 흔드는 도리질에 한숨까지 섞어내 보였다.

"휴— 주군? 그럼, 왜 주군은 그때 험지나 진배없는 실불도로 직접 나서서 그 암옥산……."

"아! 그거야 저의 선친께서 그러라고 명을 내리시니 그때의 나로선 어쩔 수 없이… 그리고 사실, 그 당시엔 그것들이 모든 세상의 관심사라 그 용목과 봉조란 것에 적잖은 호기심이 있었던 것도 사실입니다. 또 그때만 해도, 부회주 견자강이란 노물과 알게 모르게 알력이 있었던 때인지라 어쩌면 좋은 기회도 생기겠다 싶었지요. 그래서 좋은 결과도 우리가 얻질 않았습니까? 하지만 지금의 내가 그것에 관심을 가질 이유는 더 이상 없지 않습니다. 무엇을 더 바라자고 그딴 기보에 관심을 가집니까? 저는 무인으로서 얻을 수 있는 것은 다 얻어 지금 정상에 올라왔습니다."

"주군! 강호의 섭리를 몰라서 그런 말씀을 하십니까? 끝없이 도전을 받는 곳이 그 자리입니다. 언제 어떤 모습으로 다시 끌려 내려올지 모르는 자리입니다. 취하는 것보다 지키는 것이 더 어렵습니다. 방심하시면 안 됩니다."

우문평은 고개를 주억거렸다.

"예. 맞습니다. 옳으신 말씀이지요. 하지만 닭을 잡자고 소 잡는 칼을 내밀면 서로가 불편하고 민망하잖습니까? 칠철각은 이미 유명무실한 존재들입니다. 아니, 좀 더 명확하게 표하자면 무명무실한 것들입니다. 세력의 핵심이던 일곱 명의 후예 중에 죽은 자가 둘이며, 또 다른 둘은 육체적으로나 정신적으로나 돌이킬 수 없는 폐물이 되어 우리들의 감시하에 놓여 있습니다. 그리고 또 다른 두 놈은 산목숨이나 부지하자며 어디론가 도망가 쥐 죽은 듯이 살고 있을 것이고요. 기껏 온전히 남아 있는 놈이 풍운오랑이라고 불리기 시작한 그 막내라는 놈뿐입니다. 과거, 그들을 따르던 잔도들도 십여 년의 세월이 흐르는 동안 이미 자신들의 세력에 대해 까마득하게 잊고 살았을 것입니다. 그런 실정에 놓인 칠철각인데 이제 와서 그것들을 경계하는 것은 불필요한 힘의 낭비일 뿐입니다."

"주군, 풍운오랑이라는 이름하에 근자에 벌어졌던 참극들을 벌써 잊으신 겝니까? 또한……."

"아! 그거야 우리 쪽에서 이런저런 속사정으로 미온적인 태도를 보였기 때문이 아닙니까? 놈이 칠철각의 잔당으로 밝혀졌으니 이제부터 놈을……."

위수진이 우문평의 말을 자르고 들어왔다.

"주군! 놈이 아니라 이젠 놈들입니다!"

격해진 위수진의 반응에 우문평의 갸름한 눈매가 사납게 홱 돌아갔다.

"놈들이라뇨?"

"풍운오랑과 놈들이 합류하기 시작했습니다."

"글쎄! 풍운오랑과 합류한 그 놈들이 대체 누구입니까?"

"칠철각의 둘째, 최대산과 다섯째 손화수입니다."

눈매만큼이나 얄팍한 우문평의 입술이 삐뚜름해지며 안색엔 고심하는 기색이 역력했다. 급변한 우문평의 안색을 살피며 위수진이 다시 입을 열었다.

"작년에 요녕성 북단에서 사라졌었던 풍운오랑이 호남성에서 다시 발현했습니다. 그것이 올해 초봄쯤이었습니다. 이어, 강서성 남창지부(南昌地府)가 풍운오랑에게 급습을 당했습니다. 한데, 놈은 혼자가 아니었습니다. 풍운오랑과 함께하는 자가 나타났습니다. 그자의 손에 대력파풍도(大力破風刀)가 들려져 있었다고 합니다. 그 후, 잠시 종적이 묘연하던 그들이 다시 나타난 곳은 하남성 숭산(嵩山)이었습니다."

"숭산? 숭산이라면 소림사?"

"예. 숭산의 소림사 해검소(解劍所)를 감시하는 우리 쪽 아이들의 보고에 의하면 풍운오랑으로 보이는 자가 소림사 지객당(知客堂) 무승들의 안내를 받으며 경내로 은밀히 들어갔고, 그의 일행이 둘이 아닌 셋이었다고 합니다."

"셋이라? 그럼, 뒤늦게 합류한 놈이 바로 다섯째 손화수였겠군요."

"그 당시까지 손화수라고 확신하지 못했었지만 열흘 후, 산서성 서안 지부(西安地府)가 놈들의 손에 아작이 났다고 합니다."

"서안까지?"

"그 이후 그들은 북상을 갑자기 멈추고 도로 남하하여 돌연 사천성에서 모습을 드러냈습니다."

"사천성이라면 성도(成都)이겠군. 그곳에서 그들은 대사형의 소식을 찾아냈을 것이고?"

"일련의 정황으로 보아 그렇습니다."

"놈들이 애초에 섬서성으로 기어올라 갔었던 것도 부회주 견자강의 근황에 대한 첩보를 미리 얻고자 그랬을 수도 있고, 항산에서 병신이 되어 목숨을 부지하고 있는 묘담이란 자를 찾아 나선 것일 수도 있겠군요."

"항산이 애초 그들의 목적지였을 가능성이 농후합니다. 그러다가 도중에 그들의 대사형 이훈직에 대한 정보를 얻었을 테고요."

우문평의 눈살이 구겨졌다.

"좌호법, 왜 이제야 내게 이 모든 사실을 보고하는 것입니까? 그리고 그들에게 이런저런 정보를 준 연결 고리는 도대체 누구입니까? 그 빌어먹을 사천당문입니까? 아니면 소림사 쪽입니까?"

질책 섞인 우문평의 물음을 받은 위수진의 안색에 난감함이 서렸다.

"현재로선 당문이 조력자로 나선 것으로 보입니다. 그리고 풍운오랑이 칠철각의 막내가 아닐까 하는 의심은 하고 있었지만, 뚜렷한 사실관계가 전혀 없었던 이유로 이제나저제나 하며 월족에서 보고서가 도착하기만을 기다리고 있었습니다."

"월족의 보고서를 접한 후에야 풍운오랑의 정체가 드러났고, 또한 풍운오랑과 합류한 두 명의 무인이 그의 형제들이란 사실도 확인할 수 있었다, 이 말씀입니까?"

"…예."

위수진의 착잡한 대답을 불만 가득한 눈길로 노려보던 우문평이 귀밑머리 아래로 흘러내린 땀을 손으로 닦아내며 자세를 고쳐 앉았다.

"지금이라도 늦지 않았습니다. 놈들을 추적하여 곧바로 척살하세요. 그럼 됩니다. 어려운 일도 아니잖습니까? 그동안 놈들이 날뛰게 그냥 둔 것은 드러나지 않았던 놈들의 실체와 심상찮았던 민심 때문입니다. 이젠 소가 닭 쳐다보듯 할 시기는 지났습니다. 곧바로 처리하세요."

"주군! 너무 쉽게 판단하시는 것은 아니신지요?"

"쉽게 여기지 않습니다. 그렇다고 해서 난제도 아닙니다."

"아닙니다. 그렇지가 않습니다. 언뜻 보기엔 별 대수로운 일이 아닌 듯싶지만, 기실 속을 들여다보면……."

이번엔 우문평이 한 손을 들어 올려 위수진의 다급한 말을 가로막아 섰다.

"아, 아! 됐습니다. 좌호법이 저어하는 속내는 알고도 남습니다. 놈들이 두려운 것이 아니라 놈들이 불씨가 되는 것을 걱정하시는 게지요?"

위수진이 고개를 끄덕여 보였다.

"바로 보셨습니다. 문제는 구파일방들입니다. 그들에게서 십 년의 세월이란 스스로 뼈를 깎는 인고의 세월이었을 것이고, 또 와신상담의 세월이었을 것입니다."

"놈들로 인하여 구파일방까지 들고 일어날 것이라는 예측입니까?"

"십여 년 전에 삭초제근(削草除根)하지 못한 잘못이 상당히 큰 부담으로 되돌아왔습니다."

순간, 우문평의 표정이 비웃는 듯하였고, 눈빛은 상대의 마음을 파고들듯이 묘해졌다.

"구파일방은 원래 삭초제근할 수가 없는 세력들입니다. 그들을 대상으로 삭초제근이라니요? 우습군요."

"구파일방의 이야기가 아닙니다. 적어도 칠철각의 무리들은 뿌리째 뽑아놓아야 했습니다. 칠철각의 맏이인 이훈직의 신병 처리도 그랬고, 또 항산에서 허드렛일을 맡겨 연명시킨 셋째 묘담의 경우도 그렇습니다. 특히, 철암봉 쪽의 문제는 지금이라도 결단을 내리셔야 합니다."

부회주 견자강이 머물고 있는 철암봉이 문제로 거론되자 우문평의 얼굴이 똥 씹은 듯 일그러졌으며 굳게 다문 입술은 서로 어그러졌다.

그러한 표정과 입에서 나온 목소리가 좋을 리는 없다.

"휴우—! 철암봉은 지금도 부담이 됩니다."

"그럴수록 결단이 필요합니다."

"철암봉 견자강의 곁에는 사대천왕 중에 유일하게 살아남은 증장천왕(增長天王) 남진각이 있습니다. 그리고 과거보단 세가 약해졌다지만, 과거 우리 암합회의 최정예라고 불리던 혈랑자들이 주야로 철암봉을 지키고 있고요. 사정이 그러하고 또 불필요하게 우리 쪽 뒷심을 내분으로 빼느니, 그냥 혈수인 견자강과 중장천왕 남진각이 천수를 다하고 죽어주기만을 기다렸지요. 과거엔 그것이 현명한 방법이었고, 또 어쩔 수없이 선택할 수밖에 없었던 불가피한 결론이었습니다. 그 당시 두 분의 양대호법께서도 저의 뜻에 찬성을 보이지 않았습니까?"

위수진의 입가에 웃음 같지도 않은 쓸쓸한 미소가 물렸다.

"견자강, 그 노물이 우리 쪽에게 협정을 맺자고 나섰을 때만 해도 견자강과 남진각이 이렇게 십여 년을 넘기며 장수할 줄은 꿈에도……."

난감해하는 위수진 앞에 우문평이 자리를 박차고 벌떡 일어섰다.

"잘됐습니다. 그렇잖아도 요즘 사는 맛을 영 못 느끼고 있던 참이었습니다. 변화와 자극이 필요하다는 이야기이지요. 판을 다시 크게 짭시다."

"어떤 판을 그리십니까?"

"우선 곪아 있는 속부터 도려내야겠습니다. 견자강 그 늙은 괴물이 왜 은초혜라는 년에게 그토록 관심을 가지고 지금껏 애지중지 품고 있는지가 늘 마음에 걸렸던 참입니다. 은초혜라는 년에게 그 늙은이가 호감이 있다면, 칠철각의 부활을 그 늙은 것이 어떤 식으로 받아들일지도 여간 걱정이 아닐 수가 없습니다. 그냥 방치하다가 목불인견을 당하느니 차라리 우리 쪽 피가 다소 흐르더라고 이참에 곪은 우리 속부터 도려냅시다."

좌호법 위수진의 목소리가 은밀하게 작아졌다.

"주군, 숨겨놓았던 칼을 이참에 뽑겠습니까?"

무림맹주이자 암합회의 회주이기도 한 우문평이 작게 고개를 끄덕여 보였다.

"별러놓았으니 이젠 뽑아야지요."

"늘 준비는 되어 있었습니다."

"몇 명입니까?"

"정확히 각각 오백(五百)입니다!"

위수진의 달뜬 대답에 우문평의 입가에 득의에 찬 미소가 물렸다.

"우호법과 역천마참대(逆天魔斬隊)를 사천으로 보내어 칠철각의 잔당을 비호하는 사천당문을 멸문시키라 전하시고, 좌호법의 혈귀봉마대(血鬼縫魔隊)는 철암봉으로 출발시키십시오."

좌호법 위수진이 자리에서 힘차게 일어서며 강단진 대답을 내놓았다.

"옙—!"

"무림맹과 암합회 각 지부에 급보를 내려 구파일방의 동태를 예의주시하며 조그마한 변화도 놓치지 말고 파악하는 한편, 월족의 남쪽 경계에 분쟁을 일으켜 천축을 자극시키십시오. 그리고 서장(西藏) 포달랍궁(布達拉宮)으로 은밀히 사신을 보내 협조를 부탁하세요. 몇 해 전 서장에서 있었던 내란에 우리 쪽 힘이 적잖은 보탬이 되어주었으니 지금 우리 쪽 사정을 이야기하면 그들도 바로 움직여줄 것입니다. 아! 그리고 서장

으로 갈 사신 편으로 섭섭잖게 예물도 챙기게 하십시오. 서장
과 천축이 중원으로 눈을 돌리면 그것으로 구파일방의 발목을
잠시 묶어둘 명목은 될 것입니다. 그사이 우리는 철암봉과 칠
철각의 잔당들을 해결해야 합니다. 그것부터 해결해 놓은 후
에 다음 수순으로 넘어갑시다."

고개를 연방 주억거리던 위수진이 의아해하며 물었다.

"다음 수순이라시면?"

"좀 전에 좌호법께서 삭초제근의 우를 논할 때, 사실 전 마
음이 따로 놀았습니다."

"그게 무슨……?"

위수진은 우문평의 말을 선뜻 알아듣지 못했고, 그런 위수
진을 향한 우문평의 눈빛은 예사롭지가 않았다.

"사실 저는, 무림 역사에 길이 남을 삭초제근을 해보고 싶습
니다. 다시 말해, 정파의 맥을 이참에 아예 잘라 버릴 야망을 갖
고 있다는 말입니다. 이를테면, 시황제가 사상적 법가통일(法家
統一)을 위해 분서갱유(焚書坑儒)를 했듯이 정파의 기둥인 구파
일방을 차례로 공중분해시키는 전대미문의 대업을 이룩하고
싶습니다. 그것을 이루고, 이루어놓은 것이 설령 후대에서 다
시 갈아엎어진다 할지라도 획기적이고 기념비적인 대업이 아
니겠소. 사파지존으로서 만세에 전해질 대업이 될 것입니다.
좌호법, 어떻소? 나의 생각에 광기가 보이긴 하오?"

광오하고도 경악할 만한 우문평의 포부를 들은 위수진의 두
눈이 와락 커지는가 싶더니 이어, 한쪽 입술이 비리게 째졌다.

"머지않아 전대미문의 지존이 탄생하겠군요."

"하하하—! 천상천하유아독존이 그냥 이루어질 수는 없지 않습니까? 하하하—!"

분명 사내의 호탕한 웃음소리이건만 웃음소리는 무림맹의 천하대전에서 을씨년스럽게 울려 퍼졌다.

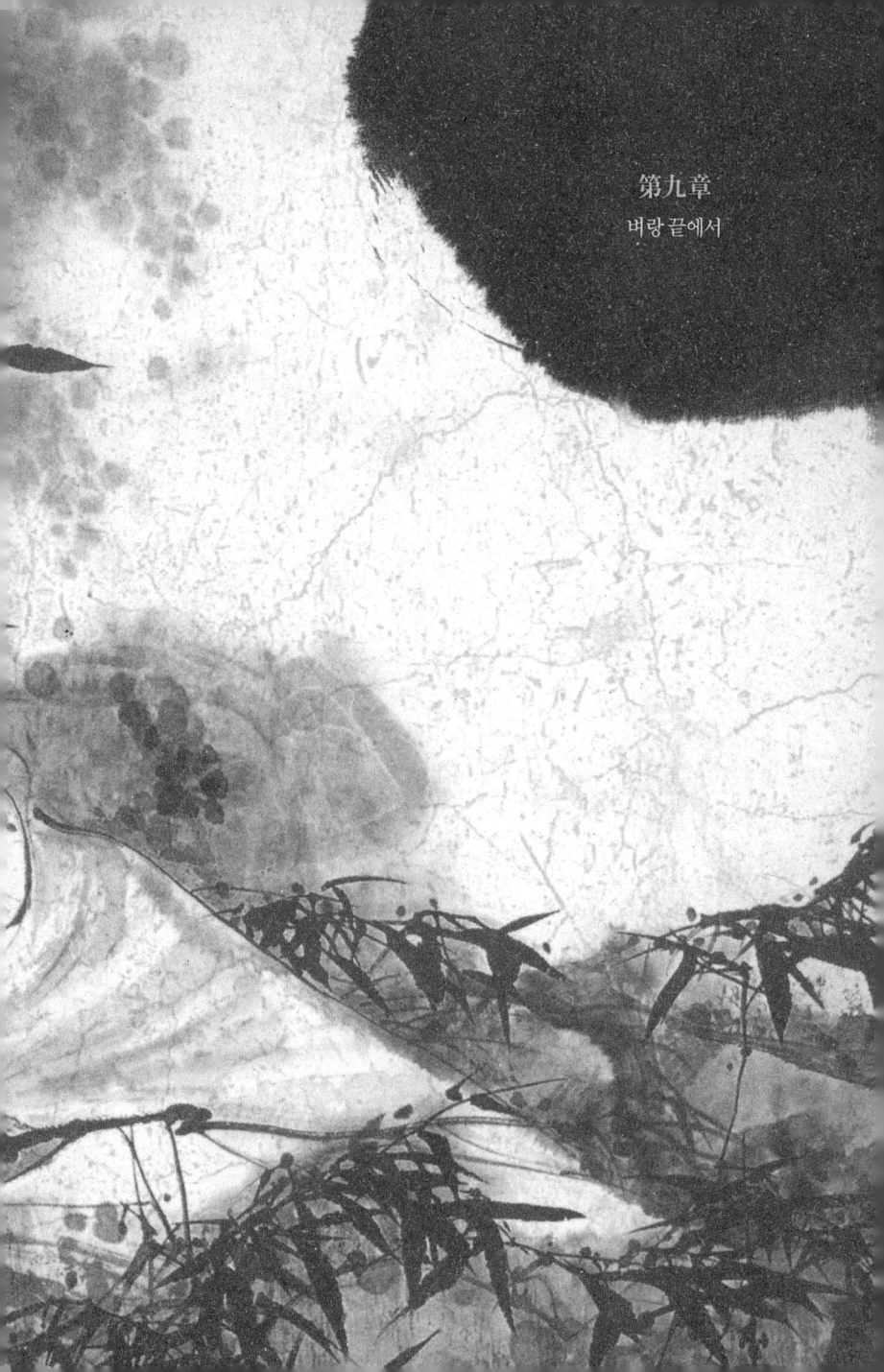

第九章
벼랑 끝에서

江湖苦行記
강호 고행기

사천(四川)의 개(犬)는 해를 보면 짖는다.

그만큼 사천성(四川省)은 해가 반듯하게 떠 있는 날이 다른 지역보다 월등히 적다.

여름철이면 더욱 그러하다.

하루 흐리다가 이틀을 비가 내리니 온전한 태양을 대할 겨를이 없다. 그중에서도 특히 우기(雨期)에 속하는 시기가 되면 햇살은 고사하고 물난리로 몸살을 앓아야 한다.

홍수뿐이겠는가? 산사태에, 지진에, 온갖 자연재해를 옆구리에 끼고 살아야 하는 지방이다.

지금 성도(成都)는 그러한 계절의 한 중앙에 놓여 있다.

지루한 여름장마가 시작되자마자 습하고 더운 날씨로 인해 불쾌감은 절정으로 치달았다.

저잣거리의 발길은 절벅절벅 늘 젖어 있었고, 사내들의 벗어 젖힌 옷통에도 불쾌감이 축축하게 녹아들어 있었다.

가벼운 어깨 부닥침이나, 사소한 말다툼에도 곧잘 주먹질에 피가 묻어났으며 여인네들은 목청에 송곳을 품은 채 이웃과 싸움질하기 일쑤였다.

그런데 성도의 번화가에서 유독 즐거운 중년 사내 하나.

"우—하하하!"

중년 사내의 몰골은 흉하기 그지없었으며 꼬락서니가 한눈에 척 봐도 거나하게 술 취한 비렁뱅이다.

머리는 봉두난발이었고, 한쪽 팔소매는 민소매처럼 어깨부터 완전히 떨어져 나갔으며, 다른 쪽 팔소매는 팔오금에서 떨어져 나가 똑바로 서 있는데도 어쩐지 사람 자체가 조금 삐뚜름하게 보이기까지 했다.

또한, 양쪽 무릎 아래가 헤어져서 너덜거리는 반바지는 넝마라기보단 걸레에 더 가까워 보였다.

남이 낡아서 내다버린 가죽신발을 신은 듯 걸친 듯 엉성하게 얻어 신고, 어디서 옹차게 두드려 맞았는지 얼굴과 온몸이 성한 곳이 없었다.

그 꼬락서니의 비렁뱅이는 무엇이 그리도 좋은지 연방 하늘을 우러러 보며 웃어젖혔다.

"우—하하—! 어떤 개놈이 내 명당(明堂)에다가 오줌을 지려 놨냐? 앙—! 도대체 어떤 시러베잡놈이냐? 너냐? 바로 네놈이

냐고?"

중년 비렁뱅이의 삿대질이 향한 곳은 흐린 하늘이었고, 꽥꽥 고래고함질에 처마 아래의 상인들과 저잣거리 행인들은 모두 낯을 찌푸렸다.

중년 비렁뱅이의 고개가 흐린 하늘에서 비에 젖은 땅바닥으로 툭 떨어졌다.

"어라! 동냥 그릇이 한가득일세! 흐흐흐—! 비럭질 십여 년만에 오늘 같은 횡재수는 처음일세! 어떤 우라질 놈이 내 밥그릇에 지린 소피를 갈겨놓았어? 시러베놈의 오줌이 그릇에 철철 넘치는구나!"

욕지거리 고함질에 오지랖 넓은 한 사내가 끼어들었다.

"야, 이 미친 새끼야! 재수 옴 붙은 아가리 찢어놓기 전에 그만 좀 해!"

광기가 보이는 중년 비렁뱅이의 얼굴이 나무라는 사내의 목소리 쪽으로 휙 돌려졌다.

봉두난발 속에서 내비치는 중년 비렁뱅이의 눈빛은 광기로밖에 여길 수 없을 만큼 독살스러웠다.

"너냐? 빌어먹으라고 찰찰 넘치도록 도와준 놈이 바로 네놈이야?"

어느 주루 처마 아래에 등나무의자를 내어놓고 앉아 있던 오지랖 넓은 사내 하나가 '오냐 그래! 너 마침 잘 걸렸다'라며 벌떡 일어서더니 주루 벽에 기대놓았던 각목을 손아귀에 챙겨 들곤 어슬렁어슬렁 비렁뱅이 중년 사내 쪽으로 다가갔다.

"미후왕(美猴王)아, 어디서 술지게미라도 얻어먹었으면 그냥 조용하게 낮잠이나 퍼질러 잘 일이지 웬 지랄이야? 어디가 또 근지러워? 그래서 이러는 거야? 오늘은 이 부처님 손바닥 맛을 좀 볼까? 이 부처께서 빌어먹지 않아도 더 이상 배고프지 않게 해줄게! 이리 오렴!"

손오공의 별명까지 얻어 가진 비렁뱅이 중년 사내도 각목 든 사내 쪽으로 기세등등하게 마주 다가가며 이죽거렸다.

"하하하—! 네놈이 부처면 난 네놈의 가운데 물건 정도는 되겠구나?"

각목 든 사내는 주루의 문지기였고, 주루의 문지기들이 대개가 그러하듯 동네에서 나름 알아주는 왈패패거리 중에 한 명이었다.

문지기는 모종의 불미스런 일로 주루 주인장과 투덕거렸었고, 그 때문에 아침나절 내내 심기가 많이 사나워져 있었던 차였다.

그것을 어떤 식으로든 풀어내고 싶어하던 중이었다. 그러니 미후왕의 지랄 발광이 굴러들어 온 떡이나 진배없었다.

문지기는 미후왕의 대꾸가 재미있었는지 킬킬거렸다.

"크크크—! 미후왕아, 내 가운데 물건은 바로 여기에 있다. 오늘은 부처님의 좆방망이로 실컷 맞아보는 거다! 알았냐?"

그렇게 험한 욕지거리가 섞인 으름장을 놓으며 각목을 자신의 아랫도리 앞에 벌떡 세워놓고 음란하게 각목을 끄덕거려 댔다.

그제야 미후왕은 문지기가 틀어쥐고 있는 각목이 심상찮게 보였던지 다가가던 걸음을 멈춰 세우곤 슬그머니 뒷걸음질이다. 그러면서도 입만은 아직 장하였다.

"저런, 저런, 육시랄 놈! 그 흉한 물건으로 여럿 마누라 아랫도리에 난장질했겠구나?"

"크—하하하! 밤이면 밤마다 흐물흐물 곡소리가 나긴 했었지. 그런데 미후왕아……!"

혼잣말인 양 주절거리던 문지기는 갑자기 슬금슬금 뒷걸음질을 치는 미후왕을 향해 내달리기 시작했다. 단단해 보이는 각목은 이미 문지기의 머리 위에서 빳빳하게 곧추서 있었고.

"어딜 도망가?"

화들짝 놀란 미후왕은 급하게 몸을 돌려 달아났다.

장정이 휘두르는 각목에 맞아 온전할 사람이 누가 있겠는가? 뼈라도 추리려면 입 닥치고 달아날 수밖에.

하지만 미후왕은 몇 걸음 달아나지도 못하고 질벅한 길바닥에 미끄러져 얼굴을 진창에 처박고 말았다.

"어이쿠—!"

미후왕의 난감한 비명 소리가 터지자마자 여기저기 구경꾼들의 입에서 웃음소리가 작렬하고 곧바로 문지기의 우악스런 발길질이 널브러진 미후왕의 등짝을 짓밟아 버렸다.

"요놈—!"

대성일갈을 이어, 문지기의 각목이 미후왕의 등허리에 내리 찍혔다.

빡—!

미후왕은 아래 허리뼈가 아스러지는 듯한 고통에 돼지 멱따는 비명을 질렀고, 그 비명 소리가 어찌나 쩌렁쩌렁 컸던지 구경꾼들에게 걱정과 공포심을 자아내기보단 오히려 비웃음거리가 되고 말았다.

여기저기서 낄낄대는 웃음소리가 들려오자 문지기는 더욱 신명이 났는지 각목을 도리깨 삼고 진창에 널브러진 미후왕을 곡식단 삼아 매타작을 시작했다.

마구잡이 휘두르는 각목에 미후왕은 진창 바닥에 이리저리 나뒹굴며 고래고래 비명을 질러댔다. 문지기는 피 냄새를 맡고 흥분한 사냥개처럼 미후왕을 물고 늘어졌다.

몽둥이질에 이어지는 비명과 신음.

그러기를 약 일각.

미후왕의 비명은 더 이상 들리지 않았고 힘에 겨워 씩씩대는 문지기의 거친 숨소리만이 들렸다.

구경꾼들도 상황이 의외로 흉악하고 살벌해지자 하나둘 수군덕거리며 자리를 떴고, 남은 몇몇 사람들은 혀를 차며 문지기의 도를 넘은 난폭함을 걱정했다.

"이봐, 그만해! 그러다가 정말 사람 잡겠어!"

"그래, 장난이 너무 지나쳐! 그러다가 살인나!"

몇몇 구경꾼들이 나무라자 씩씩대던 문지기는 피 묻은 각목을 진창에 던져 버렸다. 그리곤 아직 속이 덜 풀렸다며 앙금 짙은 가래를 퉤 하고 뱉었다.

문지기의 허연 가래가 날아가 떨어진 곳은 누군가의 발 앞이었고, 그곳에는 언제부터 서 있었는지 세 명의 중년 사내들이 있었다.

　제풀에 흠칫 놀란 문지기가 급하게 고개를 들어 올렸다.

　문지기는 세 명의 중년 사내들이 무림인이라는 것을 한눈에 알아차렸고 곧바로 놀란 개새끼처럼 주춤 뒷걸음질이다.

　"다, 당신들… 뭐, 뭐요?"

　세 명의 사내 중 가장 덩치가 우람한 중년 사내가 말없이 널브러져 신음하는 미후왕에게 다가가 한쪽 무릎을 세우고 앉더니 대뜸 미후왕을 한쪽 어깨에 들쳐 멨다.

　그 모습에 불안해진 문지기는 호랑이 만난 똥개처럼 곧바로 중년 사내들 앞에서 등을 보이며 달아날 기색이다. 하지만.

　"거기 서!"

　한 중년 사내의 거부 못할 목소리에 문지기는 달아나려던 발길을 멈춰 세울 수밖에 없었다. 그리곤 실룩실룩 불안해진 얼굴을 중년 사내들을 향해 되돌렸다.

　"다, 당문에서 나오셨소?"

　문지기를 불러 세운 중년 사내는 텁수룩하게 길렀었던 수염을 말끔하게 깎은 손화수다.

　손화수가 문지기의 물음에 무표정한 얼굴로 고개를 가로저어 보였다. 그리곤 가까이 오라며 문지기를 향해 손짓을 해 보였다.

　그 손짓에 문지기는 더욱 겁을 집어먹고 또다시 뒷걸음질이다.

"다, 당문의 무인들도 아니면서 왜 남의 일에 참견입니까?"

그렇게 목구멍 너머로 기어들어 가는 음색으로 구시렁거리고 있을 때, 문지기는 자신의 몸을 스치는 바람을 느꼈다.

후덥지근한 여느 여름 바람과 다르지는 않았다. 그런데 그 평범한 바람에게서 문지기는 온몸에 소름이 돋아나는 불길한 기운을 감지해 냈다.

그 불길한 예감은 다시 이어졌다.

축 늘어진 미후왕을 어깨에 걸쳐 멘 중년 사내와 자신을 불러 세운 사내. 그런데 한 명의 사내가 어쩐 일인지 문지기의 눈에 들어오지 않았다.

불알 아래가 서늘해진 문지기는 본능적으로 고개를 뒤로 획 돌렸다. 곧바로 문지기의 입에서 터지는 다급한 신음.

"헙—!"

문지기의 등 뒤에 귀신처럼 날아와 서 있던 삼십대 중반의 사내. 사내의 숨결이 기겁한 문지기의 얼굴에 닿았다.

"왜 그랬어?"

문지기는 목을 움츠렸다.

"저 미친놈이 너, 너무…… 시끄럽게 굴기에……."

문지기의 떨떠름한 변명에 중년 사내는 히죽했다. 그리곤 고개만 돌리고 어정쩡하게 서 있는 문지기의 양어깨에 두 손을 얹고 문지기의 몸을 자신과 마주보게 돌려세웠다.

세 명 중에 가장 젊어 보이는 중년 사내는 바로 마웅이었다.

마웅의 물음은 다시 빠르게 이어졌다.

"시끄럽게 굴었다, 그래서?"

"홧김에……."

"그래서 팼다, 조용한 게 좋지?"

마웅의 물음은 비렸고 그 비린 물음이 불안해진 문지기는 석연찮은 대답을 꺼내놓을 수밖에 없었다.

"뭐… 딱히 그런 것은 아니지만……."

"한 방이면 세상이 조용해진다. 그것만 견디면 좋아진다."

문지기는 마웅이 자신의 눈앞에 들어 보인 주먹에 턱을 벌벌 떨었다. 눈앞에 놓인 마웅의 주먹에서 문지기는 죽음을 예감했다.

"사, 살려주시오! 나는 무림인도 아니란 말이오!"

마웅이 고개를 설레설레 저어 보였다.

"넌 사람을 팰 때 이미 무림인이 되었다."

문지기가 마주 고개를 도리질 해댔다.

"아, 아니오! 난 무공 따윈 배운 적도 사용해 본 적도 없습니다. 그러니 무림인인 당신이 나를 해치면 다른 무림동도들의 지탄을 면키 어려……."

마웅은 문지기의 항변과 협박을 짤따란 말로 가로막았다.

"그렇군!"

짧은 수긍에 이어 마웅은 고개를 끄덕거렸다.

"네 말이 맞다. 그만 가봐."

마웅의 갑작스런 변심이 쉽게 믿기지 않았는지 문지기는 멍한 표정으로 잠시 서 있더니 뒤늦게 후다닥 달아날 기색을 보였다. 그때, 마옹이 문지기의 뒷덜미를 낚아챘다.

"잠깐."

죽음의 문턱까지 밟았다가 기사회생한 사람처럼 다급하게 달아나려던 문지기는 다시 마옹에게 덜미가 잡히자 오만상이 되어버렸다.

"또… 왜요?"

"근데, 평인이 절세고수를 떡실신시킬 수 있어?"

마옹의 반문에 문지기는 그게 무슨 귀신 씻나락 까먹는 소리냐는 듯 눈이 왕방울만 해졌다.

"절세고수를 제가요? 그게 무슨……?"

마옹은 문지기에게 최대산의 어깨에 들쳐 메여진 미후왕을 검지로 가리켜 보였다.

"저분이 바로 나의 사형이시다."

문지기는 믿을 수 없다는 표정으로 마옹과 축 늘어진 미후왕을 번갈아 쳐다보다가 어이없다는 얼굴을 해 보였다.

"저자는 이 바닥에서 미치광이로 소문이 난 비렁뱅이 미후왕으로서……."

그러다가 살기등등한 마옹의 눈빛을 대하곤 곧바로 꼬리를 말았다.

"정, 정말입니까? 몰랐습니다. 정, 정말 몰랐습니다."

"몰랐을 테지. 그러나 하나는 인정하고 선택해야 한다."

마옹의 말에 문지기는 마른침을 억지로 꿀꺽 삼키며 잔뜩 웅크린 자세로 마웅의 얼굴을 올려다봤다.

"한 방에 조용한 세상을 즐기든지, 아니면 손에 각목을 들고 네 손으로 네가 미후왕임을 자처하든지, 둘 중에 하나를 선택해라."

문지기는 단방에 맞아 죽든지 아니면 광인 노릇을 하라는 마웅의 요구에 눈알이 바빠졌다. 그러면서도 문지기는 진창에 던져 놓았던 각목이 자신의 발아래에 놓여 있는 것을 곁눈질로 확인했다.

슬그머니 각목을 주워든 문지기는 손에 들려진 각목에서 무한한 용기를 얻었는지 문득, 미후왕의 사형제들이 뭣이 대단할까라는 생각을 하기에 이르렀다.

그런 어리석은 계산에 문지기는 포악하던 성격이 불쑥 치밀어 올랐고, 돌연 간이 배 바깥까지 차고 나오고 말았다.

"이런 쌍ㅡ! 무림인이면 다냐? 이것들이 보자 보자 하니까!"

그것이 선택이 되었다.

각목이 마웅의 머리통을 노리고 날아들었고.

쾅ㅡ!

폭죽 뭉치가 일시에 폭발한 듯한 폭음이 문지기 사내의 가슴팍에서 터졌다.

둔중한 바람 소리가 나고.

횡ㅡ!

콰ㅡ앙!

마웅의 정권에 강타당한 문지기의 주검은 십여 장(丈) 너머에 있는 주루의 나무벽면에 처박혔다가 아래로 떨어졌다.

곧바로 놀란 아녀자의 비명이 멀리서 터졌다.

웅성거리는 구경꾼들을 향해 손화수가 한 손을 들어 올려 보였다.

"누가 묻거들랑 알리시오! 칠철각의 후예들이 대형(大兄)을 모시고 갔다고 전하시오!"

웅성거림은 한순간에 찬물을 뒤집어쓴 듯이 조용해져 버렸다. 칠철각의 후예들이란 말과, 그동안 비렁뱅이 광인인줄로만 알고 있었던 미후왕이 칠철각의 대형이라니……

성도의 저잣거리 구경꾼들은 자신들이 무엇을 잘못 보고 잘못 들은 것이 아닌가하며 서로의 얼굴과 표정에서 해답을 구하려고 했다.

마웅과 손화수, 그리고 이훈직을 들쳐 멘 최대산이 진창이 진 저잣거리를 나섰다.

최대산의 한 쪽 어깨 위에 실신한 듯 축 늘어진 이훈직은 의외로 세상 나 몰라라 코를 골아댔고…….

드―르―렁!

하루 열두 시진(時辰) 넘게 줄곧 깊고 깊은 잠에 빠져 단 한 번도 깰 기미를 보이지 않고 있다면 그 사람의 건강 상태를 의심해야 한다. 하물며 이틀을 간단없이 잠에만 빠져 있다면 문제는 심각하다.

칠철각 세 형제에 의해 성도의 앞산 관제묘로 옮겨진 미후왕 이훈직은 그렇게 이틀 밤낮을 깊고 깊은 잠에 빠져 있었다.

이쯤 되면 깨기를 기다리는 쪽은 몹시 곤혹스럽다.

하루를 지켜보다가 도무지 깨어날 기미도 보이지 않자 손화수가 마을로 달려나갔다.

손화수의 안내를 받으며 쭈뼛쭈뼛 관제묘 안으로 들어선 젊은 의생은 코만 드르렁드르렁 골아대는 이훈직의 맥을 짚어보고 전신을 이 잡듯 뒤지며 몸 상태를 꼼꼼하게 확인했다.

한식경이 넘도록 이훈직의 상태를 살피던 젊은 의생은 만신창이나 다를 바가 없는 이훈직의 몸임에도 고개를 갸웃거리며 물러나더니 엉뚱한 소리를 꺼내놓았다.

"이거… 너무 멀쩡한데요."

멀쩡하지 않은 환자더러 멀쩡하다는 의생의 소견에 최대산의 인상은 대번 일그러졌다.

최대산이 젊은 의생을 향해 그게 무슨 소리냐는 듯 인상을 써 보이자, 젊은 의생은 그런 반응을 기다렸다는 듯이 재바르게 자신의 속내를 드러냈다.

"제 말이 이상하게 들리겠습니다만, 사실 외관상으로만 봐서는 중환자임이 분명한데, 내부적으로는 여느 건강한 사람보다도 오히려 더 멀쩡합니다. 그리고 여럿 무림인들을 상대로 진맥해 보았지만 이 환자처럼 내공이 정심하고 또 한량없이 깊은 분은 난생처음입니다."

마웅이 고개를 끄덕거리며 의생의 의아심을 이해하려고 했다. 하지만 최대산은 의생의 똑 부러지지 않은 소견에 짜증을 드러냈다.

"그래서 지금 환자의 상태가 단순한 잠이란 말인가? 그런 거야? 어이없군!"

불만을 노골적으로 드러내는 최대산의 눈치를 슬며시 본 의생은 입맛을 쓰게 다시며 자신의 할 말만 해댔다.

"내상에는 일차적 외상으로 말미암아 이어진 내상이 있는가 하면, 곧바로 내상으로 이어지는 경우도 적잖게 있습니다. 바로 내상이 발생할 수 있는 상황은 독극물에 의한 내상이 주가 되겠고, 왕왕 심한 정신적 충격으로 인한 내상도 발생하기도 합니다. 하지만 저런 막강한 내공을 가지신 분이 일차적 외상이 깊다고 하나, 이차적 내상이 전혀 발견되지 않은 상태에서, 지금처럼 뇌사 상태에 가까운 잠에 빠지는 일은 절대 불가능한 일일 것입니다."

"이 사람아, 쉽게 좀 이야기해 봐! 자네의 말인즉슨 지금 이 환자가 꾀잠에라도 빠졌다는 말인가?"

최대산의 윽박지름에 젊은 의생은 목을 잔뜩 움츠리고 속시원한 확답을 내놓지 못해 우물쭈물거렸다.

마웅의 시선이 딱한 젊은 의생의 얼굴 쪽으로 향했다.

"꾀잠을 못 알아볼 만큼 우리가 우둔하진 않습니다. 못 일어나는 다른 이유는 없는지요?"

의생은 움츠린 어깨로 기어들어 가는 목소리를 내놓았다.

"못 일어나는 것이 아니라 안 일어나는 것 같은데요."

답답해진 손화수가 눈빛을 벼리며 나섰다.

"안 일어나다니요? 그렇다면 꾀잠이잖습니까? 이건 누가 봐도 꾀잠이 아닙니다."

젊은 의생은 낭패감을 피할 길 없어 한참을 말이 없더니 스스로를 다잡으며 차분한 얼굴 표정을 보였다.

"좋습니다. 그럼 제가 환자의 상태를 좀 더 지켜보고 확실한 소견을 올리겠습니다."

칠철각의 세 형제는 말없이 물러나 앉았고, 의생은 코를 연방 골아대며 잠이 든 이훈직의 옆으로 바싹 다가앉곤 다시 맥을 짚었다.

그렇게 또 하루밤낮이 지나갔다.

피곤으로 찌든 젊은 의생이 탈진한 얼굴로 이훈직에게서 물러앉았다. 그리곤.

"진맥으로 환자의 정신까지 살피기엔 아직 저의 의술이 미천한 것은 사실입니다. 하지만, 뇌사 상태의 수면이나, 술에 곯아떨어진 수면 상태가 아니라는 것은 확실합니다. 그것을 구분 못할 만큼 돌팔이는 아니올시다. 광기가 보이는 것은 확실합니다. 그런 광기가 의도적으로 잠에 빠져 있다는 것이 하도 해괴한 일인지라……."

손화수는 개운치 못한 얼굴로 젊은 의생을 노려봤다.

"역시 꾀잠이라는 말씀이시군요."

"적어도 환자의 내면이 의도적으로 수면에서 깨기를 거부하는 것은 맞습니다. 저런 상태에서 섣부른 외압이 가해지면 정말 뇌사로 발전할 가능성도 있습니다. 그냥 환자 스스로가 깨어나기를 기다리는 수밖엔 지금으로서는 딱히 다른 도리가 없습니다."

마웅이 근심 어린 눈길로 이훈직의 상태를 살피며 젊은 의생에게 물었다.

"어찌 장담하시는 것입니까? 그만한 근거는 있습니까?"

다른 사람과는 달리 호의적인 마웅의 음색에 젊은 의생은 마웅에게로 한 발 다가서며 입을 뗐다.

"뇌사에 가까운 상태에서도 코골이는 합니다. 가끔 호흡을 닫아버리기도 하여 위험을 자처하는 경우도 있고요. 언뜻 보기엔 정말 뇌사 상태처럼 깊고 깊은 수면 상태를 보이긴 합니다만 절대 속일 수 없는 것이 맥입니다."

"맥이라……."

"하루 꼬박 진맥을 놓지 않고 있었습니다. 결과부터 말씀 올리자면, 짧은 찰나였지만 대여섯 번 깨어났습니다."

최대산이 불쑥 다가왔다.

"뭣이! 깨어났었다?"

찔끔 놀란 젊은 의생은 노골적으로 최대산과 대면하기를 피하며 마웅의 건너편으로 재빠르게 피해 섰다. 그리곤 마웅에게 속삭이듯 말을 건넸다.

"분명합니다. 깨어났습니다. 안구의 변화도 호흡의 변화도 없었지만, 분명 맥의 변화는 있었습니다. 확연히 환자의 자각이 맥으로 느껴졌습니다. 하지만 어쩐 일인지 환자는 주위 환경을 감지하는가 싶더니 곧바로 잠에 빠져 버렸습니다. 제가 확신할 수 있는 것은 환자의 자각이 있었고, 또 환자가 의도적으로 다시 잠에 빠져 버렸다는 점입니다. 선뜻 믿기 힘드시겠지만 어쩔 수가 없군요. 그것을 여러분께 확신시켜 드리려면 우선 의술의 기초부터 배워야 하고 상당한 경험이……."

마웅이 젊은 의생의 달뜬 사족을 가로막았다.

"의생의 의술을 믿겠습니다. 그런데 왜……?"

마웅의 의아한 물음이 채 끝나기도 전에 의생은 마웅의 의아함을 따라해 보였다.

"저도 그게… 분명 그럴 만한 무슨 사연이 환자의 내면에 있을 텐데…그것을……."

젊은 의생은 칠철각 형제들의 눈치를 살피며 무언가 궁금한 것이 있는데 그것을 입 밖으로 쉽게 드러내지 못하는 눈치였다.

고명한 의원이나 이름 없는 의생이나 무림인들을 상대로 의술을 파는 사람이라면 절대 무림인들의 은원에 관여하기를 꺼려하고 또 그 속사정을 알려고 하지 않는다.

그럼에도 젊은 의생이 무림인들의 사연을 궁금해하는 것은 환자의 상태가 그 사연과 무관하지 않을 것이라는 직감이 있었기에 가능하였고, 그것을 확인해야 좀 더 구체적인 치료방법이 나올 수가 있기 때문이었다.

하여, 손화수가 그런 의생의 속내를 들여다보고 조심스럽게 입을 열었다.

과거적의 사연은 간단명료하였지만 그 간단명료한 설명마

저 약 일각의 시간을 소모해서야 끝이 났다.

손화수의 입을 통해 이훈직의 과거사를 들은 젊은 의생은 길고긴 한숨을 토해냈다.

"후—우우! 역시……."

젊은 의생은 침울함에 빠진 세 명의 칠철각 형제의 눈치를 보며 조심스럽게 고개를 주억거려 보였다.

"역시, 그런 사연이 있었군요. 저는 여기 성도의 토박이올시다. 그래서 저기 누워 계신 미후왕에 대해서 남들만큼은 알고 있었습니다. 제가 천둥벌거숭이 시절인 때부터 미후왕을 봤었습니다. 처음엔 그냥 타지에서 건너온 비렁뱅이로 알다가 광기를 조금씩 보이기 시작했었고, 사천당문과 무관하지 않다는 소문도 들었지요. 형제분들의 말씀을 종합해 보면, 저 환자 분은 의도적으로 광기에 접어든 것입니다. 지난 행적을 돌이켜 보건데 스스로 미치기를 간절히 원했던 것 같습니다. 결국 사람들의 시선에 광인으로 보이긴 했지만 온전히 미치진 않았습니다."

"그건 무슨 뜻으로 하신 말씀이십니까?"

"스스로가 미치기를 원했고, 남들이 그렇게 봐주니 미친 것이라는 뜻입니다."

"그 말씀 속에는 기실은 미치지 않았다는 반론이 내포되어 있는 듯한데……."

젊은 의생은 고개를 절레절레 흔들며 형제들 앞에서 몸을 비켜 세웠다.

"제가 처방하거나 시술할 의술은 없습니다. 적어도 저 환자 분에겐 그렇습니다. 그러니 믿음을 갖고 기다립시오. 특별한 자극이 있으면 원래의 모습으로 돌아가는 것이 한순간일 수도 있습니다. 그럼……"

형제들은 그만 가보겠노라는 젊은 의생을 가로막고서 침이라도 한 대, 약이라도 한 첩 지어놓으라고 떼를 쓸 수도 없었다. 모든 병과 치료가 환자 스스로 지니고 있다는 의생의 말에 무엇을 더 요구하랴.

세 형제가 관제묘 문밖까지 나가 의생을 배웅하고 돌아섰다. 그때.

무시무시한 기세와 속도로 문을 박차고 뛰쳐나온 신형.

그것은 미후왕, 아니, 대사형 이훈직이었다.

"우—하하하—!"

세 형제는 너무나 뜻밖의 일이라 잠시잠깐 황망한 상태로 몸이 굳어버렸다.

마웅의 입에서 비명처럼 터지는 외침.

"형님—!"

외침의 입에서 다급한 외침이 터지는 것과 동시에 세 형제의 신형은 이미 저만치 산허리를 타는 대사형 이훈직의 신형을 뒤쫓아 몸을 날렸다.

악에 받친 고함은 이 산 저 산에 메아리쳤다.

"야, 이 미친 새끼들아! 왜 나더러 형이래?"

이젠 비렁뱅이이자 미치광이인 미후왕이 되어 형제들과 대치한 이훈직은 입에 게거품까지 물어가며 그렇게 바락바락 악을 쓰고 있었다.

이훈직이 두 손에 틀어쥐고 형제들을 향해 획획 위협하고 있는 것은, 서당에서 회초리로나 사용하면 딱 적합할 만한 가느다란 생가지였다.

그 어설픈 위협에 칠철각의 세 형제는 더 이상 다가가지도 물러나지도 못하고 어정쩡 주춤거려야 했다.

"대사형! 제발 고정하시고 더는 뒤로 물러나지 마세요! 위험합니다!"

손화수의 다급한 소리에도 이훈직은 자꾸만 슬금슬금 뒷걸음질이다.

이훈직의 등 뒤는 바닥이 까마득하게 내려다보이는 절벽이었고, 이훈직의 뒷걸음질이 한 장(丈)만 더 이어지다간 여지없이 곧장 추락할 상황이었다.

천길만길 절벽 아래는 풀뿌리 하나 자라 있지 않은 바위무더기뿐.

형제들이 이훈직에게 위험을 알리고 뒤로 물러서 보았지만 어쩐 일인지 이훈직은 거리를 더 벌리며 뒷걸음질을 멈추지 않았다.

한꺼번에 신형을 날려 제압할 생각도 못한다.

혹여, 정신이 맑지 못한 이훈직이 놀라서 신형을 뒤로 날려 버린다면 모든 것이 한순간에 끝장이다.

그렇다고 해서 완전히 이훈직의 눈앞에서 사라질 수도 없다. 그렇게 한들 이훈직이 절벽 아래로 투신하지 않으리라는 확신도 없었기 때문이다.

형제들이 할 수 있는 방법은 흥분한 이훈직을 어르고 달래는 것뿐. 하지만 달래고 얼러보았으나 막다른 길로 치닫는 이훈직의 광기는 좀체 가라앉지 않았다.

형제들이 두려워하는 것은 대사형 이훈직이, 자신의 등 뒤가 천길만길 낭떠러지라는 점을 인지하고 있음에도 여전히 뒷걸음질을 멈추지 않고 있다는 점이다.

자살(自殺).

이훈직은 몹시 격해진 감정을 스스로 제어하지 못하고 있었고, 그것이 형제들의 눈에는 스스로 생을 마감하려는 태도처럼 비치기도 했다.

그 점을 다르게 해석하면, 이훈직의 언행과는 사뭇 상반되게 그는 지금 형제들을 알아보고 그것에 더한 충격을 받았다는 말이 되기도 한다.

챙―!

발검 소리와 함께 손화수의 기겁한 목소리가 터졌다.

"뭐야?"

손화수의 왼편에 서 있던 마웅이 돌연 손화수의 장검을 뺏어 뽑아 든 것이다. 최대산도 마웅의 돌연한 발검에 놀라 소리쳤다.

"마, 막내야?"

마웅의 손에 들려진 서슬 퍼런 칼날을 확인한 이훈직은 광기 서린 눈빛을 번들거리며 낄낄댔다.

"흐—으흐흐—! 오냐, 죽여라! 이래 죽나 저래 죽나 어차피 사람 목숨이란 게 죽기는 매한가지. 날 죽여라, 이놈들아!"

하지만 마웅은 손화수의 장검을 틀어쥔 채 땅바닥에 털썩 두 무릎을 처박았다.

"형님—!"

마웅의 피 끓는 외침에 이훈직은 한쪽 안면이 실룩실룩되더니 광기 서린 눈길로 마웅을 지그시 노려보며 이죽거렸다.

"오냐, 비렁뱅이의 동생 놈아! 칼 빼 들었으면 어서 덤벼야지, 장하게 칼 뽑아 들고 웬 동냥질이냐?"

마웅이 두 무릎을 지면에 박아 상체를 곧추세운 채 이훈직을 향해 소리쳤다.

"이해합니다! 내 눈앞에 있는 사람이 바로 형님이시기에 다 이해합니다! 정히 끝을 내고 싶으시다면 끝을 내겠습니다!"

마웅의 사나운 외침에 이훈직은 무엇이 그리 재미있는지 입을 헤벌리고 실실 웃음을 흘려냈다.

"히히히—! 저 비렁뱅이 동생 놈이 도대체 뭐라 시부렁거리는 거야? 미친 새끼!"

욕지거리까지 섞어내는 이훈직의 냉소였지만 그나마 다행인 것은 이훈직이 돌연한 마웅의 격정에 관심을 보이며 뒷걸음질을 멈추었다는 점이다.

그것을 아는지 마웅은 목에 굵은 핏줄을 돋아가며 더 사납게 외쳤다.

"지금! 지금 이 가혹한 시간! 우리들의 모습이 이렇다지만! 이렇게 될 수밖에 없었다지만! 절대 변할 수도! 변해서는 안 될 것은! 형님! …아직도 형님이 저의 영웅이라는 사실입니다! …못나서! 너무 못나서! 죽을 만치 맞아가며 형님의 사제가 되었던 저에게! 저에게 형님은! 사내가 무엇인지를 가르쳐 줬던 분이 아니십니까! 사내가 가야 할 길이 어떻다는 걸 몸소 보여 주시며 사셨던 분이 바로 형님이 아니십니까! 그런데 이제 와서!"

부릅뜬 마웅의 두 눈에서 이훈직의 광기를 함몰시킬 눈물이 흘러내렸고, 그 눈물은 다시 쩌렁쩌렁한 외침으로 이어졌다.

"이제 와서! 그렇던 형님이 제 앞에서! 사랑했던 여인마저 저를 위해서라면 다 양보할 수 있다 말하시던 그런 형님이! 저 앞에서! 형─님! 여직 죽지 못하고 살아 있는 것이 치욕이고 굴욕이라고 생각하십니까! 그래서 세상 앞에 부끄러우시고 세상이 두려우신 것입니까? 부끄럽고 두려운 것은 저 역시 매한가지입니다! 그러니 이참에 끝을 냅시다!"

광분한 마웅의 외침에 이훈직은 손에 들고 있던 생가지를 땅바닥에 툭 떨어뜨렸다. 하지만 그의 입가엔 여전히 광기 서린 웃음이 지워지지 않았다.

"호호호─! 뭘… 끝내?"

"형님! 사내는 태풍이 불어도 스스로 꺾이지 않습니다! 그러니! 그러니 차라리!"

이훈직이 처연한 얼굴로 마웅의 말을 되뇌었다.

"차라리? 차라리… 뭐? 이… 미친놈아!"

"허락해 주십시오! 그렇게 끝을 내고 싶다면 차라리 제 손으로 형님의 추한 모습을 거둬들이겠습니다! 허락해 주십시오! 저에게 그것을 허락해 주십시오!"

마웅의 입에서 터져 나온 말이 끝나기가 무섭게 이 산 저 산 할 것 없이 모든 천지사물이 다 얼어붙어 버렸다.

적어도 성도의 앞산 정상에서 마주한 칠철각 형제들만큼은 이 상황이 그것과 같았다. 그러다가 손화수의 떨리는 목소리가 얼어붙은 공기 속으로 스며들었다.

"우, 웅… 아? 진심이냐?"

최대산의 노한 음색이 따라붙었다.

"막내야! 막내야, 그건 아냐! 너 지금 무슨 소리를 하는 게냐! 너까지 정신 못 차리고 왜 이래?"

그때, 이훈직의 목소리가 형제들의 귓속으로 파고들었다. 그런데 그 목소리가 너무나 온전하다.

"막내야……."

마웅을 부르는 이훈직의 목소리에는 광기가 전혀 보이지 않았다. 칠철각의 대사형이었던 시절, 그때 그 시절에나 들었을 법한 바로 그 음색이었다. 최대산과 손화수의 놀란 시선이 이훈직에게로 급하게 돌아섰다.

행색은 좀 전 그대로였지만 조용히 막내를 부르는 지금의 모습은 결코 미치광이 비렁뱅이인 미후왕 이훈직이 아니었다.

막내 마웅을 지그시 바라보고 있는 모습은 분명 칠철각의 대사형으로서의 이훈직이었다.

"허락한다. 그러나……."

잠시 말을 끊어놓던 이훈직은 한쪽 입꼬리가 삐뚜름하게 말려 올라갔다.

"막내야! 과연 네게 그만한 능력이 있을까?"

라는 이훈직의 조소 섞인 물음에 마웅이 바닥을 박차고 벌떡 일어섰다. 그리곤 꼬나 쥔 장검과 함께 동문서답.

"한 번쯤, 저도 칼을 손에 쥐고 싶었습니다."

"쥐니, 누구도 벨 수 있을 것 같다, 라? 그런 거냐?"

또다시 엇나가는 마웅의 대답.

"배려입니다."

"배려라……."

"배려입니다."

"고맙구나."

"저에겐 행운이었습니다."

잠시잠깐의 공백이 있은 후에야 이훈직은 의아함을 표했다.

"…내가?"

"예."

빠르게 오고 가던 대화는 그것으로 끝이 나고 두 사내 사이엔 잠시잠깐 싸한 침묵이 빠르게 들어찼다가 빠져나갔다.

그 짧따란 침묵을 이어 이훈직의 담담한 음색이 있었다.

"용서… 해라."

마웅은 이훈직의 남루한 가죽신발을 내려다보다가 고개를 들어 올렸다. 그리곤 이훈직의 얼굴에서 흐릿한 햇살을 받으며 반짝이는 물기 한 점을 발견해 냈다.

스스로 다스렸음에도 어쩔 수 없이 묻어 있는 심연의 슬픔.

마웅은 그 반짝임이 이훈직의 습하면서도 호흡 가쁜 말소리가 들리고 나서야 무엇인지를 알았다.

무어라 하고픈 말이 있음에도 마웅의 입은 차마 떨어지지가 않았고, 오히려 분하여 토해내는 이훈직의 노성.

"이것을 내 눈물이라고 믿지 마라! 절대 내가 흘린 것이 아니다!"

자신이 흘린 눈물을 자신의 것이 아니라며 변명하는 이훈직을 향해 마웅은 턱관절이 실룩될 만치 어금니를 질근 깨물며 그 참혹한 슬픔과 마주했다.

"죄송합니다. 그것은 제 것이었습니다."

마웅의 보듬음에 다시금 마웅을 향해 호되게 나무라는 이훈직의 목소리는 이제 떨리기까지 했다.

"이런 못난 놈! 내가 그토록 일렀거늘! 사내로 태어났으면 사내답게 살아야지! 그만한 세상풍파는 누구나 겪고 감당해야 하는 것! 계집처럼 울지 마라! 울어야 할 사연이 있거들랑 그 눈물! 무덤까지 가지고 가라! 그게 사내인 게야!"

"그러겠습니다."

마웅은 미안했다.

진실로 죄스런 마웅의 대답을 들은 이훈직은 애먼 하늘을

노려보던 시선을 찬찬히 내려 마웅을 향해 고개를 주억거려
보였다.

"암! 그래야지! 그래야 네놈이 나의 사제임을 자랑스럽게 말
할 수 있을 것이다!"

이어, 이훈직은 가슴을 쫙 펴며 불끈 틀어쥔 두 주먹을 마웅
을 향해 내보였다.

"와라! 나 이훈직이 너에게 사내대장부가 얼마나 단단한 바
윗돌인지를 보여주겠다. 어서 와라─! 무엇을 하는 게냐! 계집
년처럼 우물쭈물 망설이지 말고 사자(獅子)의 심장으로 한숨
에 달려와라!"

마웅이 손아귀에 틀어쥔 손화수의 장검을 천천히 들어 올렸
다.

"형님, 과거와 현재는 서로 다릅니다. 그래서 과거가 될 수
없는 현실이 때론 슬프기도 하지요."

마웅의 말에 이훈직은 앙천대소를 터뜨렸다.

"우─하하하! 그래서 슬퍼?"

한차례 길게 이어지던 이훈직의 대소는 칼로 벤 듯 갑자기
뚝 끊어지더니 마웅에게로 향하는 노성으로 바뀌었다.

"너는 너고, 나는 나다! 이것은 영구불변이다. 이 형님이 몇
수 양보해 주랴? 삼수불공(三手不攻)이면 족하겠느냐?"

마웅은 표정없는 얼굴로 대답했다.

"이 아우, 형님의 배려에 감읍합니다."

마웅의 화답이 끝나기가 무섭게 이훈직의 입에서 일갈과도

같은 호통이 터져 나왔다.

"일수(一手)!"

그러나 두 사내 사이에 최대산과 손화수가 끼어들었고, 최대산의 노한 음성은 마웅이 들어 올린 칼날을 가로막았다.

"그만! 안 된다! 우의를 다지는 비무라면 모를까 형제 사이에 생과 사를 가리는 칼부림은 내가 용서치 못한다! 막내는 칼을 내려놓고 물러서라!"

이훈직의 부름.

"여— 어, 최대산!"

이훈직이 비린 조소를 섞어가며 최대산을 부르자, 최대산의 얼굴은 와락 구겨졌고, 일그러진 최대산의 눈길이 이훈직에게로 향하자마자 최대산은 이훈직을 향해 허연 이를 드러내 보이며 으르렁거렸다.

"이봐, 이훈직! 너도 이러지 마라. 오락가락하는 정신머리라면 모를까, 이건 아니다!"

"나서지 마라. 막내가 기특하게도 내 어깨를 짓누르는 고통을 덜어주겠다는데, 네가 나설 일이 아니잖은가? 수치와 허망함으로 빌어먹은 게 어언 십 년 세월이다. 어이없이 무너진 신념 때문에 스스로 미치지 않고선 부지할 수 없었던 십 년의 세월이란 말이다! 장한 막내가 이제 나의 껍데기를 거두어주려 한다는데 네가 웬 참견이냐? 최대산, 물러서라!"

창—!

최대산의 파풍도가 폭넓은 도초(刀鞘)에서 거친 금속성을 발하며 뿜어져 나왔다.

"누구도 내 허락 없이……."

말끝을 흐리던 최대산은 파풍도의 칼날을 돌연 자신의 목덜미에 들이댔고, 들이댄 파풍도의 칼날에서 핏물이 툭 터져 나왔다.

"이럴 바엔 차라리 내가 먼저 눈을 감아버리겠다!"

그 모습에 이훈직은 버릇 들린 입꼬리를 한껏 말아 올렸다.

"어이 최대산, 나잇살 처먹어 많이 유치해졌군!"

최대산의 자해를 하찮아하며 비꼬는 이훈직을 향해 손화수가 참지 못하고 소리쳤다.

"대사형! 목불인견 유치한 쪽은 둘째 사형이 아니시고 오히려 대사형 쪽이십니다!"

뜻하지 않은 손화수의 반박을 받은 이훈직의 눈빛이 사납게 손화수 쪽으로 날아가 꽂혔다.

"뭣이?"

하지만 손화수는 작심을 했는지 거침없이 입을 열었다.

"셋째 사형이 스스로 목숨을 끊으려고 했을 적에도, 끝까지 살아남아 후일을 기약하자며 셋째 사형의 참혹한 삶을 이어가게 만든 당사자가 바로 대사형 아니십니까? 넷째 수련 사저가 놈들의 손에 죽임을 당하고, 묘담 사형이 외팔이 외다리 병신이 되어 암합회의 손아귀에 들어가 있었을 때, 사람을 시켜 그곳에서 초혜의 근황이나 살피며 때를 기다리라는 명을 내린 장본인 또한 바로 대사형 아니었습니까! 그래 놓고 정작……!"

이훈직은 얼굴을 부들부들 떨어가며 손화수를 향해 으르렁
거렸다.

"오냐, 그랬다! 내가 그랬다! 내가 셋째를 그 모양으로 살게
만들었다! 무인으로서의 생명이 이미 끝난 그놈, 혹여 스스로
목숨을 버릴까 하여 대사형 된 자로서 내가 그렇게 묘담을 어
르고 달래며 부추겼다. 그것이 무에가 잘못됐어?"

"뭣이 잘못되었다고 말씀드리는 것이 아니지 않습니까! 그
러셨던 대사형은, 그래 놓곤 정작 대사형은, 어떤 삶을 사셨습
니까? 십여 년의 그 삶! 그 고통스럽던 시간! 변변찮은 미치광
이놀음에 우리 남은 형제들은 뿔뿔이 흩어져 세월만 뜯어먹고
살아왔습니다. 대사형께서 인고의 세월을 견디라며 남은 형제
들 앞에 내건 희망이 무엇이었습니까? 잊었습니까? 진정 잊었
단 말입니까! 대사형께서 우리에게 내건 희망! 저기 막내가 돌
아왔습니다. 그러면 이제 그 어쭙잖은 짓일랑 집어치우시
고……."

손화수의 격한 항변에 이훈직의 두 눈은 온통 실핏줄로 도
드라져 글자 그대로 혈안(血眼)이 되어버렸다.

"그래서… 그러려고 막내의 칼을 받겠노라 하지 않았더냐.
마지막… 마지막 남은 무언가가 있다면! 그것이 아직 내게 남
아 있다면… 막내의 칼을 받아 그것을 지키고 싶다. 그러니 모
두 물러나라!"

손화수가 이훈직을 향해 두 무르팍이 깨어져라 부복하며 울
부짖었다.

"비겁합니다! 너무 비겁합니다! 그 비겁함에 상심하신 대사형께서 어찌 그리 비겁하십니까?"

"대의라는 믿음도 깨어지고, 우리 형제들에겐 적어도 치욕의 역사는 더 이상 없을 것이라는 신념마저 무너졌으며, 실낱의 희망은 세월에 밀려나고 버려져 너무나 아스라해져 버렸다."

이훈직의 굴곡없는 대답을 들은 최대산이 파풍도를 허리 아래로 툭 떨어뜨리며 힘없이 고개를 저었다.

"이봐, 이훈직! 골수에 사무치는 패배감을 내 모르는 바는 아니지만. 그렇다고 해서 모든 것을 이해하고 수긍할 수는 없어. 그리고 또 모든 것이 이대로 끝난 게 아니다. 일어서려면 밟히고, 밟혀 일어서면 또 밟혀 버린 그 심정을 우린들 왜 모를까! 하지만 이대론! 이대로 그냥 쓰러져 있을 수는 없다. 한 번은 죽어야 할 목숨, 죽어도 칠철각의 후예답게 죽자!"

하지만, 이훈직은 최대산을 향해 마주 고개를 저어 보였다.

"나 이훈직이 끝끝내 지켜내며 영원히 함께하겠다던 형제들은 이미 죽거나 병신이 되어 마음속에서 버려졌다. 가슴에 묻어두고 싶었던 여인마저도! 어느덧 날 닮아버린 막내를 위해서 욕심 버려 간직해 두고 싶었던 내 사랑의 여인마저…… 난 절망이란 말이 나에게, 적어도 나의 신념과 야망과 믿음 속에만은 결코 그것이 없으리라 생각했었는데……."

이훈직의 말을 자르며 돌연 마웅이 소리쳤다.

"두려워 마라! 세월이 어떤 식으로 흘러가든 간에 네가 걱정할 지경까진 가지 않을 터! …기억하십니까? 이 말은 형님이 저에게 하셨던 말씀이십니다! 그 말씀! 그 뜻! 정녕 잊었던 말씀이십니까!'

마웅의 호통에 이훈직은 어깨까지 벌벌 떨며 괴로워했다.

"막내야! 많이 잔인해졌구나! 그러지 마라!'

하지만 마웅의 입은 거침이 없었다.

"우리가 살고 있는 곳이, 우리가 살아남아야 할 곳이 바로 이 세상이니! 그 세상살이에 우리 또한 어쩔 수없이 괴물이 되어야 하는 인간이니! 그래서, 그래서! 꿈틀될 수도 없을 만치! 절망스러울 수도 있습니다! 하지만! 그 절망이 영원할 수는 없지 않습니까? 형님, 벼려놓은 칼을 뽑듯이 이제 저를 형님의 칼로 빼 드십시오! 형님! 십여 년의 세월 동안 암동에서 벼려왔던 저를 가늠해 주십시오! 저를 한번쯤 가늠해 보시고 내일을 이야기합시다!'

피맺힌 마웅의 외침에도 이훈직의 얼굴 표정은 싸늘한 회한에서 벗어나지 못했다.

"막내야, 네가 무엇이 되어 돌아왔든 간에, 그것으로 무너진 과거를 다시 쌓아놓을 수는 없다. 산산이 부서져 떨어진 패배와 배신은 세월에 이미 풍진이 되어버렸다! 풍진으로 사라진 칠철각은 세상 어디에도 없다. 아니! 오욕의 칠철각은 다시 모습을 보여서도 안 된다. 네가 생각하는 것이 무엇이든 간에 막내야, 그러지 마라! 그럴 필요도 없을뿐더러 그래선 안 된다. 누구를 위해! 무엇을 위해 너와 우리가 세상 앞에 다시 일어서랴?"

"아닙니다! 아닙니다, 형님! 저를 위해서입니다. 어머니의 패물을 가슴에 품고 무림에 철없이 뛰어들었던 두메산골 마웅이라는 촌놈! 저의 꿈을 위해서입니다. 칠철각과 함께 무너진 대의와 협의를 위해서입니다. 사파의 기세에 걷잡을 새도 없이 휩쓸려 버린 민초들. 그들의 풀뿌리 사이사이에 파릇파릇 새로이 돋아나는 새싹들이 있습니다. 허겁지겁 아침밥을 챙겨먹자마자 엉성하게 깎아 만든 목검 한 자루를 손에 들고 동네 어귀로 뛰쳐나오는 철부지 아이들의 신명을 위해서입니다. 그 아이들에게 꿈꾸는 세상을 만들어주기 위해서입니다. 대의와 협의! 그 어쭙잖은 것에 대망을 꿈꾸고 야망을 키우는 코흘리개 철부지들에게 저는 선배 무인으로서 반듯하게 서고 싶습니다."

하지만 허망한 표정의 이훈직은 아니라며 고개를 가로저었다.

"다 부질없다."

마웅은 작심을 한듯 물고 늘어졌다. 그렇게라도 악다구니치지 않으면 대사형 이훈직을 눈앞에서 영원히 놓칠 것만 같아 소리쳤다.

"형님의 마음속에서 무너져 풍진이 된 것은 한낱 사리사욕일 뿐입니다. 그래서 배신감도 뼈에 사무친 것이고요! 용서해야 할 사람은 있습니다. 그 사람이 형님의 적이 아닐 땐, 더더욱 용서를 생각하셔야 합니다. 용서하십시오! 선대의 누를 용서하십시오! 그래야 형님 스스로도 용서가 됩니다! 형님의 못난 동생을 위해서라도 저 앞에 일어나셔야 합니다. 저에게 형님이 겪었던 배신감을 앙갚음하듯 되돌리지 마십시오!"

"막내야! 막내야, 난 용서했다! 하지만 그 용서가 모든 것을 되돌려 놓치는 못한다. 다시 일어설 땅도! 일어서야 할 얼굴도, 용기도, 나에겐 이제 아무것도 없다! 막내는 빈껍데기로 버려진 나에게 과한 욕심일랑은 버려라!"

마웅은 고개를 저었다.

울며, 울며 미친 듯이 고개를 가로저었다.

"그러지는 못합니다. 무너진 것은 아직 없습니다. 적어도 저의 눈앞에 무너진 것은 아무것도 없다는 말입니다! 저의 삶이 아직 남았고, 형님의 삶 또한 이대로 끝내긴 너무 가슴이 아픕니다! 형님과 제가 여기 이 자리에 멀쩡하게 서 있지 않습니까. 그럼 된 겁니다! 제가 형님을 온전히 웃게 해드리겠습니다."

이훈직도 마주 고개를 가로저었다. 하지만 그 의미는 서로가 달랐다. 너무나 달랐다.

"웃을 수 있다. 지금도 난 웃을 수 있다. 네가 원한다면 웃어주마. 하지만 그것이 아닐 것이다. 그러니 애쓰지 마라! 날 위해 애쓰지 마라. 발버둥치면 칠수록 더 깊은 나락으로 떨어진다. 하늘을 치받을 듯이 치솟던 기상으로, 그만한 높이와 속도로 추락한 난, 그만큼의 상심이 있다. 막내야, 넌 이해하지 못해!"

"저는 저의 꿈을 이루고! 형님에게서 빼앗은 내 사랑을 저의 품에 다시 불러다가! 그 여인과 함께! 머리칼 성성해진 부모님 모시고! 두메산골에서 아들딸 줄줄이 엮어 낳고! 그렇게! 그렇게! 촌무지렁이로 다시 살랍니다! 마지막에! 가장 마지막에! 이 못난 아우! 아들딸 불러다 무릎 꿇려 앉혀놓고! 형님이 있어! 형님이 나에게 있어서! 지금의 내가 여기에 있노라! 그렇게! 아들딸들에게 그렇게……."

그렇게 울부짖던 마웅은 그 울음이 통곡이 될까 하여 더 이상 입을 열지 못해 굳게 닫곤 손에 들린 장검의 칼끝을 이훈직에게 내밀어 보였다.

"그렇게 해주시지 못하실 거면! 저의 칼이나 받으십시오!"

이훈직이 최대산과 손화수를 향해 소리쳤다.

"둘은 물러서라! 저밖에 모르는 막내 놈이 날 죽여 날 살리 겠노라 하지 않느냐! 둘은 군말없이 물러서라!"

최대산이 무어라 항명하며 뻗대려 하자 손화수가 최대산의 허리춤을 슬며시 잡아당겼다.

"둘째 사형, 막내는 절대 괴물은 못됩니다. 죽이 되든 밥이 되든 한번 믿고 물러나 봅시다."

최대산이 이훈직과 대치한 마웅을 지그시 노려보다가 마지 못해 물러났다. 최대산의 뒷걸음질을 확인한 이훈직의 입이 열렸다.

"막내야, 내가 몇 수 양보해 주겠다고 했었지?"

마웅이 대답했다.

"삼수불공(三手不攻)하시겠다고 하셨습니다."

곧바로 이훈직의 입에서 일갈이 터졌다.

"일수(一手)!"

이훈직의 일갈에 마웅의 장검에서 검명(劍鳴)이 폭음처럼 터졌다.

파—앗!

장검의 검신은 벼락 맞은 대추나무처럼 불이 붙었다.

그 기이한 현상에 최대산과 손화수는 자신들도 모르게 입 밖으로 헛바람을 뽑아내야 했다.

"허— 흡!"

하지만 이훈직은 무엇이 못마땅한지 검미를 찌푸리다가 재차 일갈을 길게 뽑아냈다.

"이— 수(二手)!"

마웅은 훨훨 불타오르는 장검을 오른손에서 왼손으로 천천히 옮겨 쥐더니 왼손으로 틀어쥔 장검을 왼쪽 허리 아래로 늘어뜨렸다.

그 순간, 단단한 금속성의 파열음.

타—타—앙!

이글이글 화마에 휩싸였었던 검신은 찰나지간에, 그 사납던 불길이 흔적도 없이 사라진 것과 동시에, 검신이 산산조각 부서져 흩어졌다.

땅바닥에 날아가 박히듯 성깃성깃 떨어진 검신의 조각에는 새하얀 성에가 엉기어 서릿발까지 피어놓았다.

그 믿지 못할 현상에 최대산과 손화수는 입을 딱 벌린 채 넋을 빼앗기고 있었고 이훈직은 몽롱한 표정으로 입을 열었다.

"마지막… 삼수(三手)."

마웅의 왼손에서 검신 없는 검파가 땅바닥에 떨어졌다.

툭—!

이훈직은 마웅의 손에서 빠져나와 떨어진 장검의 횅한 검파를 노려보다가 천천히 고개를 들어 올리며 혼잣말처럼 중얼거렸다.

"막내야, 아직 일수(一手)가 남았다."

그 순간.

"형님."

이훈직은 자신의 귓전을 스치고 지나가는 마웅의 속삭임을 꿈결처럼 들었다. 그것은 결코 팔황무영신법의 극성이 아니었다. 그것이었다면, 이훈직 역시 극성으로 연공한 팔황무영신법의 운용을 모를 턱이 없지 않은가.

이훈직은 내심 당혹했다.

그런 당혹함으로 천천히 몸을 돌려세웠다.

자신의 등 뒤에서 차분한 모습으로 부복하고 있는 막내 마웅의 모습.

이훈직은 단정하게 두 무릎을 꿇은 마웅이 의아하여 물었다.

"…왜?"

"변해선 안 될 현실입니다."

"내가 너의 속에서 아직도 그러하냐?"

"예!"

짧고 단호한 마웅의 대답에 마웅을 내려다보는 이훈직의 두 눈에 그렁그렁 물기가 들어차더니 기어코 마웅의 꿇은 무르팍 앞에 까만 꽃비를 한 떨기 피워냈다.

그것으로 이훈직은 반듯이 서 있었고.

"일어서라, 막내야!"

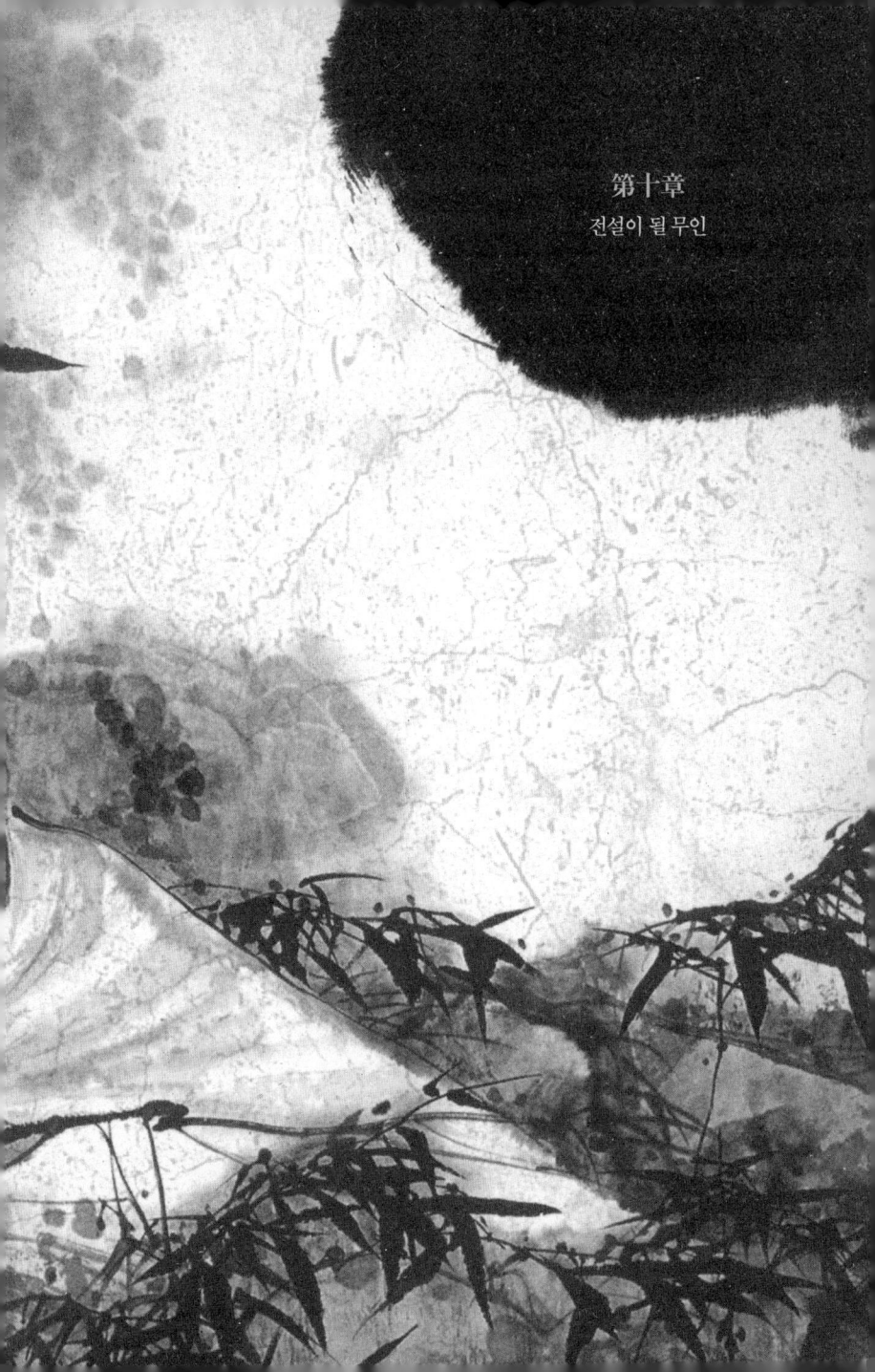

第十章
전설이 될 무인

江湖苦行記
강호 고행기

항산(恒山) 천봉령(天峰嶺).

산매미가 비통절통하게 울어대는 산허리쯤의 대로에 한 사내가 무엇에 쫓기듯 산을 탔다.

외팔에 외다리이니 중년 사내가 산을 타는 모습은 온전치가 못했다. 어렵싸리 걷는 걸음은 절뚝절뚝 심하게 한쪽으로 기울어졌고, 그에 맞춰 뒤뚱뒤뚱 흔들리는 상체는 우스꽝스럽기까지 했다. 저렇게 흔들리는 몸으로 바라보아야 하는 세상은 심하게 어지러울 것도 같다. 하지만 옆에서 지켜보는 사람의 생각과는 달리 당사자에겐 제법 꼿꼿한 세상이었다.

중년 사내의 잘려 나가고 없는 오른쪽 무릎 아래는 시커멓게 옻칠을 한 박달나무가 종아리와 오른발을 대신했고, 바람

불면 펄렁펄렁 제멋대로 나대는 왼팔소매는 언뜻 선뜻 보기에 불편하지 말라고 달려 있는 듯했다.

땟국 묻은 땀이 얼굴에 줄줄 흘러내리는 중년 사내의 표정은 꼴사나운 얼굴과는 달리 의외로 춘절(春節)을 맞은 아이처럼 달떠 있었다.

'왔다! 드디어 왔어!'

달뜬 생각을 되뇌며 산을 오르는 중년 사내는 뒤쫓기는 사람처럼 산 아래쪽을 힐끔힐끔 살피기도 했다.

중년 사내는 칠철각의 셋째 묘담이다.

묘담은 일상적으로 산 아래로 내려갔다가 산기슭의 청음초소(聽音哨所)에서 예전 없이 다급하게 움직이는 암합회의 초병(哨兵)들을 발견했다. 그리고 그들 사이에 오가는 급박한 외침들을 두 귀로 똑똑히 들었었다.

―풍운오랑과 그 일당들이 쳐들어왔다!

묘담은 막내 마웅과 형제들이 자신을 회수하러 왔음을 단박에 알아차렸다. 십여 년 여리박빙(如履薄氷)의 세월 동안 오매불망하며 오늘을 위해 살아왔지 않았던가.

자신이 무인답게 떳떳이 죽지 못하고 비럭질하듯 목숨을 연명해 오면서까지 목메게 기다린 것이 무엇인지 한순간도 잊지 않고 살아왔었다. 그러다가 풍운오랑이라는 무명을 가진 풍운아가 등장했다는 소식을 귀동냥으로 얻어들었고, 혹시나 하는 기대감이 꿈처럼 맞아떨어졌다. 하지만 주위의 눈총은 예전 같지 않게 매섭게 돌변했다.

혜성처럼 무림에 등장한 풍운오랑이 칠철각의 후예라는 사실이 만천하에 드러나면서 자신을 향한 암합회의 감시와 핍박이 날이 갈수록 가중되었다.

묘담의 심신이 과거 것과 비할 데 없이 몹시 괴롭긴 했지만 다행이게도 목숨에 대해선 그럭저럭 안전을 보장받고 있었던 묘담이었다.

암합회가 묘담의 목숨을 함부로 하지 못하는 이유는 혈수인 견자강에게 있었다.

암합회의 부회주인 견자강은 새로이 회주로 등극한 우문평과의 불화가 있은 후 자진하여 뒤로 물러나면서 암합회와 일체의 연락을 끊어버리기에 이르렀다.

이에 답답해진 우문평은 항산과 외떨어진 철암봉으로 측근을 보내어 뒤틀린 견자강의 마음을 되돌려놓으려 부단한 노력을 했었다. 하지만 견자강의 독살스런 마음은 번번이 우문평의 측근을 참살시켜 버렸다.

그것이 손가락으로 꼽아 헤아리지도 못할 만큼 반복되자 우문평은 화약을 가슴에 품은 심정으로 견자강의 문제에 대해 손을 놓을 수밖에 없는 처지로 내몰렸다.

견자강에 대해 이러지도 저러지도 못하며 전전긍긍하던 어느 날, 견자강 쪽에서 뜻밖의 기별이 날아왔다.

자신과 의논하고, 또 자신에게 바라는 일이 있으면 항산 천봉령에 인질로 잡혀 있는 묘담이란 사내를 파발마 삼아 철암봉으로 보내라. 그러면 그자를 접견하여 회주의 뜻을 살피겠다, 라는 견자강 쪽의 전갈이었다.

우문평은 그 이면에 자신의 명목상의 부인이기도한 은초혜의 입김이 작용했을 것이라는 것을 쉽게 알아차렸다. 하지만 상대가 혈수인 견자강이고, 그 견자강의 비위를 상하지 않게 하기 위해서라도 그의 뜻에 군말없이 따라야 했다.

명절마다 보내야 할 선물과 암합회의 원로들과 마찰이 생겨 난감할 일이 생기면, 묘담을 인편 삼아 혈수인 견자강의 암묵적인 협조를 요청했었고, 그 결과 우문평은 견자강에게서 상당 부분 자신이 목적한 것을 얻어낼 수도 있었다.

그러니 암합회 총본관에서의 묘담이란 존재가 뒷간 청소나 하는 한낱 포로의 신분만은 아니었던 것이다.

하여, 암합회의 회주이자 현 무림맹주이기도한 우문평의 지시가 없이는 그 누구도 묘담의 목숨을 가지고 장난치지는 못했다. 그렇다고 묘담이 견자강 쪽의 비호를 받으며 호의호식 좋은 생활을 한 것은 결코 아니었다.

처지가 눈엣가시인지라 그에 못지않게 냉대와 학대가 심심찮았었다. 단지 목숨만 보장받고 살아온 것이다.

그 목숨이 어디 하찮은 것이랴.

그것을 끝내 지킨 이유 또한 만만한 것이었으랴.

묘담은 풍운오랑과 관련된 형제들의 풍문을 눈칫밥 먹듯 귀동냥으로 얻어들을 때마다 밤잠을 설치기 일쑤였다.

그것이 근자의 일이었다. 오늘내일하며 그렇게 기다린 날이 드디어 묘담에게 들이닥친 것이다.

산을 타는 묘담의 마음은 폭발 직전의 흥분 상태였다.

금방이라도 자빠질 듯한 묘담의 비틀걸음걸이가 화들짝 놀라며 급하게 멈추어졌다. 산 위쪽 대로에서 우르르 달려 내려오는 수많은 무인들의 발자국 소리.

묘담은 비칠비칠 게걸음질을 하며 산길대로 옆 숲속으로 몸을 숨겼다.

지금은 몸을 숨기고 마음을 사려야 할 시기이다. 그래서 묘담은 나무 뒤편 깊은 그늘 속에 일단 몸을 은닉시켰다.

잠시 후, 천봉령 암합회 본관의 총책인, 총관 진패랑이라는 영감탱이가 인솔하고 있는 수백 명의 무인이 갖가지 병장기를 손에 꼬나들고 산 아래쪽으로 우르르 달음박질치고 지나갔다.

다급한 발길들이 지나간 후, 먼지만 자욱한 산길대로에 묘담의 모습이 다시 나타났고, 묘담의 호흡은 가슴팍이 들썩거릴 만치 숨 가빠 있었다.

좀처럼 가라앉지 않는 흥분과 미리 맛보는 피비린내의 희열. 묘담은 그것에 아랫입술까지 한차례 부르르 떨어댔다. 그렇게 격정에 휘말린 얼굴로 묘담이 정상 쪽으로 다시 몸을 막 돌려세울 때, 산 아래쪽에서 연발의 단말마가 들려오기 시작했다.

흥분한 희열이 폭발하여 뒤꽁무니에 불이라도 붙여놓은 양 묘담은 뒤뚱뒤뚱 산을 급히 타기 시작했다.

묘담의 마음은 불에 덴 것처럼 다급했다.

자신만이 아는 어느 나무 밑에 파묻어놓은 연검(軟劍) 한 자루를 빨리 파내어 외팔이외손에 들어야 한다.

형제들 앞에 병신으로서 덩그러니 서 있을 수는 없지 않은가. 형제들이 열 놈을 베어 쓰러뜨릴 때, 자신도 한 놈쯤은 베어야 체면이 설 일이다. 다시 손에 칼을 잡을 생각을 하니 벌써 목이 타들어가고 손끝이 싸하게 저려온다.

형제들이 보는 앞에서 칼을 손에 든 채 죽고 싶다.

그것이 묘담이 가진 최후의 희망이었고, 행복한 마감이었다. 그런데 묘담의 달뜬 걸음과 마음을 잡아채는 목소리.

"어딜 그리 급히 가시나?"

한번쯤 들어 귀에 익은 여인의 목소리다.

묘담은 굵은 나무 뒤에서 간들간들 허리를 흔들어가며 걸어나오는 중년 미부의 얼굴을 재빨리 확인했다.

'이, 이런… 우라질—!'

홍파전의 전주 취접설화 냉가린이었다.

어찌 저 죽일 년을 묘담이 잊으랴.

넷째 낙수런의 심장을 꿰뚫은 장본인.

묘담은 본능적으로 치밀어 오르는 살기를 얼굴 표정에서 숨기기 위해 급하게 냉가린의 시선 밖으로 얼굴을 돌렸다. 그리곤 생면부지인 사람처럼 떨떠름한 소리로 반문했다.

"…뉘신지요?"

냉가린의 새빨간 입술 사이에서 요사스런 웃음이 터져 나왔다.

"호호호ㅡ! 잘 알면서 왜 이러실까?"

묘담은 외면한 채 낯을 부르르 떨었다.

"모르오! 십여 년 전의 나라면 알까! 지금의 난 당신이 누구인지 모르오!"

"아ㅡ하! 알긴 알되 모르는 편이 목숨을 부지하기엔 온당하다? 그래서 내게 그리 섭섭한 대답이다?"

묘담은 냉가린과 끝끝내 눈도 마주치지 않을 작정으로 애쓰며 퉁명스럽게 말을 내뱉었다.

"무슨 일이오? 이 몸 많이 바쁜 사람이오! 비키시오!"

냉가린이 묘담의 길을 가로막으며 다가와 섰다.

두 사람의 거리는 두어 장(丈) 남짓.

"오는 날이 장날이라더니!"

"......!"

묘담은 냉가린의 입에서 나온 그 말이 무슨 의미를 가진 것인지 파악하기 위해 눈동자를 굴렸다. 무림맹에서 늘 기거하던 냉가린이 모종의 일을 처리하러 이곳에 들렀다가 자신의 형제들이 급습한 소식을 듣게 되었다는 말로 유추되었다.

그런데 문제는 완전히 발길을 끊다시피 했던 냉가린이 무슨 일로 암합회 본관인 이곳에 다시 발을 들여놓은 것일까?

그것에 대한 해답은 냉가린의 입을 통해 금방 드러났다.

"제삿날 잡아놓으니 때맞춰 배 주린 비렁뱅이들도 찾아오셨네그려! 호호호ㅡ! 어쩌나? 놈들이 제삿밥인들 온전히 빌어먹을 수 있으려나? 호호호—!"

냉가린의 말에 섬뜩함을 느낀 묘담은 등줄기로 식은땀이 주르륵 흘러내렸다.

'회주 놈의 명으로 날 제거하러 왔다는 말인가? 그렇다면 왜 하필 지금 이 시점에⋯⋯.'

묘담은 운명이라는 놈이 자신을 상대로 못된 장난질을 치고 있다고밖엔 딱히 생각할 수 없는 처지가 되어버렸다.

'이런 육시랄 경우가 어디에 있나! 꿈이 바로 눈앞인데 발앞이 벼랑이라니!'

회주 우문평의 오른팔 격인 우기린 팽막건에게 왼팔과 오른 다리만 베이지 않았어도 저런 년 따위쯤이야 멸치안주 씹듯 와작 씹어버릴 수 있으련만, 지금 묘담의 처지는 절대 대항할 수도 없는 저승사자를 만난 것이나 진배없는 상황이었다. 그러니⋯⋯.

묘담은 겁먹은 표정을 내보이며 한쪽으로 슬금슬금 비켜섰다.

"내게 볼일이 없으시면 빨리 지나가기나 하시오. 나도 하던 일을 갈무리해야 하오!"

"일을 갈무리지어야 해? 왜 뒷간 청소라도 하러 가시게?"

빈정거리는 조소를 앞세운 냉가린은 묘담을 향해 다가갔고, 묘담은 창백해 보이리만치 굳은 얼굴로 비칠비칠 게걸음질을 하며 물러섰다.

"왜 이러시오? 난 과거의 내가 아니오. 그리고 날 핍박했다간······."

"견자강? 그 노괴도 이젠 하루살이 신세일 뿐이야. 그런데, 널 비호할 새가 과연 있겠어?"

묘담의 흔들리는 눈동자 속으로 경멸의 빛이 스치고 지나갔다. 원래 흥파전의 전주 냉가린은 부회주 견자강의 측근이었던 여자다. 그런데 어느 순간, 부회주에게서 등을 돌리고 회주 우문평에게 달라붙어 버렸다. 그것이 실불도의 일과 무관하지 않은 것으로 알고 있다.

채─챙!

냉가린의 양쪽 허리에 달랑거리며 걸려 있던 두 자루의 단검(短劍)이 청명한 소리를 뿜어내며 냉가린의 손아귀에 뽑혀 나오더니, 단검은 냉가린의 손아귀에서 한차례 재주를 부리며 빙글 돌았다.

"여태 구차하게 살아왔었지? 차라리 내 손에 죽는 편이 너에겐 홍복인 게야. 그렇지 않니, 병신새끼야?"

냉가린은 묘담을 궁지에 몰아넣은 생쥐 보듯 대하며 교태부리는 고양이처럼 살금살금 다가갔다.

그런데 한발두발 다가서던 냉가린의 눈빛에서 이채와 의혹이 동시에 떠올랐다.

묘담이 겁에 질려서 실성이라도 했다는 말인가?

비칠비칠 뒷걸음질로 물러서야 온당할 묘담이 어쩐 일인지 입가에 함지박만 한 웃음을 물며 자신과 마주하지 않는가? 그 가당치도 않은 묘담의 표정 앞에 냉가린은 실소를 금치 못했다.

"호호—! 이 등신아! 이젠 무인으로서의 감이란 것마저 잃어버린 게야?"

묘담이 만면에 미소를 퍼뜨린 채 고개를 설레설레 가로저었다.

"아냐. 난 지금 무척 감이 좋아. 알았냐? 이 쌍년아!"

"……!"

너무 어이가 없으면 화도, 웃음도, 말도 나오질 않는다. 묘담에게서 쌍소리를 얻어먹은 냉가린의 상태가 그러했다. 하지만 그것이 오래는 가지 않을 터.

"뭣이—!"

냉가린은 왈칵 치밀어오른 화에 묘담의 시선이 자신의 어깨 너머를 향하고 있음을 알지 못했다. 노기에 눈이 멀어 미처 그것을 확인하지 못했다.

"죽어랏—!"

묘담의 허술한 몸뚱이를 난자하여 도륙을 낼 듯이 신형을 날리려던 냉가린의 상체는 무언가에 잡아채인 듯이 허공에서 멈칫 걸리더니 뒤로 도로 빨려 들어가듯 휘청 당겨졌다.

동시에 날카롭게 터진 당혹한 비명.

"악—!"

그것은 비단 자락이 찢어지는 듯한 냉가린의 비명 소리였다.

냉가린은 닳고닳은 무인의 본능으로 허공에 뜬 신형을 곧바로 비틀며 양손에 들린 쌍검을 자신의 배후 쪽으로 뿌렸다.

촤—르륵—!

하지만 냉가린의 쌍단검의 궤적은 허무하게 허공만을 갈랐을 뿐이고, 냉가린의 나긋나긋한 몸뚱이는 누군가의 우악스런 손아귀에 머리채가 틀어 잡힌 채 그대로 도리깨처럼 맨바닥에 내리쪽혔다.

쿠―웅!

무지막지하게 내동댕이쳐진 충격이 얼마나 심했는지 냉가린은 허리를 실룩실룩 요망하게 들썩거려가며 한동안 신음을 내질러야 했다.

그것으로 끝이 났으면 좀 덜 꼴사나웠을 텐데, 땅바닥에서 꿈틀꿈틀대던 냉가린의 몸은 다시금 누군가의 손아귀에 머리끄덩이가 질끈 틀어잡힌 채 덩그렇게 일으켜 세워졌다.

시정잡배도, 강호잡졸도 아닌, 무림천하를 호령하는 암합회의 홍파전 전주(殿主)라는 여고수가 누군가에게 된통 메다꽂혔다가, 머리끄덩이가 틀어잡혀 다시 들어 올려졌다면 누가 믿을쏜가.

더더욱 당사자 냉가린은 자신이 처한 상황을 현실이라 받아들이지 못한 채 악몽 속에라도 들어선 것처럼 멍하니 사내의 얼굴 앞에 섰다.

냉가린의 머리채를 틀어쥔 사내가 몽롱한 냉가린의 의식 속에서 꿈결처럼 속살거렸다.

"세월은 먼 뒤안길이지만 기억은 내 눈앞이구나."

냉가린의 희미해진 의식은 사내의 목소리가 달게 느껴졌다. 그러나 살포시 벌어지는 냉가린의 입술 사이에서는 검붉은 핏물이 먼저 내비쳤다.

"누구세요?"

혼돈에 취한 냉가린의 물음 속에는 정인을 품을 듯한 달콤한 기대감도 적잖이 배어났다. 사내의 목소리도 화답이다.

"은원을 매듭지을 자(者)."

냉가린이 철부지 계집애처럼 눈을 깜박이더니 의아한 듯이 눈앞의 사내를 확인했다.

"누구시기에?"

그러다가 불현듯 냉가린은 현실을 직시했다. 취한 듯한 몽롱한 꿈결에서 깨어났다. 죽음의 냄새를 그제야 맡았다. 그러니 제법 준수하게 보이던 눈앞의 사내가 갑자기 지옥나찰의 얼굴로 돌변해 버렸다.

입에선 날카로운 비명이 폭발하고.

"으아—악!"

날벼락 맞은 콩처럼 사내의 손아귀에서 펄쩍 튀어야 할 냉가린의 몸은 어쩐 일인지, 경악한 마음과는 달리 조각해 놓은 얼음덩이처럼 꽁꽁 굳어버렸다.

난감한 찰나에 들려온 사내의 목소리.

"선과 악은 누구나 자신 스스로가 선택하고 또 그것이 진실이다."

그것이 냉가린이 여태 세상을 살면서 들은 누군가의 마지막 개똥철학이었다. 사내 마웅의 오른쪽 수도(手刀)가 냉가린의 가슴팍을 사르르 녹이며 천천히 심장을 향해 파고들었다.

피가 타는 역한 비린내.

눈은 새하얗게 뒤집어졌지만 냉가린의 딱 벌어진 입에선 신음 소리 하나 새어 나오지 못했다.

참혹한 비명은 오히려 산 아래에서 노도처럼 우르르 몰려왔고……

*　　　*　　　*

"애야, 오늘따라 너의 손길이 무척 조심스럽구나. 무슨 마음에 걸리는 일이라도 있다더냐?"

툇마루에 의자를 내어놓고 앉은 노인의 풍채에서 천년고목의 풍모가 느껴졌다.

노인의 긴 머리 반은 백발이었으며, 그 백발 아래의 나머지 머리칼은 핏빛을 닮은 채 등까지 길게 내려와 있었다.

그것이 혈수인 견자강이 가졌던 십여 년의 세월이다.

견자강 등 뒤에 시립하여 견자강의 머리를 까만 대빗으로 빗겨주고 있는 미부는 눈밑 그늘이 유난히 깊어 보였다. 미부는 한참 망설이는 표정을 보이다가 어렵싸리 입을 열었다.

"어르신……"

"왜?"

"어르신은 호랑이의 젖을 얻어먹고 자란 강아지의 심정을 헤아릴 수 있는지요? 그 강아지가 커서 자신이 호랑이라 믿고 으르렁거릴 수 있다고 생각하시는 지요?"

"……!"

미부의 조신한 물음에 혈수인 견자강은 선뜻 답을 하지 못하고 두 눈을 지그시 감아야 했다. 분명 자신을 견주어 한 말이다. 견자강의 질끈 감은 눈매에서 고통이 느껴졌다.

'애야, 난 너 하나로 나의 허무한 삶을 마무리하려 하거늘… 잔인도 하구나.'

견자강은 감았던 눈을 떴다. 그리곤 먼 산 저 멀리로 시선을 던져놓았다.

"소식은 들었느냐? 너의 형제들 소식?"

"……."

미부 초혜는 대답이 없다.

가타부타 대답이 없으니 견자강은 초혜가 형제들의 최근 소식을 접했을 것이라고 여겼다.

견자강의 입가에 계절답지 않은 허허로운 미소가 배어 나왔다.

"그래서 나에게 더더욱 서운감이 있었던 게로구나?"

"배은망덕이라고 생각지는 않으신가요?"

"흐흐흐ー! 그럴 수도 있고, 아닐 수도 있고! 하긴, 늙으면 섭섭해지는 게 많아지기는 하지. 그리고 북망산 갈 날이 머지 않으면 그 멀지 않은 날을 북망산 바라보며 손꼽기도 하고. …그런데 얘야?"

초혜는 빗질을 잠시 멈추는 것으로 대답을 대신했고, 그 멈춰진 빗질을 견자강은 대답으로 받아들였다.

"너의 가슴속에서 아직도 온전하더냐?"

"무엇을 말씀하시는지요?"

초혜의 반문에 견자강은 먼 산 저기를 바라보며 딴소리다.

"오면 분명히 같이 올 텐데, 모두 반가이 맞긴 하겠지만 그래도 너의 마음이 향하는 곳은 분명 한 곳일 수밖에 없지 않느냐는 말이다."

초혜가 대답했다.

"저의 마음속에 있는 사내가 선택을 하면 그 사내의 뜻에 저는 따를 수밖에 없겠죠. 죄인의 피붙이가 무엇이 잘났다고 감히 선택하오리까."

견자강은 초혜의 목소리 끝에 물기가 맺히는 것을 느꼈다. 슬픔은 또 다른 슬픔을 불러들여 함께 아우르는 것일까? 문득 견자강의 마음속에도 슬픈 근심이 하나 들어찼다.

"애야, 혹여 오늘 내 생이, 만약 내 목숨이, 오늘에야 끝이 난다면 넌, 내 주검 앞에 울어줄 수 있겠느냐? 아냐, 내가 말하고픈 것은 통속적인 그것이 아니야! 거짓 곡(哭)이야 누구나 할 수 있다마는 내가 진정으로 궁금한 것은……."

"어르신, 한 치 앞도 모르는 세상살이, 어찌 그것을 제가……."

"그렇게 피하지만 말고 솔직히 말해주려무나. 내가 정말 궁금해서 그래."

"왜 저에게서 그런 것을 바라십니까?"

초혜의 반문에 혈수인 견자강의 회색빛 눈동자가 저 먼 산으로 향하는 중간 어름에서 회한으로 깊어졌다.

"누구보다 악하게 살았다고 자부한다. 그래서 그 덕에, 참으로 외로운 길을 걸어가야 했다. 천애고아로 세상에 떨어져 최고가 되려 했으니 그것은 어쩌면 숙명적인 악업일 수밖에……. 그런데, 뒤돌아보지 않으려던 내 눈길이, 절대로 과거는 없을 것이라는 나의 신념에 넌 슬픔이 되어버렸다. 그로 인해 난 그만, 뒤를 돌아보고 말았다. 그렇게 뒤돌아본 눈은 어찌나 아프던지. 흐흐흐—!"

초혜의 손에 들린 대빗은 다시 견자강의 머릿결을 타고 조심스럽게 흘러내렸다.

"…고마워요."

들릴 듯 말 듯한 초혜의 인사말에 견자강은 소리 내어 웃었다. 그러나 그 웃음은 너무나 건조하여 한쪽 귀퉁이가 곧바로 바닥에 떨어져 부스러기가 되었다.

"흐흐흐—! 난감하구나. 공치사나 하려는 게 아니란다."

그렇게 혈수인답지 않게 쑥스러워하던 견자강은 한숨 뜸을 들이더니 다시 입을 열었다.

"너로 인해 많은 것이 변했다. 변하지 않고는 견딜 수 없는 환경 탓도 있었다마는……. 넌, 강물로 산을 만들었고, 산을 무너뜨려 강을 만들었다. 나를 변화시킨 넌, …적어도 나에겐 그래. 그런데 정작 난 욕심이 무척 많아. 그래서 너에게 진정한 무언가를 원하고 있어. 그것은 진솔한 사랑이지. 늙어 너무 주책없지나 않은지 원! 손녀딸아이 같은 너에게 연민을 구걸하

다니. 흐흐흐―!'

그렇게 너스레를 떨어대던 견자강은 먼 곳에서 급박하게 다가오는 기척을 느끼며 더 이상 입을 열지 않았고, 초혜 역시 견자강의 머릿결을 다듬는 것 외엔 무엇 하나 스스로 표하지를 않았다.

몇 호흡이 지났을 무렵.

전신을 붉은 무복으로 감싼 혈랑자가 한쪽 어깨에 똬리 틀린 쇄겸도를 걸친 채 달려와 견자강 앞에 부복했다.

"놈들이 산기슭에 모습을 드러냈습니다."

견자강이 무심한 눈길로 물었다.

"몇이냐?"

"넷입니다."

"넷이라… 그럼 묘담이란 녀석도 동행했다는 말이군."

"우리 쪽 추격대들이 놈들의 뒤를 따라왔습니다. 헌데, 이상하게도……."

무언가 께름칙한 표정으로 복명하는 혈랑자를 향해 견자강이 한쪽 눈을 삐뚜름하게 구기며 반문했다.

"이상하게도?"

"항산 천봉령의 무인들이 아니었습니다."

"천봉령 본관의 무인들이 아니라면?"

"제가 급파시킨 아이들의 정보에 의하면, 오백여 명의 추격대를 인솔하는 자가 바로 좌기린 위수진이옵고, 좌기린 위수진의 뒤를 따르는 표기무사의 깃발에는 '혈귀봉마대(血鬼縫魔

隊)'라는 낯선 부대명이 문양 되어 있었습니다. 하여 생각건
대……."

견자강이 한쪽 손을 들어 복명하는 혈랑자의 입을 가로막았
다.

"됐다. 어떤 형국인지 눈에 선하다. 위수진이 이끄는 부대
는 겉으로는 칠철각 형제들을 추살할 추격대라 내세웠겠지만,
기실 나를 제거하러 온 우문평의 정예들일 것이다."

부복하고 있던 혈랑자의 고개가 급하게 들려졌다.

"하오면……."

견자강이 자리를 털고 일어섰다.

"증장천왕(增長天王)이 무림맹 원로들과 비밀회동을 가진
후 철암봉으로 귀환하기로 한 날짜가 언제였었지?"

혈랑자는 눈알을 바삐 굴리며 당혹해했다.

"지난 초하룻날이었으니 벌써 사흘이 지났습니다. 혹여 무
슨 변고라도……."

곧바로 견자강의 입에서 장탄식이 터졌다.

"아— 뿔— 싸!"

*　　　　*　　　　*

증장천왕 남진각은 금방이라도 엉덩방아를 찧을 듯이 뒤로
비칠비칠 물러났으며 황망하게 벌어진 그의 입에선 연방 핏물
이 안개처럼 분무되었다.

"네, 네놈이… 네놈이 어찌 나에게……."

남진각을 에워싼 무인들의 수는 언뜻 보아도 기백 명이 넘을 듯했고, 남진각과 대치하듯 마주 선 금포 중년인의 모습은 풍류라도 즐기러 나온 사람처럼 딴청이다.

암합회의 회주이자 명실상부한 무림맹의 맹주 우문평.

우문평은 괜히 끼지도 않은 눈곱을 검지를 들어 떼는 시늉을 해 보였다. 우문평의 손은 핏물에 절어 있었고, 괜히 들어올린 검지가 눈자위에 닿자마자 붉게 젖은 핏물이 혈루처럼 우문평의 눈가에 묻어나고…….

"증장숙부, 사람 사는 일이란 게 워낙 알쏭달쏭 것이라서 말이죠. 무어라 딱히 드릴 말씀이…….."

슬며시 말끝을 흐리던 우문평은 피 묻은 손을 금포 옷자락에 쓱쓱 닦아내더니 분개하여 노려보는 남진각의 시선에서 등을 보였다.

그리곤 만사가 귀찮을 뿐이라는 투로.

"저렇게 고통스러워하시는데 도대체 뭣들 하는 게야? 어서 편히 모시지 않고!"

*   *   *

철암봉 정상의 산장(山莊) 앞마당.

오랜만에 붉은 도포를 말끔히 차려입은 혈수인 견자강은 앞마당에 널린 수십 구의 시체를 멀거니 바라보며 서 있었다. 감회 하나 없는 견자강의 시선 속에서 윙윙거리며 몰려든 파리 떼.

검붉게 응혈된 주검에게서 파리 떼는 죽음을 뜯어먹었다.

성하(盛夏)의 정오는 태양 아래 서 있는 것마저도 벅찬 시기이다. 그러나 여러모로 기꺼이 감수해야 할 시간.

견자강은 벌써 그리운 얼굴이 있어 산장의 본당 건물 쪽으로 고개를 돌려 뒤돌아보고 싶었지만 그러지 않았다. 오늘만큼은 그러고 싶지 않았다.

철저하게 과거로 돌아가 사파의 진정한 대통(大統), 혈수인이 되리라.

한 세대를 끝내기 위해 마주한 젊은 것들을 위해서, 천년만년 악업으로 대를 이어가야 할 무림의 미래를 위해서라도 꼭 그래야 한다.

악과 선의 경계가 너무나 모호하여 혼돈한 인생사.

특히나 자신만큼은, 자신 하나만큼은, 무림 역사에 선명한 악인으로 종지부를 찍고 싶었다. 위선과 위악 앞에 보란 듯이 남겨지고 싶었다. 그것을 확인해 줄 젊은이들.

네 명의 무림인.

그들에겐 자신이 가지지 못한, 그들 또한 자신이 가진 것을 이해하지 못할 서로의 벽을 놓고 마주 섰다.

사내들 중, 녀석의 이름이 마웅이라고 했었지.

막내답게 형제들 뒤쪽으로 한 발 물러서 있는 삼십대 초중반의 사내. 마웅일 것이다.

'반갑구나.'

견자강의 입가에 흡족한 미소가 번졌다.

칠철각의 형제들 중 곰처럼 몸집이 큰 중년 사내가 버릇없이 버럭버럭 소리를 쳤다.

"초혜야! 초혜야—!"

최대산의 외침에 견자강의 얼굴은 언짢아 찌푸려졌다.

'이놈아, 그 아이는 부르지 마라! 그 애도 지금은 가슴 아픈 시간. 그러니 애달파 보채며 그 아이를 찾지 마라!'

이훈직이 한 팔을 들어 최대산의 목청 높은 입을 가로막았다. 잠시잠깐의 침묵이 장중을 압도한 뒤, 이훈직이 검신의 허리가 반으로 부러져 나간 자신의 애검을 손에 들고 견자강 앞으로 걸어나왔다.

그 모습에 견자강의 입가엔 또 한 번의 만족한 웃음이 걸쳐졌다.

'진즉에 그런 모습으로 왔었어야지. 사내의 가슴이란, 계집처럼 상심으로 변하지 않는 법. 아무렴! 온전한 모습으로 나와 마주했었어야지.'

견자강의 사념 속으로 들려온 마웅의 목소리.

"대사형."

한 발 물러나 있던 막내 마웅이 이훈직의 나섬을 불러 세웠다. 이훈직의 옆에 마웅이 다가와 섰다.

속삭이는 목소리.

"형님, 저의 여자이고 저의 여인은 제 손으로 직접 되찾고 싶습니다."

이훈직의 한쪽 입꼬리가 버릇으로 삐죽 말려 올라갔다.

"내가 그러면 안 될 일이라도 있냐?"

마웅이 이훈직을 향해 마주 비린 웃음을 보였다.

"형님은 절대 그럴 수 없습니다."

"왜?"

"저의 꿈을 형님께 드리는 대가입니다."

"거래냐?"

"물릴 수 없는 거래입니다."

이훈직은 잠시 고민하는 기색을 보이더니.

"너의 꿈이 내 몸에 맞을까?"

마웅이 대답했다.

"우린 닮은 구석이 많잖습니까."

이훈직이 비린 미소를 입가에 걸쳐 놓으며 어깨를 틀었다.

"그럼, 내가 손해를 좀 볼까?"

그리곤 이훈직은 원래 서 있던 자신의 자리로 되돌아갔다.

마웅이 견자강과 네댓 장(丈) 거리를 두고 마주 섰다.

견자강은 마웅을 그윽한 눈길로 쏘아보았다.

하지만 견자강은 정작 마웅과의 대치가 만족스럽고 좋았던지 만면에 미소를 드리운 채 연방 고개를 주억거려 보이더니 담담한 어조를 마웅에게로 던졌다.

"그간 세월이 녹록치가 않았다. 그럼에도 내가 느껴지느냐?"

기억한다.

기억하기에 마웅은 콧등에 사자코 주름을 잡아가며 답을 했다.

"오히려 짙어졌습니다."

견자강은 마웅이 사자코 주름을 해 보인 것에 아주 언짢다.

"늙은이의 고약한 냄새를 말하는 것이더냐?"

그것은 아니다. 그래서 마웅은 딴소리다.

"오늘이 아니래도 맞이할 죽음이 아니십니까?"

반문에 견자강의 눈빛이 날카로워졌다.

"순응하며 쉽게 가주랴? 내가 그래 주길 원하느냐?"

마웅은 씁쓸한 웃음을 보이며 고개를 가로저었다.

"지독한 살심을 어찌 버리시겠습니까?"

"⋯⋯!"

견자강의 눈빛이 흔들렸다.

마웅이 자신이 품은 살심을 고스란히 느끼고 있었다는 점에 견자강은 부끄럽고 고통스럽다. 놈의 대답은 현답이면서도 우답이다. 그럼에도 견자강이 고통스러운 것은 자신의 심중을 곧바로 적중하는 놈의 눈빛 때문이었다.

놈에게 절대 들켜선 안 될 구린 구석이 드러나 버린 것에 견자강은 발가벗겨진 듯이 괴로웠다.

질투가 드러낸 살심.

어쩌면 그것이 견자강의 온전한 진실일 것이다.

고목에 꽃을 피웠으나 그것을 검버섯으로 인정해야 한다.

세상사 수많은 사랑의 종류 중에 흔하디흔한 사랑일 수도 있다. 그런데 그것이 견자강에겐 소중해져 버렸다. 소중한 것에 뒤돌아볼 수 없는 것은, 사랑이라고 말하면 그 사랑이 정말 검버섯으로 치부되어 버릴까 하는 노파심 때문이었다.

기실 검버섯으로 핀 꽃이다.

그러나 그것을 꽃이라며 놈과 견줄 수는 없다. 그러기에 일견 대견한 녀석에게 혈수인 견자강으로서 서 있어야 하지 않던가. 마주한 이 순간이 새롭다.

생사를 가리는 수많은 싸움에서 단 한 번도 패한 적이 없었다. 그러기에 천수를 넉넉하게 누리며 여태 버텨오지 않았던가. 그런데 오늘 이 시간, 녀석과의 마주섬은 승과 패가 그다지 중요치 않다.

이젠 삶이 그다지 중요치가 않다, 라는 말이기도 하다.

견자강에게 중요한 것은 생의 마무리요. 그 상대가 마웅이어서 더더욱 흡족했다. 과거, 녀석의 장한 기백에 첫눈을 빼앗겨서만은 결코 아니다. 절대 그 이유만은 아닐 것이다.

자신의 생에 유일하게 달콤한 세월이었던 지난 십여 년. 그 세월은 원래 온당한 자신의 몫은 아니었다.

그것을 되찾으려 자신과 마주한 마웅이니 그에 걸맞은 소회도 느낄 수가 있었다. 문제는 녀석이 자신에게서 되가져갈 것이 달콤했던 십여 년의 세월만은 아니라는 것이다.

검버섯의 사랑은 방년의 사랑보다도 더 부끄럽고 쑥스럽다. 욕심없고 욕망없는 사랑이다. 그냥 그 검버섯의 사랑이 머무르는 것만으로도 달콤한 세월이다.

기꺼이 다 내어주고도 아깝지 않은 연정이다.

그리고 떠날 것이다.

울적한 마음에 견자강은 마웅을 향해 웃었다.

"으—하하하! 난 명실상부한 무림천하제일인이다. 넌, 그것을 인정하느냐?"

인정해야 할 사실이다. 그래서 마웅은 보일 듯 말듯이 고개를 주억거려 주었다.

마웅의 고갯짓에 견자강은 낯빛을 돌연 굳히더니 하늘을 우러러 보았다.

"이놈아! 네놈이 나를 넘고자 찾아왔다면 반드시 넘지 않고는 살아남기 힘들 일이다. 넘는다고 한들 네놈이 꿈꾸는 별천지가 아니라 곧바로 허무의 세상이다. 더 이상 오를 길도 없는 외로운 길이라는 말이다. 그것을 정녕 감당할 수 있겠더냐?"

마웅은 고개를 절레절레 흔들었다.

"머물기 위해서 올라온 것이 아니라 내려가기 위해 여기까지 찾아왔습니다."

하늘에서 아스라하던 견자강의 눈빛이 마웅에게로 날카롭게 날아가 박혔다.

"못난 놈! 기껏 올라와서 그냥 내려가?"

견자강의 나무람에 마웅은 문득 견자강의 목소리에서 망태사부 하복회의 음성을 기억해 냈다.

어린 시절의 마웅이 막 무림의 길로 들어섰을 무렵, 마웅은 칠철각의 셋째 각주 하복회를 따라 용중산을 오르고 있었다.

"참 높이도 올라왔네요."

마웅의 숨찬 말에 귀권신령(鬼拳神靈) 하복회가 마웅에게 넌지시 물었다.

"다시 내려갈 테냐? 그러고 싶으냐?"

망태사부 하복회의 물음에 어린 마웅은 투덜거리던 표정을 얼굴에서 지우곤 그게 무슨 섭섭하고도 말도 안 되는 소리냐며 고개를 절레절레 흔들었다.

"기껏 올라와서 왜 다시 내려가요?"

하복회는 미소를 머금었다.

"웅아, 무인의 길이란 게 그런 것이야. 포기하고 내려가기 시작하면 그것으로 끝인 게야. 알았느냐?"

그때, 어린 마웅은 망태사부 하복회의 가르침에 고개를 끄덕였지만 지금은 고개를 가로저어야 한다.

세월은 산천초목만 변하게 하는 것은 아니다. 육신도 변하고 심사도 변한다. 그러니 신념도 변했다.

몰랐던 것을 알았으니 늦게나마 변하지 않을 수가 없었다.

"내려갈 겁니다. 기꺼이 다시 내려갈 것입니다."

마웅의 강단진 대답에 견자강은 한참이나 마웅의 얼굴을 노려보고 있더니 세상의 허무라는 허무는 다 그러모아 자신의 너털웃음에 담아냈다.

"허허허……!"

착잡하게 웃던 견자강은 다습한 웃음을 슬며시 갈무리하더니 마웅을 향해 고개를 주억거렸다.

"그래, 난 그것을 알지 못했다. 혹여, 네놈이 날 넘어서면, 천 년의 전설을 진전받은 네놈이니 그것으로 날 넘어서면, 나의 자리를 대신할 생각일랑은 마라. 한때는 나 또한 그것을 바라고 너를 나의 후인으로 탐낸 적도 있었다마는… 넌 절대 그러지는 마라. 영웅을 원하는 것은 민중이지 결코 너의 가족은 그것을 원하지 않는다."

"작은 세상의 영웅이 되겠습니다."

마웅의 대답에 견자강은 무심한 눈길로 혼잣말을 중얼거렸다.

"…고맙군."

"하지만 도망치듯 내려가진 않겠습니다. 숨아내야 할 것은 반드시 숨아내겠습니다. 그것이 얻은 자로서의 최소한의 도리라고 생각합니다."

"네놈 혼자서?"

견자강의 못미더워 하는 물음에 마웅은 자신의 등 뒤에 서 있는 형제들에게로 눈길을 돌렸고, 마웅의 답변 같은 눈길을 확인한 견자강이 조롱인지 감탄인지 모를 웃음을 보였다.

"천군만마로군."

마웅은 견자강을 향해 발길을 떼었다. 한 발 두 발 걸어가는 걸음걸이는 느렸으며 곧았고 정확했다.

"매듭지을 일이 많이 남은 우린 물러설 수 없는 자리에서 마주했고, 또한 우리에겐 시간이 그다지 많이 주어지지 않았습니다."

견자강은 뒷짐 지고 있던 양손을 풀어내려 허리 아래로 늘어뜨렸다. 혈수인장이 갈무리된 견자강의 소맷자락은 부풀어 오른 열기로 인해 팽팽한 기운마저 느껴졌다. 하지만 견자강의 입에서 새어 나오는 목소리는 의외로 담담했다. 차마 들어낼 수 없는 자아와는 달리 무척이나 담담하고 차분했다.

"우문평이 들개들을 풀어놓았다고 들었다."

"혈향을 맡은 개떼들이 산기슭에서 헉헉대고 있다고 하더이다. 버릇없이 길들여진 개떼들이 대개가 그러하듯, 피맛을 기다리지 못해 주인도 물겠다며 덤벼들 기세라고 하더이다."

혈수인 견자강의 입가에 씁쓸함이 묻어났다.

"사파의 밥을 먹다 보면 배신이라는 것을 머리맡에 두고 살아야 한다. 그러니 놀랄 일은 아니다. 이놈아! 함부로 비아냥거리지 말거라."

마웅의 입가에 쑥스러운 기색이 스쳤다.

"혹여, 그것에 마음을 두고 있나 해서 미리 알려 드리는 것뿐입니다."

"너의 눈엔 본좌가 그토록 가소롭더냐?"

"세상에서 가장 손쉬운 판단과 결정은 '아니면 말고'라고 하더군요."

"으하하하! 우습구나."

견자강의 눈엔 아직 귀때기 새파란 꼬맹이에 불과한 마웅인지라, 그런 마웅에게 놀림을 당한 것이 견자강은 버겁지 않았고, 재롱거리로밖엔 받아들여지지 않았다. 그래서 호쾌하게 웃음을 날릴 수도 있었다.

재롱은 짧아야 좋은 것. 길면 피곤하고 괴로운 법이다. 그래서 견자강은 얼굴에 웃음기를 일순에 지우며 마웅을 노려봤다.

"너의 손으로 매듭을 지으면 그것으로 끝날 일, 그따위가 무에 중요해?"

"저승에서 뒤통수 만지시며 괜히 얼굴 붉히실까 하여……."

"고양이 쥐 생각해 주는 꼴이냐?"

"과분한 말씀! 쥐가 고양이를 생각해 줬다면 또 모를까?"

"꼴같잖은 격장지계냐?"

"서로 불필요한 연민을 없애자는 의미이지요."

마웅의 조롱 섞인 말이 끝나기가 무섭게.

견자강의 노성이 터졌다.

"내겐 그런 건 없다! 네겐 있더냐?"

동시에.

파ー앙!

혈수인 견자강의 붉은 도포 자락이 폭발하듯 힘차게 펄럭이더니 사방 한 장이 자욱한 흙먼지로 뒤덮였다.

그것은 혈수인 견자강의 미미한 시작일 뿐.

고고ー고ー오오ー!

거세게 회오리치는 흙먼지 속에서 괴괴한 파공음이 거칠게 이어지더니 마웅의 귓전을 후려치는 견자강의 음성.

"와라— 애송아!"

청천벽력 같은 견자강의 사자후가 있은 직후.

두세 장(丈) 넓이로 급속하게 펴져 나가던 돌풍회오리 속에서 퍼런 섬광이 갈기갈기 찢어발겨졌고 격한 격장 소리가 연발로 이어졌다.

파— 파— 파파— 팍!

거칠고 급하게 내뱉는 두 사람의 호흡은 누가 먼저랄 것도 없이 동시에 터져 나왔다.

"흡—!"

생사박투를 뽀얗게 가려놓았던 회오리 장막은 두 사람의 다급한 호흡을 신호로 하여 일순간에 사방으로 밀려나며 온데간데없이 사라졌다.

무형의 기운에 떠밀린 듯이 추춤추춤 물러서는 마웅과 그런 마웅을 향해 오른손 장심을 쭉 내밀고 있는 견자강.

주춤 물러선 마웅의 시선은 자신의 가슴팍 명치 바로 위로 내려갔고, 견자강의 입에선 이죽거림이 새어 나왔다.

"아무리 전설의 절세신공이라고 한들, 그것이 어찌 세월을 넘을쏘냐?"

견자강의 비린 이죽거림으로 상황은 극명해졌다.

마웅의 명치 위쪽 가슴팍이 혈수인장에 당한 게 분명했다.

하지만 그것을 인정하며 받아들인 다른 형제들의 얼굴에 당혹감보다 먼저 의아함이 스쳤다.

견자강이 손속에 사정을 두지 않았다면 혈수인장에 당한 마웅의 상태가 저러지는 못할 터다.

좀 전까지만 해도 극한 살심을 내비쳤던 견자강의 심사를 짐작해 보건대, 일격의 혈수인장은 마웅의 가슴팍을 관통하고도 남았어야 옳을 상황이다.

누구 하나는 반드시 쓰러져야 하는 절체절명 생사박투의 경황이라 혈수인장에 견자강의 모든 공력이 미쳐 다 실리지 못했다손 치더라도 최소한 마웅의 입에서 검붉은 각혈이 피분무 되었어야 정상적인 상황이었을 것이다.

그런데 일격을 당한 마웅의 입은 정작 태연하게 웃고 있었다. 혈수인 견자강은 뒤늦게 마웅의 담백한 웃음을 확인했다.

"…응?"

이라는 견자강의 의문은 곧바로 다른 의문을 불러들였고, 그 의문은 또 다른 의문의 꼬리를 덥석 물어버렸다.

견자강의 쭉 내민 오른손 장심에서 돌연 느껴진 화끈거림은 찰나지간에 어깻죽지까지 번지더니 일순간에 견자강의 가슴을 불에 덴 듯이 화들짝 놀라게 만들어놓았다.

이에 당혹해진 견자강은 쭉 내밀고 있던 장심을 급히 거두어들이며 본능적으로 자신의 가슴을 보호했다. 하지만 문제는 견자강의 가슴이 아니었다. 거두어들인 견자강의 오른팔이 폭발하듯 화염에 휩싸였다.

모든 일련의 현상이 짧은 시간에 연속적으로 발생했다.

웬만한 무림인이었더라면 기겁을 했을 텐데 견자강은 천하의 혈수인다웠다.

불붙은 자신의 오른팔을 마웅을 향해 쭉 펼쳐 냈다.

불길은 뱀의 허물처럼 견자강의 오른팔에서 벗겨지더니 기다란 꼬리를 단 유성처럼 쏘아졌다.

하지만..

파— 칫!

또 한 번의 믿지 못할 의문.

쩌—엉!

불길은 냉한 폭발음과 함께 땅바닥에 맥없이 떨어져 산산이 깨어졌다. 불길이 조각조각 깨어졌으니 그것은 더 이상 불길이라 볼 수가 없다.

그랬다. 그것은 불길의 파편이 아니라 얼음조각들이었다.

흔들렸다.

그때부터 견자강의 눈동자는 흔들렸다.

견자강의 두 눈이 천외천(天外天)을 확인한 순간이었다.

그러나 견자강은 자신의 눈을 믿을 수가 없어, 그것을 결코 인정하고 싶지가 않아 급히 시선을 들어 올렸다.

시선을 들어 올린 그 순간, 견자강은 절벽에서 발을 헛디딘 것과 같은 아찔함을 느꼈다.

마웅에게 시선이 닿자마자, 먼 데 있던 산이 갑자기 견자강의 눈앞으로 와락 달려와 거산이 되어버린 듯 착시 현상을 일으켜 놓았다.

견자강은 착시가 가져다준 현기증으로 인해 자신도 모르게 한 발짝 뒷걸음질을 쳤고, 무의식적으로 내딛은 뒷걸음질에 심한 수모까지 느껴야 했다.

온몸에 소름이 돋아날 만큼 새파랗게 날이 서는 분노와 황망함. 그 모든 감정들은 견자강의 눈빛을 통해 고스란히 드러났다.

그에 반해 마웅은 담담한 눈길과 차분한 얼굴로 견자강을 주시하고 있을 뿐, 이렇다 할 반응이 없었다.

마웅의 미동치 않는 침묵은 견자강의 숨통을 조였다.

견자강은 문득, 자신의 손에 죽임을 당한 수많은 정사무인들 또한 자신에게서 이러한 압박감을 느꼈는지가 궁금해졌다.

견자강이 혈수인장을 세상에 처음 내보였을 때, 모든 이들이 그를 경외했었다.

또 다른 한편으론, 그런 자신이 누군가에게서 위압을 받았다는 것에 대해 참담한 심경을 금할 길이 없었다. 그래서 견자강의 입에서 실없는 웃음도 흘러나왔다.

"허— 흐흐— 흐! 전설이 현실이 되었고, 지금의 현실은 훗날 전설이 되겠군."

푸념처럼 혼잣말을 중얼거리던 견자강은 마웅의 착 가라앉은 눈빛 속으로 예리해진 자신의 눈빛을 박아 넣었다.

"그런데 네놈은 왜 분노하지 않는 것이냐?"

"인적없는 뒷산 개울물에도, 수양버들가지에 그네를 타며 잠든 봄바람에게도 그것은 있겠지요."

"내가 그것을 못 느끼고 있다는 말이더냐? 설마 그런 뜻인

거냐?"

불쾌감이 적잖게 섞인 견자강의 물음에 마웅은 그저 씩 웃을 뿐이다.

웃음이 칼끝보다 더 날카로울 때가 있다. 웃음이 눈물보다 더 습할 때도 있다. 그렇게 오고 간 웃음이 마지막 인사가 될 때도 있다. 그러니 얽히고설킨 사유를 곱씹지 말자.

와라.

방금 지나간 시간도, 이 순간을 스치는 시간도 모두가 운명이었다. 부질없이 와라. 속절없다, 그냥 와라.

마웅의 무언의 외침에 견자강의 붉은 도포자락이 일제히 사시나무 떨듯 떨리며 일어섰다.

"노—옴!"

견자강의 일갈은 천하제일인으로서의 자존심이었다.

마웅은 거듭 그것을 인정했다.

처—엇!

차가우면서도 짧게 터진 파공음과 함께 마웅의 신형은 홀연히 사라졌다. 팔황무영신법.

견자강이 그것을 못 알아볼 리도 만무하다.

파—르—락—!

견자강의 붉디붉은 신형이 좌우 양 갈래로 분산되었고, 예닐곱 개로 분산된 견자강의 신형은 어느 것이 허상이고 어느 것이 실상인지 인간의 눈을 가지고서는 분간할 길이 없었다.

분명 같은 시간, 분명 같은 공간.

그러함에도 서로 마주하여 교차하는 두 사람의 권각은 다른 시간, 다른 공간의 움직임이었다. 마주치는 격장의 소리는 폭죽처럼 작렬했고 대기는 격하게 섬전을 일으켰다.

주위의 흙먼지는 땅이 하늘이 될 듯이 상승하며 돌풍을 발생시켰다. 기후가 변했으며 혼돈한 시간 속의 밤과 낮은 서로의 경계를 넘나들었다.

별개의 세상을 보게 된 장중의 무인들 중엔 슬며시 무기를 손에서 놓고 달아나는 자도 간간이 생겨났다. 그런 와중에 좌기린 위수진이 이끄는 오백 명의 혈귀봉마대(血鬼縫魔隊)가 들이닥쳤다.

그러나 기세등등하게 들이닥친 것과는 달리 혈귀봉마대는 장내의 분위기에 압도당하며 누구 하나 나서지를 못했다. 혈귀봉마대는 대갓집 잔치에 뒤늦게 참석하게 된 객들처럼 어정쩡한 모양새로 서 있어야만 했다.

이훈직과 그의 두 형제가 그들의 진입을 막아서서만은 아니었다. 몇몇 남은 혈랑자들이 뜻밖으로 칠철각의 저항에 동조하며 자신들에게 쇄겸도를 견주어서만은 아니었다.

경천동지하는 상황을 직면하고도 자신의 목적을 잊지 않고 그것을 고집 피워댈 정신머리는 혈귀봉마대 그 누구에게도 없었다.

모두가 딱 벌어진 입과 눈으로 전설이 될 현실에 증인으로만 남아 있어야 했다. 암합회의 좌기린이자, 무림맹의 좌호법이기도 한 위수진 역시 자신의 눈앞에서 펼쳐지는 천지개벽을 그냥 망연자실하게 지켜보고만 있었다.

사명마저 잊어버렸을 만치 겁에 질려서가 아니었다.

무인으로서, 자신 또한 평생을 무예에 몸을 담고 살아왔었던 한 사람의 무인으로서 감히 전설이 될 현장을 범할 수가 없었던 것이다.

그렇게 마웅과 견자강의 생사박투는 장중을 경외심으로 빠뜨리며 한 식경을 이어나갔다.

돌풍 속에 격장 소리는 폭발했고, 그때마다 산장지붕의 기왓장들이 들썩거렸다. 휘말린 흙먼지와 파랗게 점멸하는 섬전 속에서 언뜻언뜻 보이는 신형은 무려 수십 개.

노한 일갈도 없었다. 거친 숨소리 따윈 더더욱 없었다.

개벽의 시간 속에서 용호상박의 신비로운 생사박이 이어졌을 뿐이었다. 그러다가 어느 한순간, 세상의 모든 소리가 한 곳에 응집이 되더니.

그— 그— 그— 궁!

지표까지 잔잔히 흔들렸다. 응집된 굉음은 일시에 폭발하며 흩어졌다.

콰—카—쾅!

폭발음에 놀라 뒤로 나자빠지는 무인도 더러 있었다. 폭발음을 이은 강풍의 힘에 의해 산장회랑의 굵은 기둥들이 마구 흔들렸고, 산장처마 아래로 검은 기왓장들이 우수수 떨어져 산산이 깨어졌다.

여기저기서 경악하여 울부짖는 군웅들의 목소리가 들리는가 싶더니 산장에서 한 여인이 밖으로 뛰쳐나왔다.

장중은 잠시 흙먼지에 가려 사방을 가늠할 수가 없었다.

서서히 흙먼지가 가라앉고 산장의 공터에 한 인물의 모습이 드러나더니 그 인물은 곧바로 무너지기 시작했다.

침몰하는 혈수인 견자강.

봉두난발이 되어버린 혈수인 견자강의 두 눈은 텅 비어 있었다. 슬픔도, 고통도, 희열도, 허무마저 그 속엔 없었다.

무너져 내려앉은 견자강의 등 뒤에서 흐느낌으로 떨리는 초혜의 목소리.

"할아버지—!"

애절하게 부르는 초혜의 목소리에 견자강의 텅 빈 동공 속으로 한 갈기 빛살이 스며들었다.

'할아버지……'

주검의 얼굴, 주검의 표정으로 눈물이 흘러내렸다.

견자강은 누구를 위해, 아니, 자신을 위해서마저 눈물을 흘려본 적이 단 한 번도 없었다.

그런데, 이젠 흘릴 수가 있다.

자신을 위해, 또 철천지원수인 자신을 할아버지라 애틋이 불러주며 슬퍼하는 초혜를 위해 이젠 눈물을 흘릴 수가 있었다.

표정없는 견자강의 얼굴을 타고 핏빛 배인 눈물이 봄비처럼 조용히 흘러내렸다.

초혜는 무너져 앉은 견자강의 등을 향해 달려왔고, 견자강은 풍전등화의 의식으로 소망했다.

'살고 싶다. 살아서 너를 더 보고 싶다.'

초혜가 침몰해 있는 견자강의 등을 부여안으려 달려와 두 팔을 벌렸을 때, 마지막 가진 견자강의 소망과는 달리 견자강의 주검은 초혜의 아름을 벗어나며 꼬꾸라졌다.

쿠―웅!

"…할아버지."

초혜는 두 팔을 넓은 아름으로 벌린 채 그대로 몸이 굳어버렸다. 멈춘 시간이다.

멈춘 시간 속에서 혈수인 견자강의 눈은 스르륵 감겼다.

잿빛으로 꺼지는 불빛 속에서 견자강이 난생처음으로 불러보는 그 이름. 그 상처.

초혜의 애절한 부름이 그렇게 들렸는지도 모를 일이다.

'어… 머니……'

한 치도 흐르지 않는 시간이 그렇게 정물처럼 놓여졌다.

평안하게 너부러진 견자강의 주검에서 그제야 핏물이 조금씩 배어 나오더니 급기야 견자강의 주검은 붉은 핏물에 자신의 모든 것이 잠식당했다.

피로 이룩한 모든 것이 피에 묻혔다.

피에 의해 잠든 주검이 바로 천하제일인 혈수인 견자강이기에 철암봉 산장에 모여든 수많은 무인들은 침묵으로 그의 주검에 경외지심을 표했다.

견자강의 주검을 지키며 다소곳이 앉은 초혜를 향해 한 사내의 발길이 다가섰다.

초혜가 사내의 발끝을 느끼고 고개를 들어 올렸다.

들어 올린 눈빛은 젖었고 입가는 몹시 메말라 있었다.

"변하니 두려워."

마웅은 초혜의 마음을 향해 잔잔한 눈길로 되물었다.

"변했을까 두렵다."

초혜는 씁쓸한 웃음을 물며 마웅의 눈길을 외면했다.

"세월은 여자를 많이 변하게 만들지."

마웅의 눈길은 초혜의 슬픈 미소를 그냥 놓아주지 않았다.

"세월은 이만큼이지만 마음은 아직 그곳에서 그대로야."

초혜가 고개를 가로저었다. 저어지는 턱짓에 맺힌 물기가 흔들려 떨어졌다.

"웅아, 짊어진 죄는 내려놓을 수 없어."

마웅은 초혜 옆에 한쪽 무릎을 꿇어놓으며 앉더니 초혜의 여린 팔을 잡았다.

마웅의 손에 먼저 전해지는 것은 초혜의 체온이 아니라 초혜의 떨리는, 그리하여 흔들리는 마음이었다.

"초혜야, 죄가 있다면, 그 죄 이제부턴 너의 것이 아니라 나의 것이야. 그러니 가볍게 일어나."

초혜는 마웅의 손길에 이끌려 최면에라도 걸린 사람처럼 일어섰다.

몸은 일어섰지만 눈물이 초혜가 앉아 있던 그 자리에 뚝 떨어졌다.

"원수의 소굴에서 살아온 내가, 지금의 그러한 내가, 너의 여자가 될 수 있을까?"

초혜의 움츠린 물음에 마웅은 초혜의 어깨를 감싸 안았다.

"내가 너에게서 홍매화 향기를 맡았을 때, 이미 넌 내 여자였었어."

하지만 초혜는 고개를 들 수가 없었다. 그래서 아랫입술을 질근 씹으며 터지려는 설움을 참아냈다.

"아냐, 아냐. 이젠 난 이미 시든 꽃인걸."

"너의 입술에는 아직 홍매화 향이 짙다."

목소리였다.

마웅의 목소리였고, 목소리에 놀란 초혜는 급히 고개를 들어 올렸다.

다가온 숨결.

"읍―!"

당황하여 삼킬 수도 없는 숨결, 그렇다고 허락없이 함부로 되돌려 줄 수도 없는 숨결, 마웅의 숨결이 초혜의 입술을 지배해 버렸다.

초혜의 두 손은 잠시 마웅의 어깨를 싫다며 떠밀었지만 그것은 여인으로서 느끼는 잠시잠깐의 당혹한 부끄러움이었지 결코 숨길 수 있는 본능이거나 거부할 수 있는 의지는 아니었다.

초혜는 마웅의 숨결에 꽃밭에 들어앉은 듯 몽롱하게 취하고 말았으며, 십여 년 동안 파랗게 얼어 있었던 초혜의 상심은 마웅의 입술로부터 전해진 숨결에 의해 사르르 녹아내렸다.

저만치 떨어져 남녀의 재회를 지켜보던 이훈직은 마지못해 돌아섰다. 돌아선 그의 손에서 반 토막 난 장검의 무딘 칼끝이 위수진의 미간을 향해 뻗었다.

"염치없는 놈이 여기에 또 있구나!"

혈수인 견자강의 죽음을 목도한 후부터 반쯤 넋이 나가 있던 위수진은 애먼 자신을 나무라는 이훈직의 노성에 화들짝 정신을 수습했다.

"뭣이라?"

의아한 위수진을 향해 쩌렁쩌렁 큰 소리로 답을 준 사람은 최대산이었다.

"차마 눈뜨고는 못 볼 남녀지사가 벌어졌으면 얼른 고개를 돌려주는 것이 할 만큼 해본 놈의 예의인 것으로 아는데!"

최대산의 알쏭달쏭한 말에 위수진은 그러지 않아도 머릿속이 엉킨 실타래처럼 복잡하던 차인지라 짜증이 머리꼭지까지 치받았다.

"이놈들이 지금 나와 함께 어우러져 잡배들처럼 장난이라도 치자는 것이더냐 무엇이더냐?"

손화수가 검파에 오른손을 가볍게 걸쳐놓으며 이죽거렸다.

"싫으면 꺼지든지!"

어이가 없어진 위수진의 입에서 헛바람이 뿜어졌다.

"허ㅡ어!"

그리곤 재빨리 주위 상황을 살폈다.

아무리 저희 놈들이 날고 긴다고 한들 자신이 거느린 정예 오백을 무슨 수로 감당해 내랴. 그렇게 강한 자신감을 눈빛으로 내뿜어 보이던 위수진의 눈길이 마웅이 서 있던 곳으로 옮겨졌다.

딴엔 마웅의 신위(神威)가 마음에 걸렸던 게다.

하지만 위수진의 눈길이 마웅을 찾았을 땐 마웅은 그곳에 없었다.

'어라, 이놈이……?'

라는 의문과 함께 위수진의 힐끗거린 눈동자가 돌아왔다.

위수진의 의아한 시선이 다시 돌아오니.

"너 하나로 오백의 목숨을 구할 수 있다."

귓전에서 우레처럼 때리는 사내의 목소리에 위수진은 귀신의 냉기가 등줄기를 타고 지나간 듯이 기겁을 하며 껑충 뒤로 신형부터 날려야 했다.

위수진의 손에서 대도(大刀)가 그 크기만큼의 거친 소리를 내며 발도(拔刀)되었다.

츠—캉!

위수진의 갑작스런 발도에 놀란 혈귀봉마대들도 일제히 앞으로 뛰쳐나왔다. 하지만 위수진의 앞은 감당하기 힘들만큼 휑할 뿐이었다.

위수진은 놀란 가슴을 수습하며 주위를 두리번거리다가 칠철각의 네 형제들과 어깨를 나란히 하고 서 있는 마웅과 은초혜를 발견했다.

자신의 칼끝과의 거리는 대여섯 장(丈).

그러니 제풀에 놀라 신형을 날리고 벼락같이 발도를 한 자신의 꼴이 민망스럽게 됐다.

꼴이 그리되었으니 지긋한 나이답지 않게 위수진의 입에서 그럴듯한 쌍소리가 나올 수밖에.

"이런 지랄 맞을… 쌍—!'

멀찌감치 떨어져 있던 마웅이 수치심에 흥분을 감추지 못하고 있는 위수진을 향해 노성일갈을 터뜨려 놓았다.

"선택해!'

위수진에게 선택할 사항은 애초에 없었고, 있다고 한들 마웅의 말 한마디에 단박에 겁에 질려 '예!' 라고 답할 위수진도 아니었다. 그러니.

"쳐라—!'

위수진의 입에서 공격명령이 떨어졌다.

그런데 웬걸!

오랜 시간 나름 철저히 준비되었고, 그래서 어느 부대보다 제대로 된 정예라며 위수진이 그토록 자부해 왔던 혈귀봉마대들은, 돌연 발바닥에 풀칠이라도 해놓은 양 뭉그적거리고만 있었다.

그러니 위수진의 두 눈에서는 불통이 튀었고 입에서는 당혹한 진노가 터질 수밖에.

"뭐, 뭣들 하는 게야! 연놈들의 모가지를 가져와라!'

하지만 혈귀봉마대들은 시정(市井)에서 그러모아 놓은 잡졸들처럼 서로가 서로의 눈치를 볼 뿐 누구 하나 용감무쌍히 신형을 날리지 못했다.

그러한 분위기는 집단 최면 상태와도 같았다.

오백의 정예는 칠철각의 다섯 형제가 뿜어내는 위풍에 완전히 압도당해 버린 것이다.

사실 그 이면엔, 천하제일인 혈수인 견자강이 마웅에게 죽임을 당하는 것을 직접 목도한 공포심이 깔려 있었음이 분명했다.

거기에다가, 풍운오랑 마웅의 외침을 들은 오백 명의 혈귀봉마대는 칠철각 형제들의 움직임을 살피기보단 오히려 위수진의 선택에 대해 눈치를 보는 형편이었다.

형편인즉, 칠철각의 형제들은 죽음을 초월했었고 이미 생사를 초월한 칠철각의 형제들과는 달리, 경이한 죽음을 목도하고 그 죽음의 후폭풍처럼 몰려온 두려움으로 인해 자신들의 생존과 안위를 당장 걱정해야 하는 혈귀봉마대들의 대치 결과는 의외로 쉽고 극명하게 드러나게 되었다.

혈귀봉마대들이 혈수인 견자강의 처단을 목적으로 출발은 했었지만, 견자강이 칠철각의 형제들 중 막내인 단 일인, 그것도 풍운오랑이라 불리는 마웅과 생사박을 다투다 죽어버린 것은 혈귀봉마대들에게 분명 경악할 충격이었으리라.

죽기를 작정하고 나선 칠철각의 다섯 사내 앞에 놓인 오백 명의 무인은 대수롭지 않은 무리에 불과했다. 설령 그들이 오백의 정예가 아니라 천 명, 만 명의 정예무인이라 할지라도 지금 이 순간 칠철각 형제들의 눈과 가슴에는 오합지졸로 여겨지기는 매한가지였다.

극한 공포심에 심신이 짓눌려 있기는 위수진도 마찬가지였다. 자신의 뒤에 오백의 수하들이 있기는 하지만 그 상대가 칠철각의 후예들이 아니더냐.

더군다나 혈수인 견자강을 한식경(食頃) 만에 죽음으로 몰아녕은 풍운오랑 마웅을 생각하면 지엄한 자신의 명령에 몸을 함부로 움직이지 못하는 수하들의 심경을 이해하고도 남았다.

그렇다고 해서 명색이 암합회의 좌기린이자, 무림맹의 좌호법 된 자가 등을 보이며 타협할 수는 없는 일이다.

생각이 용기를 갉아먹는다.

그렇게 판단을 한 위수진은 대도를 자신의 가슴 앞에 곧추세웠다.

위수진의 한쪽 어금니가 부서질 듯 질끈 깨물렸다.

분명한 것은 한 가지다.

무인은 목이 베일지언정 절대로 쪽팔려서는 안 된다.

후—우!

위수진이 결말을 위해 긴 날숨을 뿜어냈을 때.

"쳐랏—!"

혈귀봉마대의 제삼조 조장이 앞으로 신형을 박차고 나섰고, 그의 조원 네 명이 장한 조장의 뒤를 따라 신형을 날렸다.

찰나, 위수진은 눈동자가 흔들렸다.

불씨를 당겨 진격을 외쳤어야 했을 절호의 기회다.

하지만 위수진은 가슴 앞에 곧추세운 대도의 도파(刀把)를 꼬나잡았을 뿐 미동도 하지 않았다.

그의 판단은 사악했지만 장하진 않았다.

칼바람 소리와 어우러지는 비명.

수하들이 입을 하나로 맞추어 토해낸 단말마.

"크—악—!"

비명이 위수진의 간담에 비수로 날아와 꽂혔다.

자괴감으로 붉어진 위수진의 얼굴.

동료들의 피를 눈과 귀로 감당한 혈귀봉마대들은 흥분했다.

하지만 흥분이 모두 용기는 아니었다.

그 사실을 위수진은 새삼 깨달았다.

칠철각의 후예들을 향해 장하게 달려나가는 열혈남아 수하들과 등 떠밀리듯 움츠리며 앞으로 나아가는 이도 저도 아닌 어중이 수하들과 의도적으로 후미로 빠지더니 슬그머니 몸을 숨기거나 아예 등을 보이고 비탈길 아래로 몸을 굴려버려 제 딴엔 똑똑한 배신자들.

하긴, 태산(泰山)에 떨어지는 낙엽이 어디 한둘이랴.

그래, 모두가 장할 수는 없다.

위수진은 자신을 용서하듯 달아나는 수하들을 용서했다.

식은땀이 귀밑머리를 타고 흘렀다.

그렇게 인내한 시각이 일각쯤이었나?

아니면 한 식경쯤의 시간이 흘렀나?

얼마나 시간이 흘렀는지 감을 잡을 수도 없었다.

위수진은 귀곡성(鬼哭聲) 같은 부하들의 비명 소리를 참담한 심경으로 보고 듣고 견디고 있었다.

지옥의 불구덩이 속으로 자신마저 던져 놓고 싶었지만, 지금은 자신이 나설 때가 아니다.

적어도 떼죽음에 함께 섞일 수는 없다.

그래야 할 자신이 아니다.

그때.

빙빙 휘둘리는 현기증 속으로 비명 소리와는 사뭇 이질적인 진고(晉鼓) 소리가 들렸다.

진고 소리가 들려온 곳은 산 아래쪽이었다.

만일의 사태를 위해 화산파가 철암봉을 에워싸고 있었고, 진고 소리는 화산파의 것이 분명했다.

그것도 갑작스레 철군을 알리는 진고 소리다.

위수진의 냉하게 굳은 얼굴이 산 아래쪽으로 천천히 돌아갔다.

무슨 일일까?

화산파는 암합회에게 등을 돌릴 수 없는 세력이다.

그들은 이미 돌이킬 수 없는 강을 건너 버린 방파다. 그러니 절대 배신은 아닐 것이다. 그렇다면 화산에 무슨 급박한 변고라도 생겼다는 말인가?

그 순간, 아니, 그 후에도 위수진은 알지 못했다.

화산파의 진고 소리가 바로 무림판도가 뒤바뀌는 신호였다는 것을 위수진은 살아생전 알지 못했다.

第十一章

석양너머

江湖苦行記

강호
고행기

천하의 혈수인 견자강이 풍운오랑과 일주야 동안 싸우다가 결국 살점 하나, 뼛조각 하나 거두어들일 수 없을 만치 참혹한 모습으로 죽었다는 소문이 온 세상에 파다했다.

　견자강이 은둔하고 지냈다는 철암봉(鐵岩峰)마저 정사무인들이 흘린 피에 녹아 세상에서 완전히 사라져 버렸다는 풍문까지 나돌았다.

　코흘리개 삼척동자마저 믿지 못할 소문이었고, 또 믿을 수 없는 무림정세였다.

　그런데 견자강이 풍운오랑에게 죽임을 당했다는 것을 각 정파원로들이 공식적으로 인정했다.

　철암봉이 피에 녹아 하루아침에 사라져 버렸다는 소문은 소문일 뿐이었지만 무림 역사에 오랫동안 남을 피의 혈전이 벌어졌음은 확실한 것으로 알려졌다.

그리고 무림을 경천동지한 또 하나의 사건.

태산북두라 자청하던 소림사와 무당파를 주축으로 이룬 정파세력들의 습격을 받은 화산파가 멸문 직전까지 내몰렸다가 정파세력들에게 십년봉문지약(十年封門之約)을 하고서야 멸문지화를 겨우 면했다는 소식은 분명한 사실로 만천하에 드러났음에도 누구도 그것을 쉬이 믿으려 들지 않았다.

화산파의 일순 몰락은 무림동도들이 믿을 수 없노라 도리질하면서도 믿지 않을 수 없는 엄연한 사실이었다.

그 외에도, 천축의 중원 침공, 서장에서 불어오기 시작한 불미스런 혈풍의 기운.

그 모든 것이 중원무림에서 발발한 일련의 사태와 한 치의 오차도 없이 발을 맞추어 일어났었다.

천만 년 역사의 중원무림이 풍전등화의 처지에 놓인 것을 누구도 부인하지 않았다. 하지만 하늘이 무너져도 솟아날 구멍이 있다고 했던 옛사람들의 말이 딱 맞아떨어지기 시작했다.

한 갈기의 빛줄기가 재기 불능의 상황으로 쓰러지는 무림의 한쪽을 떠받치며 힘겹게 버텼다.

무림의 신성으로 등장한 풍운오랑.

그리고 그의 형제들.

칠철각.

그들의 독기 서린 힘에 속절없이 무너지던 무림의 한쪽편이 서서히 다시 일어설 기미가 보인 것이다. 무림의 정파인들은 칠철각이 쓰러지는 무림의 한쪽을 버텨주자 너나 할 것 없이 그곳으로 몰려들어 스스로 목숨을 던져 가며 충원무림의 저력에 힘을 보태기 시작했다.

하나둘 모이기 시작한 뜻이 백 명, 천 명…….

철암봉에서 회대미문의 혈사가 벌어진 지 딱 보름 만에 들불처럼 무림에 번진 희망이었다.

뜻있는 군웅들의 목소리가 하나로 모이며 그 기상이 하늘을 찌를 듯이 높아지자 가장 당혹해하는 쪽은 무림맹과 암합회 쪽이었다. 또한 이러한 중원무림의 변혁에 놀란 쪽은 무림을 장악하고 있던 중원의 사파만이 아니었다.

우문평의 밀거래에 나름 꿍꿍이 셈을 품고 움직이던 천축과 서장의 세력들은 무림판도가 어떤 방향으로 급변할지 몰라 주춤거리기에 이르렀다.

우문평은 일련의 사건들이 자신의 계획대로 흘러가지 않고 최악의 상황으로 치닫는 것에 심한 위기감을 가지게 되었다.

이에, 사천으로 보내 눈엣가시와 같은 존재였던 사천당문을 반파시킨 역천마참대(逆天魔斬隊)를 급히 무림맹으로 회군시켰다. 다른 한편으론, 각 암합회 지부에 최소한의 인원만을 남기고 나머지의 힘을 항산으로 모두 집결시켜 놓았다.

그러자 십여 년 동안 암합회의 권력에 빌붙어 세도를 누리던 지방의 토호들이 하나둘 처단을 당했다. 사파의 힘에 눌려

와신상담하던 각 지방의 정파세력들이 때는 이때다 싶어 반기를 들고 일어섰고, 암합회에 빌붙어먹었던 토호세력들은 정파인들에게 연일 기습을 받고 무너졌다.

중원 이곳저곳이 피로 물들었고, 사파세력들은 정파인들에게 토끼몰이 당하듯이 쫓겨야 했다.

하지만 우문평은 손쓸 여력이 없었다.

당장 암합회의 생존 자체마저 간당간당한 마당에 일파만파로 번진 지방 저항 세력을 힘으로 어찌할 수가 없었다. 이곳저곳에서 급박한 비보가 날아들던 어느 날, 우문평은 중대 결단을 내렸다.

무림맹과 암합회 두 곳을 다 건사하기가 너무 무리라고 판단한 우문평은 무림맹을 불사르고 항산으로 이동했다.

항산으로 향하는 길은 녹록치 않았다.

이동하는 곳곳마다 정사무인들의 시체가 땅을 덮었고, 살판이 난 흉조들이 하늘을 새까맣게 가려놓았다.

그렇게 해서 항산에 모인 사파세력의 머릿수가 만여 명.

우문평은 항산에서 배수진을 치고 결전을 기다렸다.

천축과 서장세력은 중원정파의 단합된 힘에 목을 움츠리고 슬며시 발길을 돌려 버렸다.

화산파를 제외한 구파일방이 항산으로 향했다.

중소방파는 구파일방의 요청이 있기도 전에 먼저 항산 아래에서 대열을 정비한 채 대기하고 있었다.

정과 사의 대치는 고요했다.

칼날같이 날이 서 있는 정적 속으로 가을이 찾아왔다.

낙엽이 흩날리는 대로변엔 수많은 군웅들이 양 갈래로 늘어져서 일단의 행보를 기다렸다.

드디어 군웅들은 멀리서부터 파도처럼 밀려오는 함성을 듣게 되었다.

마른 흙먼지의 흔적을 풀풀 남기며 나타난 다섯의 인마들.

칠철각의 형제들이었다.

천지가 떠나가라 외치는 환성에 파묻혀 지나가는 그들의 행보는 지독스레 오만했다. 앞만 바라보는 시선은 흔들리지 않았으며 굳게 다문 입술에는 하나같이 비린 웃음이 물려 있었다.

하지만 그들을 향한 함성은 오히려 항산을 무너뜨릴 듯이 점점 거세졌다.

그렇게 무림은 새로운 영웅을 만들어내고 싶어했다.

그들이 원하든 원치 않든 영웅은 꿈꾸는 군웅들의 의지에 의해 태어났다. 군웅들은 칠철각과 풍운오랑을 연호했다.

다섯의 인마가 정파의 수장들 앞에 멈춰 섰다.

도포를 말끔하게 차려입은 진인(眞人)이 칠철각의 다섯 형제를 귀하게 맞아들였다.

"어서 오시오, 형제들!"

다섯 칠철각 형제는 피곤한 말에서 내리지 않았다. 그렇게 말을 탄 채 무림의 원로들을 향해 목례만을 보였다.

무례함은 알지만 그들은 곧장 가야 할 곳이 있었다.

군웅들의 영웅이 되어 선두에 나서는 것은 아니었다.

그들은 그들만의 신념과 의지로 저 정상을 치달을 것이다.

모두가 함께 어우러지는 환호와 함성은 칠철각 형제들에겐 필요가 없었다.

그들은 칠철각의 후예들이다.

칠철각 다섯 형제의 시선은 저 먼 산마루로 향했다.

산마루엔 붉은 태양이 이글거리며 걸려 있었고, 두 눈에 붉은 태양을 한가득 담아내던 이훈직이 옆에 다가온 마웅을 향해 입을 열었다.

"우리들의 젊은 나날들이 저기 저기서, 저렇게 저무는구나."

마웅의 얼굴에도 가을노을이 물들었다.

"내일은 해 뜨는 고향으로 돌아가렵니다."

최대산이 걸음을 멈춘 애먼 말들을 향해 일갈을 갈겼다.

"이—럇—!"

이훈직과 손화수, 묘담과 마웅도 붉은 태양을 향해…….

『강호고행기』終

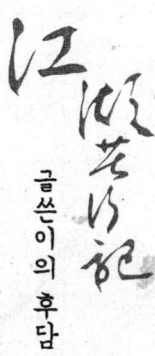

江湖蒼生記
글쓴이의 후담

이번 완결로 저의 세 번째 무협 이야기를 완결했습니다.

모두가 변변찮은 작품들이었고, 그 변변찮은 글들은 그만한 가치에 걸맞게 변변찮은 평가를 받을 수밖에 없었습니다.

이번 작품을 시작하기 전부터 이런저런 모자람을 알고 그 모자람을 채우려 나름은 노력하였었고, 또 그렇게 시작도 했었습니다.

하지만 저는 아직도 독자들의 눈에 많이 모자라는 글쓴이에 불과합니다. 어쩌면 다음 작품도, 그다음 작품도 그러할지 모릅니다.

그것은 어쩌면, 벗어버릴 수 없는 고집으로 비롯된 저만의 장한 오류일 수도 있습니다. 하지만 그 고집은 저에게 남은 마지막 글의 원천입니다. 또한 꿈꾸어 철없는 바람입니다. 그러니 그것을 감당하면서까지 그것을 귀하게 여기고 있습니다.

저의 못난 고집으로 인해 그 만큼의 애먼 폐해를 당하며 생활해야 하는 저의 가족들, 아내와 아들과 딸아이에게 늘 미안합니다.

이런저런 부족함으로 인해 충분치 못한 완결이 되어버린 것에 대해 독자제현들께도 죄스러움을 금할 길이 없습니다. 그러한 이유로 저는 또 한 번 더 멍에를 짊어져야 합니다.

이번 멍에는 유독 아프고 무겁습니다. 이번 작품을 이어나가는 동안 점점 손가락 끝이 아파왔었고, 또 무뎌져서 유난히 힘들었습니다.

마무리가 고통스러웠습니다.

끝으로, 저의 모자람을 걱정해 주신 선후배 작가님들.

그리고 거친 글을 참하게 다듬어 엮어주신 청어람 출판사 관계자 여러분들에게도 고개 숙여 감사의 인사를 드립니다.

—2009년, 한 해의 끝자락에서
손과 발이 시린 글쓴이 최한.

閻王眞武

염왕진무

김석진 新무협 판타지 소설

"그, 그럼 어디서 오셨습니까?"
무심하게 고개를 돌리며 진무가 속삭이듯 말했다.

······지옥에서.

인간이라면 절대 익힐 수 없다는 강호삼대불가득!
그것에 얽힌 비사를 풀기 위해 그가 강호로 나섰다!
피처럼 붉은 무적의 강기, 혼돈혈애를 전신에 두르고
수라격체술과 염왕보로 천하를 질타하는 쾌남아, 진무!
염왕의 진실한 무학을 발현하여 무림삼패세와 고금십대천병을
이겨내고 속세의 악업을 심판하는 진정한 염왕이 되어라!

이제 강호는 진무의
일거수일투족에 열광한다!

유행이 아닌 자유추구 -
WWW.chungeoram.com
Book Publishing CHUNGEORAM

The LORD

성진 게임 판타지 소설

더 로드

간절한 갈망은 기적을 만들고
기적은 결코 만들어질 수 없는
연결 고리를 만든다.

그렇게 이어진 연결 고리.
그것은 새로운 시작이었다.

자, 일인군단(一人軍團)의
독보천하(獨步天下)가 지금부터 시작된다.

유행이 아닌 자유추구 -
WWW.chungeoram.com

Book Publishing CHUNGEORAM

가면의 레온

the Mask of Leon

눈매 퓨전 판타지 소설

**중원을 공포로 떨게 만든 희대의 악마, 혈마존.
그의 영혼이 기억을 잃은 채 차원 이동을 한다.**

한 소년과 몸이 바뀐 후 깨어난 혈마존.
기억은 지워지고 싸가지없는 본성만 남았다!
욱할 때마다 튀어나오는 살벌한 말투와 그의 독자 무공.

'아, 나는 왜 이렇게 성격이 더러운가?
어째서 이리도 잔인한 기술을 알고 있는 것인가? 착하게 살고 싶다.'

살인광이었던 그가 전혀 어울리지 않는 대신관이 되기로 결심한다.
하지만 그 본성이 어디 가나⋯⋯.

"이런 빌어 처먹을 놈들, 신전에서 봉사 활동 안 할래?"

유행이 아닌 자유추구 -
WWW.chungeoram.com
Book Publishing CHUNGEORAM

임준욱 장편 소설

무적자
WITHOUT MERCY

그의 이름은 임화평(林和平)이다.
이름처럼 살기를 소망했고 그렇게 살아왔다.
그를 건드리지 말았어야 했다.
조용히 살게 놔두었어야 했다.

"너희들 실수한 거야.
내 세상의 중심,
내 평안의 근거를 깨뜨린 거다.
세상 전부와도 바꿀 수 없는……
알게 해주마, 너희들이 누구를 건드린 건지."

그의 고독한 여정이 시작되었다.

─오, 바라타족의 아들이여. 언제든지 정의가 무너지고 정의가 아닌 것이
판을 치는 때가 되면 나는 곧 나 자신을 나타내느니라.
올바른 자를 보호하기 위하여, 악한 자를 멸하기 위하여, 그리하여 정의를
다시 세우기 위하여, 나는 시대에서 시대로 태어난다.

〈바가바드기타 중에서〉

유행이 아닌 자유추구─
WWW.chungeoram.com
Book Publishing CHUNGEORAM

정봉준 新무협 판타지 소설

『철산전기』의 작가 정봉준!!!
팔선문을 통해 또 다른 유쾌함을 선사한다!!

뛰어난 자질을 갖춘 팔선문의 대제자 유검호,
그의 치명적인 단점은 게으름과 의지박약!

천하제일마두의 기행에 재수없이 동참하게 된 의지박약아.
갖은 고생 끝에 가까스로 고향으로 돌아오다.

"무림? 그딴 건 개나 주라 그래. 나만 안 건드리면 돼!"

시간을 가르는 그의 행보에 무림이 뒤집어진다!!!

유행이 아닌 자유추구 -
WWW.chungeoram.com
Book Publishing CHUNGEORAM

War Mage

워메이지

김재한 퓨전 판타지 소설

사람들이 인식하는 상식의 세계 이면,
짙은 어둠이 드리워진 그곳에 사는 괴물들이 있다.

문명이 드리운 그림자 속에서, 전투기계들과
인간의 사념으로부터 태어난 마물들이 격돌한다.
마법과 주술이 난무하는 초현실적인 전장,
소년은 그곳에 서는 대가로 인생을 잃었다.
운명의 노예가 되어 가족과 인성을 잃어버린 소년, 진유현.

총염(銃炎)과 검광(劍光)이 뒤얽히는
어둠의 거리에서, 운명의 족쇄를 끊고 나온
소년의 눈이 살의를 발한다.

유행이 아닌 자유추구 -
WWW.chungeoram.com
Book Publishing CHUNGEORAM